# मृच्छकटिक

रूपान्तरकार

**रांगेय राघव**

स्थापित 1912
100 वर्षों की
श्रेष्ठ प्रकाशन परम्परा
राजपाल

**₹ 195**

ISBN : 9788170287780



MRICHCHKATIK (Sanskrit Play) by Shudrak

मुद्रक : जी. एस. ऑफसेट, दिल्ली

**राजपाल एण्ड सन्ज़**

1590, मदरसा रोड, कश्मीरी गेट, दिल्ली-110006

फोन : 011-23869812, 23865483, 23867791

website : www.rajpalpublishing.com

e-mail : sales@rajpalpublishing.com

www.facebook.com/rajpalandsons

# मृच्छकटिक

(संस्कृत के प्रसिद्ध नाटक 'मृच्छकटिकम्'
का हिन्दी रूपान्तर)

शूद्रक

राजपाल

# भूमिका

मृच्छकटिक का अर्थ है मिट्टी की गाड़ी। आधुनिक साहित्य में भी पुस्तक का ऐसा शीर्षक रखा जाता है। 'मृच्छकटिक' संस्कृत नाटक है। इसमें दो भाषाओं का प्रयोग है, जैसा कि प्रायः संस्कृत के और नाटकों में है। राजा, ब्राह्मण और पढ़े-लिखे लोग संस्कृत बोलते हैं, और स्त्रियां और निचले तबके के लोग प्राकृत। इससे प्रकट होता है कि जब ये नाटक लिखे गए थे तब संस्कृत जनभाषा नहीं थी, ऊँचे तबके के लोगों की भाषा रह गई थी, लेकिन उसे सब लोग आसानी से समझ लेते थे। अगर यह माना जाए कि ये नाटक केवल राजदरबारों में होते थे, तो वहाँ पढ़े-लिखे लोगों में खाली संस्कृत से ही काम चल सकता था। वे फिर प्राकृत का प्रयोग ही न करते। 'मृच्छकटिक' एक पुराना नाटक है। बाद के युग में भी कवियों, नाटककारों ने पुरानी परंपरा को ही चलाया।

'मृच्छकटिक' को राजा शूद्रक ने लिखा था। वह बड़ा कवि था। कुछ लोग कहते हैं, शूद्रक कोई था ही नहीं, एक कल्पित पात्र है। परन्तु पुराने समय में शूद्रक कोई राजा था इसका उल्लेख हमें स्कन्दपुराण में मिलता है। भास नामक कवि ने एक नाटक लिखा है जिसका नाम 'दरिद्र चारुदत्त' है। 'दरिद्र चारुदत्त' भाषा और कला की दृष्टि से 'मृच्छकटिक' से पुराना नाटक है। निश्चयपूर्वक शूद्रक के बारे में कुछ नहीं कहा जा सकता। बाण ने अपनी 'कादम्बरी' में राजा शूद्रक को अपना पात्र बनाया है, पर यह नहीं कहा कि वह कवि भी था। बाण का समय छठी शती है। मेरा मत है कि शूद्रक कोई कवि था, जो राजा भी था। वह बहुत पुराना था। परन्तु कालिदास के समय तक उसे प्रधानता नहीं दी गई थी, या कहें कि जिस कालिदास ने सौमिल्ल, भास और कविपुत्र का नाम अपने से पहले बड़े लेखकों में गिनाया है, उसने सबकी सूची नहीं दी थी। शूद्रक का बनाया नाटक पुराना था, जो निरन्तर सम्पादित होता रहा और बाद में प्रसिद्ध हो गया। हो सकता है वह भास के बाद हुआ हो। भास का समय ईसा की पहली या दूसरी शती माना जाता है। 'मृच्छकटिक' में दो कथाएँ हैं। एक चारुदत्त की, दूसरी आर्यक की। गुणाढ्य की बृहत्कथा में गोपाल दारक आर्यक के विद्रोह की कथा है। बृहत्कथा अपने मूल रूप में पैशाची भाषा में

'बड्डकहा' के नाम से लिखी गई थी। इससे प्रकट होता है कि यह नाटक ईस्वी पहली शती या दूसरी शती का है।

यह नाटक संस्कृत साहित्य में अपना विशेष स्थान रखता है। इसमें–

(1) गणिका का प्रेम है। विशुद्ध प्रेम, धन के लिए नहीं; क्योंकि वसंतसेना दरिद्र चारुदत्त से प्रेम करती है। गणिका कलाएँ जानने वाली ऊँचे दर्जे की वेश्याएँ होती थीं, जिनका समाज में आदर होता था। ग्रीक लोगों में ऐसी ही 'हितायरा' हुआ करती थीं।

(2) गणिका गृहस्थी और प्रेम की अधिकारिणी बनती है, वधू बनती है, और कवि उसे समाज के सम्मान्य पुरुष ब्राह्मण चारुदत्त से ब्याहता है। ब्याह कराता है, रखैल नहीं बनाता। स्त्री-विद्रोह के प्रति कवि की सहानुभूति है। पाँचवें अंक में ही चारुदत्त और वसंतसेना मिल जाते हैं, परन्तु लेखक का उद्देश्य वहीं पूरा नहीं होता। वह दसवें अंक तक कथा बढ़ाकर राजा की सम्मति दिलवाकर प्रेमपात्र नहीं, विवाह कराता है। वसंतसेना अन्तःपुर में पहुँचना चाहती है और पहुँच जाती है। लेखक ने इरादतन यह नतीजा अपने सामने रखा है।

(3) इस नाटक में कचहरी में होनेवाले पाप और राजकाज की पोल का बड़ा यथार्थवादी चित्रण है, जनता के विद्रोह की कथा है।

(4) इस नाटक का नायक राजा नहीं है, व्यापारी है, जो व्यापारी-वर्ग के उत्थान का प्रतीक है।

ये इसकी विशेषताएँ हैं। राजनीतिक विशेषता यह है कि इसमें क्षत्रिय राजा बुरा बताया गया है। गोप-पुत्र आर्यक–एक ग्वाला है, जिसे कवि राजा बनाता है। यद्यपि कवि वर्णाश्रम को मानता है, पर वह गोप को ही राजा बनाता है। मेरा मत है कि यह मूलकथा पुरानी है और सम्भवतः यह घटना कोई वास्तविक घटना है जो किंवदन्ती में रह गई। दासप्रथा के लड़खड़ाते समाज का चित्रण बहुत सुन्दर हुआ है, और यह हमें चाणक्य के समय में मिलता है, जब 'आर्य' शब्द 'नागरिक' (Roman Citizen) के रूप में प्रयुक्त मिलता है। हो सकता है, कोई पुरानी किंवदन्ती चाणक्य के बाद के समय में इस कथा में उतर आई हो। बुद्ध के समय में व्यापारियों का उत्कर्ष भी काफी हुआ था। तब उज्जयिनी का राज्य अलग था, कोसल का अलग। यहाँ भी उज्जयिनी का वर्णन है। एक जगह लगता है कि उस समय भी भारत की एकता का आभास था, जब कहा गया है कि सारी पृथ्वी आर्यक ने जीत ली– वह पृथ्वी जिसकी कैलास पताका है।

देखा जाए तो कवि यथार्थवादी था और निष्पक्ष था। उसने सबकी अच्छाइयाँ और बुराइयाँ दिखाई हैं। और बड़ी गहराई से चित्रण किया है। यही उसकी सफलता का कारण है।

'मृच्छकटिक' की कथा का स्थान उज्जयिनी है, हमें इसमें चातुर्वर्ण्य का समाज

मिलता है—ब्राह्मण, क्षत्रिय, वैश्य और शूद्र। ब्राह्मणों का मुख्य काम पुरोहिताई था। पर वे राजकाज में भी दिलचस्पी लेते थे और मुझे जो इस कथा में एक बड़ी गम्भीर बात मिलती है वह यह है कि यहाँ ब्राह्मण, व्यापारी और निम्नवर्ण मिलकर मदान्ध क्षत्रिय राज्य को उखाड़ फेंकते हैं। यह ध्यान देने योग्य बात है। और फिर सोचने की बात यह है कि इस कथा का लेखक राजा शूद्रक माना जाता है जो क्षत्रियों में श्रेष्ठ कहा गया है। यह क्या प्रकट करता है? यह तो स्पष्ट ही है कि प्रस्तावना शूद्रक की मौत के बाद लिखी गई है, क्योंकि स्वयं उसके जलकर मरने का वर्णन हमें मिलता है। इसका मतलब है कि यह नाटक लेखक के मरने के बाद प्रसिद्ध हुआ था, पहले नहीं। इससे प्रकट होता है कि नाटक की मूलकथा उस समय की है जब आभीर जैसी विदेशी जाति बाहर से आकर भारत में बस चुकी थी और आभीर और गोप भारत में हिलमिल गए थे। महाभारत से प्रकट होता है कि गोप—ग्वाले भारत में पहले भी थे। श्रीकृष्ण के अन्तिम काल में आभीरों ने आक्रमण किया था। उन्होंने यादवगण जीता था। यादवगण द्वारका की तरफ था। द्वारका गुजरात की ओर थी। ये आभीर उसी तरफ आकर बस गए थे। वहीं आभीर गोपों से मिलमला गए। इन्हींको बाद में अहीर कहा गया। मैं तो कहता हूँ कि यह गोप शब्द आभीर के लिए आया है, इसका कारण यही है कि गोप तब तक 'क्षत्रिय' नहीं माने गए थे। बाद में सम्भवतः मान लिए गए थे, क्योंकि आर्यक के राजा हो जाने के बाद ऐसा हो जाना कठिन नहीं था। मूल क्षत्रिय मदान्ध थे और ब्राह्मणों पर भी अत्याचार करते थे। यह तो निस्सन्देह सत्य है कि मूल क्षत्रियों के 'गणतन्त्रवाद', 'ब्राह्मण-विरोधी स्वभाव' के कारण जनता और प्रायः ब्राह्मणगण—(सिवाय यज्ञ की दक्षिणा लेनेवालों को छोड़कर)—विरुद्ध थे। उन्होंने कई बाहरी जातियों को मान्यता दी थी। ऐसा ही विद्रोह कृष्ण ने यज्ञकर्ता ब्राह्मणों के विरुद्ध गोवर्धन-पूजा करा कर कंस के विरुद्ध किया था। स्पष्ट ही हम गोप-पुत्र आर्यक को राजा बनते देखते हैं और ब्राह्मण शर्विलक उसे राजा बनाने को तख्ता पलटता है। चारुदत्त भी उसका सहायक है। राजा पालक अत्याचारी है। सब उससे अप्रसन्न हैं। आर्यक उसे उखाड़ता है तो उसकी इन्द्र से तुलना की जाती है। वह कुल और मान का रक्षक माना जाता है। वह ब्राह्मणों को अनुष्ठान में लगनेवाली शासन-व्यवस्था स्थापित करता है। शूद्रक सम्भवतः कोई गोप राजा ही था, जिसने चारुदत्त ब्राह्मण और आर्यक की कथा मिला दी थी। भास ने केवल ब्राह्मणकथा को लिखा था। शूद्रक ने गोप-उत्थान भी लिखा। परन्तु उसके मरने के बाद ही नाटक प्रसिद्ध हुआ। गोप था अतः नाम शूद्रक था। बाद में क्योंकि गोप क्षत्रिय भी माने गए, वह भी क्षत्रिय मान लिया गया। आज भी सारे अहीर अपने को यादव क्षत्रिय ही मानते हैं। अर्थात् यह सोचना कि गोप क्षत्रिय बनने के प्रयत्न में थे, नितान्त संगत है और अभी तक भारत में उच्च वर्ण बनने के प्रयत्न में हमें कई निम्नवर्ण मिलते हैं। प्राचीन समय में भी यह बराबर चलता था। धन्धा

बदल जाने से गणों के क्षत्रिय अग्रवाल, जैसवाल बनकर बनिए बन गए। परवर्ती हूण राजा अपने को क्षत्रिय कहने लगे। रुद्रदमन जैसे शक अपने को क्षत्रिय मानते थे। मेरी बात पर विचार करते समय कथा के मूल समय और कथा के लिखे जाने के समय का भेद नहीं भूलिए। एक पुराना है, दूसरा बाद का। बाद के में भी पुराने के कई चिह्न हैं, जैसे वैष्णवों द्वारा बाद में सम्पादित महाभारत में मूल महाभारत के कई चिह्न रह गए हैं। पुरानी कथा का केन्द्र है उज्जयिनी। वह इतना बड़ा नगर है कि पाटलिपुत्र का संवाहक उसकी प्रसिद्धि सुनकर बसने को, धन्धा प्राप्त करने को, आता है। उस समय वह पाटलिपुत्र को महानगर नहीं कहता। इसका मतलब है कि उस समय पाटलिपुत्र से अधिक महत्त्व उज्जयिनी का था। स्पष्ट ही पाटलिपुत्र बुद्ध के समय में पाटलिपुत्र (ग्राम) था, जबकि उज्जयिनी में महासेन चण्ड प्रद्योत का समृद्ध राज्य था। दूसरी प्राचीनता है कि इसमें दास प्रथा बहुत है। दास-दासी धन देकर आज़ाद कर लिए जाते थे। उस समाज में गणिका भी वधू बन जाती थी। यह सब बातें ऐसे समाज की हैं, जहाँ ज़्यादा कड़ाई नहीं मिलती, जो बाद में चालू हुई थी। बल्कि कवि ने गणिका को वधू बनाकर समाज में एक नया आदर्श रखा है। उसमें विद्रोह की भावना है। अत्याचारी को वह पशु की तरह मरवाता है, स्त्री को ऊँचा उठाता तथा दास स्थावरक को आज़ाद करता है। यों कह सकते हैं कि यह नाटक जोकि शास्त्रीय शब्दों में प्रकरण है--बहुत ही महत्त्वपूर्ण है। कौन जानता है, ऐसे न जाने कितने सामाजिक नाटक काल के गाल में खो गए। हूणों से लेकर तुर्कों तक के विध्वंसों ने न जाने कितने ग्रन्थ-रत्न जला डाले!

तो हम जिन निष्कर्षों पर पहुँचते हैं वे हमें एक नये प्रकाश की ओर ले जाते हैं और इस दृष्टिकोण से हमें इस नाटक का महत्त्व कहीं अधिक लगता है।

इस प्रकार लेखक, रचनाकाल, सामाजिक परिस्थिति आदि को देखने पर हमें ज्ञात होता है कि 'मृच्छकटिक' नाटक प्राचीन और परवर्ती सम्पादन का फल है। बाद के युग में नाटक का क्षेत्र इतना विस्तृत नहीं रहा, और सामाजिक बन्धन तोड़ने में उसका स्वर भी इतना स्पष्ट और मुखर नहीं रहा। आगे के नाटकों में हमें ब्राह्मणों का सम्मान अधिक मिलता है, जबकि 'मृच्छकटिक' में हम ब्राह्मण मैत्रेय को गणिका वसंतसेना को पहले नमस्कार करते देखते हैं। परवर्ती सामाजिक चित्रणों में यदि हमें ब्राह्मण की पोल मिलती है, तो उसका दर्जा कुछ अधिक उठा हुआ पाते हैं।

## 2

पुराने समय में 'मृच्छकटिक' नाटक खेला जाता था। वह केवल पढ़ने का ग्रन्थ नहीं था। परन्तु यह खेला कैसे जाता होगा? अभी रूस में 'मृच्छकटिक' नाटक के आधार पर 'श्वेतकमल' नामक नाटक लिखा गया और खेला गया। उसमें इतना बड़ा रंगमंच बनाया गया कि गाड़ी भी रंगमंच पर ही आ गई। इससे प्रकट होता है कि मूल नाटक

जब खेला गया था तब भी रंगमंच काफी बड़ा हुआ करता था। कई जगह कवि कहता है–निर्दिष्ट स्थान पर अमुक का प्रवेश। इसका मतलब है कि स्टेज इतना बड़ा होता था कि कई लोग उसपर आ सकते थे और अलग-अलग हिस्सों में खड़े हुआ करते थे। तो क्या पर्दों का प्रयोग नहीं होता था? क्या तब शेक्सपियर के युग के नाटकों का सा हाल था? कहीं यवनिका शब्द नहीं मिलता। सब 'प्रवेश' करते हैं, सब 'प्रस्थान' करते हैं। यूरोपीय लोग कहते हैं कि 'यवनिका' शब्द 'यवन' से बना है; अर्थात् ग्रीक लोगों ने भारत के नाट्यगृहों में पर्दों का प्रयोग प्रारम्भ किया। किन्तु भारत में पर्दों का प्रयोग करनेवाले यवन, यूनान में पर्दों का प्रयोग नहीं करते थे। उनका नाट्यमंच बीच में होता था और लोग चारों ओर बैठते थे। उनका मंच ऊपर से खुला होता था। यूरोप में तो 16वीं सदीं तक मंच पर पर्दे नहीं थे। यवनिका तो जवनिका शब्द से बना है। जवनिका का अर्थ है जल्दी गिरनेवाली। इसका अर्थ है कि पर्दे और भी होते थे। और 'अपटीक्षेपेण'–बिना पर्दा गिराए-हटाए–का प्रयोग जो मिलता है, उसका मतलब ही यह है कि छोटा पर्दा भी होता था। यह जो नाटक में मिलता है कि–'तब शय्या पर सोई वसंतसेना का प्रवेश,' या 'आसन पर बैठे चारुदत्त का प्रवेश', इसका क्या अर्थ हो सकता है? या तो मंच में घूमनेवाले क्षेत्र (Revolving Stage) थे या पर्दे खींचकर दृश्य खोला जाता था। तो साफ होता है कि छोटे पर्दे हुआ करते थे और उनका प्रयोग भी होता था। परन्तु हर एक अंक में वैसा नहीं मिलता। एक अंक (दसवाँ) है जिसमें पथ के दृश्य हैं। पाँच जगहों पर तो घोषणा होती है। एक जगह वसंतसेना और संवाहक निकलते हैं, एक जगह महल की वीथि की खिड़की से स्थावरक कूदता है, एक जगह शकार महल की छत पर चढ़कर देखता है, एक जगह धूता जल रही है। और यह सब एक ही मंच पर होता है। स्थावरक ऊँचे से चिल्लाता है और कहता है कि कोलाहल के कारण लोग मेरी बात नहीं सुनते। तो फिर दर्शक कैसे सुनते? इसका अर्थ यह है जब स्थावरक बोलता है तब अन्य पात्र नहीं बोलते। सन्नाटा छा जाता है, पर पात्र मंच के किसी कोने में रहते हैं। स्थावरक के लिए महल या छत या खिड़की कुछ नहीं है। वह तो केवल बोलता है। अगर 'एक्शन' अर्थात् कार्य होता तो वह अपने किए हुए को बोलता क्यों जाता? ऐसे ही विदूषक वसंतसेना के आठ प्रकोष्ठों को देखता है। उतना सब रंगमंच पर कैसे हो सकता है? स्पष्ट ही पात्र थोड़ा-सा चलता था और बोलने लगता था। दर्शकों को कल्पना करनी पड़ती थी। ऐसी स्वतन्त्रताएँ पुराने समय में नाटक में प्रचलित थीं। मुकदमे के दृश्य में वीरक बाहर जाता है और झट से भीतर आकर कहता है कि मैं तो पुष्पकरण्डक जीर्णोद्यान में हो आया। आज का दर्शक ऐसी बात को नहीं मान सकता। फिर वसंतसेना वर्षा में जाती है। रास्ते-भर के बाद चारुदत्त का घर आता है। वह सब भी बस कल्पना की चीज़ें हैं। हम इन निष्कर्षों पर पहुँचते हैं :

(1) पर्दे होते थे, पर वे बहुत काम नहीं देते थे।

(2) कुछ सेट् (Set) भी बनते थे, पर बहुत नहीं।

(3) अधिकांश काम बोलकर प्रकट किया जाता था, दर्शकों को कल्पना करनी पड़ती थी।

(4) रंगमंच काफी बड़ा होता था। जब कवि लिखता है कि 'गाड़ी पर चढ़कर पर्दा खोलकर देखता है,' तब वह एक्शन यानी कार्य स्पष्ट लिखता है। इसका अर्थ है गाड़ी सचमुच आती थी। पर जब वह लिखता है—'मैं महल की खिड़की से कूदूँ। यह लो कूद गया।' तब वह केवल कल्पना जगाता है। काफी जगह होती थी, जिसमें काफी घूमने की गुँजायश होती थी।

(5) रंगमंच एक ओर से खुला होता था, क्योंकि उसमें 'नेपथ्य' हुआ करता था।

(6) जब पात्रों का एक सेट बोलता था, तब बाकी लोग चुप खड़े रहते थे। अवश्य ही आज के दर्शक को यह विचित्र लगेगा। परन्तु यह युग की रुचि का भेद है। पहले लोग नाटक में काव्य ढूँढ़ते थे, इसलिए नट और नटी को महत्त्व नहीं दिया जाता था। अब के लोग समय, पात्र और स्थान के यथार्थ चित्रण देखते है, और वे नाटक में काव्य की परवाह नहीं करते, तभी आज के रंगमंच में नट और नटी की काफी पूछ होती है।

आज के युग में यदि 'मृच्छकटिक' खेला जाए तो पर्दे काफी लगाने होंगे और अच्छा यही होगा कि प्रत्येक अंक को अलग-अलग दृश्यों में कथावस्तु के हिसाब से बाँट लिया जाए। हमने अपने अनुवाद में संस्कृत के गद्य-पद्य के नाटक को केवल गद्य में कर दिया है। हमारा उद्देश्य शूद्रक की रचना से परिचय कराना था। किन्तु जो खेलना चाहें, वे इसके अपने-आप बोलनेवाले पक्ष को कम करके एक्शन बढ़ाकर कई दृश्यों में इसे बाँटकर खेल सकते हैं। वर्षा में वसंतसेना की यात्रा को चारुदत्त-विदूषक से संवाद के रूप में रखा जा सकता है, ताकि यात्रा नहीं दिखानी पड़े। चारुदत्त की अन्तिम यात्रा में समूह को बार-बार स्टेज से इधर से उधर निकालकर, घुमाया जा सकता है। परन्तु फिर भी यह कार्य बहुत सम्भलकर करने का है। अच्छा यही है कि पुराने को उसी रूप में देखा जाए ताकि उसका वातावरण बना रहे, या एक नया नाटक उसी कथावस्तु पर लिख लिया जाए जैसे रूसियों ने 'श्वेतकमल' लिखकर किया।

## 3

नाटक का नाम 'मृच्छकटिक' अर्थात् मिट्टी की गाड़ी है। नायक है चारुदत्त, नायिका है वसंतसेना, फिर नाम मिट्टी की गाड़ी क्यों रखा गया? पूरी कथा में मिट्टी की गाड़ी का नाम छठे अंक में आता है और मामूली-सी बात लगती है। परन्तु वास्तव में यह बात नहीं है। मिट्टी की गाड़ी ही कथा को बदलती है। न मिट्टी की गाड़ी की बात आती न वसंतसेना अपने गहने देती, न मौके पर विदूषक की काँख में दबे गहने नीचे गिरते, न चारुदत्त का अपराध प्रमाणित होता। परन्तु यह मिट्टी की

गाड़ी तो केवल चारुदत्त-कथा का प्राण बन सकती है, फिर आर्यक-कथा का इससे क्या सम्बन्ध हो सकता है?

सम्बन्ध है। देखा जाए तो सारा प्रकरण गाड़ियों की ही कहानी है। आर्यक भी गाड़ी से ही बच पाता है। मानो लेखक कहता है कि जीवन में कोई गाड़ी ठीक जगह पहुँचाती है, कोई गाड़ी गलत जगह। सब कुछ भाग्य का खेल है। इसीलिए लेखक कहता है कि वास्तव में जीवन मिट्टी की गाड़ी में ही चलता है। उसका और कोई वाहन नहीं। आदमी सेना की गाड़ी के लिए मचलता है परन्तु खेल खिलाती है मिट्टी की गाड़ी ही।

नाटक में भाग्य का हाथ काफी है। और विशेष बात यह है कि पाप-पुण्य का आधार मनुष्य का लोक-परलोक में तीव्र विश्वास है। उस समय वर्गों की विषमता समझने का यह भारतीय प्रयत्न था कि क्यों कोई धनी और क्यों कोई दरिद्र होता है। स्थावरक कहता है कि वह भाग्य के कारण दास है और दास वह पूर्वजन्म के पापों के कारण बना है। अच्छे कर्म करने से इस जन्म में राजा का साला संस्थानक इतनी ऊँची जगह जन्म लेता है। पर वह अविचारी है। चारुदत्त परलोक से डरता है क्योंकि वह अच्छा आदमी है। वास्तव में परलोक का भय उस युग में उच्च वर्गों की निरंकुशता को रोकने के लिए था। उपनिषदों में हम जिस आत्मा के समानतावाद को देखते हैं कि मनुष्य की आत्मामात्र समान है, वह दासप्रथा को तोड़ने में बहुत समर्थ हुई थी। यह इस नाटक से स्पष्ट हो जाता है कि भारत में प्राचीन दासप्रथा को परलोक की भावना ने ही तोड़ा था। यहाँ दास ऐसे नहीं हैं जैसे रोम में थे। परन्तु यही यह भी स्पष्ट करता है कि यह दासप्रथा के टूटने के परवर्ती काल की घटना है। महाभारत में दास के वर्णनों में मिलता है, दास जैसे चाहे मारा जा सकता था। इस समय तक समाज काफी प्रगति कर गया था। यह आत्मा की समानता का भाव भारत में मानवतावादी विचारधारा का पुराना पोषक है। हम तभी देखते हैं कि चारुदत्त अन्त में बदला नहीं लेता, शकार को क्षमा कर देता है। यह उदात्त भावना हमें काफी गौरवान्वित करती है। किन्तु मनुष्य क्या है? उसका तो उत्थान-पतन हुआ करता है। दैव ही यहाँ खेल रहा है। यह खेल गाड़ियों के बदल जाने से है। कवि स्पष्ट कहता है, जब वृद्ध विट कह उठता है कि राजा के साले की जगह स्थावरक और स्थावरक की जगह चेट को होना चाहिए था। वास्तव में देह मिट्टी की गाड़ी है, जिसमें आत्मा यात्रा कर रही है। गलत मिट्टी में गलत प्राण चल रहे हैं। लेखक ने अपने युग के समाज पर तीखा प्रहार किया है। गणिका में कुलवधू के गुण हैं, न केवल वसंतसेना में, बल्कि मदनिका में भी; इसीलिए नाटक का नाम बहुत ही उचित रखा गया है।

## 4

नाटक में एक बात खटकती है। वह यह है कि पालक आर्यक को केवल इसलिए बन्दीगृह में डाल देता है कि सिद्ध ज्योतिषियों ने उसके राजा बन जाने की भविष्यवाणी की है। किन्तु इस बात के लिए यह हो सकता है कि मूल-कथा में आर्यक कोई विद्रोही था, जिसने पालक के अत्याचार के विरुद्ध स्वर उठाया था। नाटक में वह एक सीधा-सादा गोप है, परन्तु बड़ा सुन्दर पुरुष है। उसमें सब राजा के से लक्षण हैं। उसे उठाकर पालक पकड़ लेता है। शर्विलक गरीब ब्राह्मण उसे छुड़ाता है। आर्यक जंगल में भाग जाता है। उस समय यह बड़ा दयनीय-सा लगता है, परन्तु बाद में शर्विलक के प्रयत्न से वह पालक को मारकर राजा बन जाता है। व्यक्तित्व तो यहाँ शर्विलक का है जो तख्ता पलटता है, परन्तु मूलकथा सम्भवतः यही नहीं थी। सम्भवतः पालक अत्याचारी था और आर्यक विद्रोही। शर्विलक आदि उसके मित्र थे। इन्होंने मिलकर तख्ता पलट दिया। पर क्योंकि प्राचीनकाल में चमत्कारों पर आज से कहीं अधिक विश्वास किया जाता था, यह कथा इस प्रकार दी गई। शेक्सपियर का मैकबेथ भी तो तीन डायनों के हाथों में ऐसे ही खेलता है। हो सकता है कि जिन सिद्ध-ज्योतिषियों ने आर्यक के राजा बन जाने की घोषणा की थी, वे सिद्ध भी इसी दल के लोग थे, जिन्होंने घोषणा की होगी कि पालक को हटाकर आर्यक को राजा बनाया जाए। इस प्रकार यह चमत्कार हमारे कथानक में कोई दुरूहता पैदा नहीं करता।

## 5

'मृच्छकटिक' की विशेषता एक यह है कि इसमें दक्षिण भारत का भी उल्लेख काफी है। इसमें सह्यवासिनी देवी का नाम आता है। सह्याद्रि दक्षिण में है। 'दाक्षिणात्य' और 'कर्णाटकलह' शब्द तो वीरक और चंदनक के झगड़े के समय स्पष्ट आए हैं। दक्षिण की भी कई भाषाओं के नाम गिनाए गए हैं। यह उस समाज का चित्रण है जिसमें उत्तर और दक्षिण भारत में काफी सम्बन्ध था। चन्दनक दक्षिण से आकर उज्जयिनी में अच्छी नौकरी पा जाता है। पाटलिपुत्र से भी लोग उज्जयिनी में नौकरी करते थे। सार्थ खूब चलते थे। क्योंकि सार्थवाह काफी थे। मुहल्ले जातियों के नाम पर बंटे थे—जैसे बनियों का मुहल्ला श्रेष्ठिचत्वर कहलाता था, परन्तु उसमें केवल बनिये ही रहते हों, ऐसी कोई बात नहीं थी। उसमें आर्य चारुदत्त भी रहता था जो ब्राह्मण था।

ब्राह्मण व्यापार भी करते थे। वैश्य विदेश भी जाते थे। चाण्डाल वध करते थे, किन्तु लेखक ने स्पष्ट बतलाया है कि वे भी श्रेष्ठ हो सकते थे। जन्म से कोई अच्छा-बुरा नहीं होता, कर्म से होता है, आचरण और शील से होता है, लेखक यही कहना चाहता है। कोई भी किसी जगह किसी कुल या जाति में जन्म लेता है। वह वही परम्परागत काम करता है, परन्तु क्योंकि काम कोई गन्दा या बुरा नहीं है, वह भी उससे बुरा नहीं हो जाता। बुरा तो वह शील को छोड़ देने से बन जाता है।

इस समाज में सबको वेद बोलने का अधिकार नहीं था। साधारण प्राकृत लोग (Commoners) वेद नहीं बोल सकते थे, हालाँकि ब्राह्मण गरीबी के कारण चोरी भी करते थे और गणिका के यहाँ अच्छा भोजन देखकर ललचाते भी थे। ऐसा लगता है, उस समय खान-पान की छुआछूत इतनी नहीं थी। परन्तु ब्राह्मण वैसे पाँव धुलाने में अपमान समझता था। रात को सड़कों पर निकलना खतरनाक होता था। खुले आम सड़कों पर मार-पीट भी हो जाती थी। गाड़ियों में ज़्यादातर बैल ही काम में लाए जाते थे।

उस समय घूँघट का रिवाज था, कितना लम्बा, यह तो पता नहीं, पर वधू सिर ढाँपती थी। वैसे अजन्ता आदि के चित्र बताते हैं, कि स्त्रियाँ स्तन तक खुले रखती थीं। वात्स्यायन ने तो कहा है कि यदि घर में किसी स्त्री के कुचों पर नखों के चिह्न मिलें तो उसे विवाहित मानकर आदर करना चाहिए। वाल्मीकि रामायण, जिसका वर्तमान रूप विद्वान लोग ईस्वी दूसरी शती पूर्व नियत करते हैं, उसमें राक्षस-वधू मन्दोदरी भी पर्देदार थी, ऐसा वह स्वयं रावण की मृत्यु पर विलाप करते समय कहती है कि तुम अवश्य मुझे इस प्रकार उन्मुक्त देखकर दुःखी हो रहे होंगे; तुम्हारे समय में क्या मैं ऐसे आ सकती थी? 'अभिज्ञान शाकुन्तल' में कालिदास ने भी राजदरबार में जानेवाली शकुन्तला से घूँघट करवाया है। हो सकता है उस समय 'वधू' घूँघट करती हो। 'वधू' का सम्मान अन्य स्त्रियों की तुलना में सम्भवतः बहुत अधिक था। यद्यपि समाज में प्रतिष्ठित लोग गणिकाओं से सम्बन्ध रखते थे, परन्तु समाज में वह फिर भी अच्छा नहीं माना जाता था। उन दिनों नैतिक मानदण्ड भी दूसरे ही थे। वसंतसेना भीगकर आती है तो चारुदत्त सबके सामने कहता है कि बूँदें केशों से टपककर स्तनों पर गिर रही हैं। आजकल ऐसे कौन कह सकता है? फिर वसंतसेना भी बड़े मुखर तरीके से कहती है कि मैं रमण करने जाती हूँ। हो सकता है वधू होने पर वह नहीं कहती, क्योंकि हम धूता के प्रति चारुदत्त को बड़ा ही इज़्ज़तदार व्यवहार करते देखते हैं। आखिर कवि ने वसंतसेना को वह इज़्ज़त दिला ही दी है। उसने नारी-जीवन की चरम सार्थकता वधू होने में ही स्वीकार की है। घूँघट तो होता था परन्तु पर्दा निश्चय ही नहीं था, क्योंकि धूता सबके सामने भी आती है।

जुआ उस समय भी बड़ा प्रचलित खेल था। बड़े-बड़े लोग भी जुआ खेलते थे।

उस समय राजाओं की चार तरह की स्त्रियाँ होती थीं; पहली महिषी यानी पटरानी। दूसरी पालागली यानी बड़े अफसर की बेटी। तीसरी परिवक्ती यानी उपेक्षिता-सी पत्नी और चौथी वावाता। यह राजा की प्रिया होती थी। बाकी शादियाँ उसे मजबूरी में कायदों का निर्वाह करने को करनी पड़ती थीं, परन्तु यह वाली शादी वह खुद करता था। संस्थानक को कई बार 'काणेलीमात' कहा गया है, जिसका अर्थ है कि वह अविवाहित स्त्री का लड़का था। और फिर उसे इस नाम से बुलाया भी जाता था, जिसका वह बुरा नहीं मानता था। इससे प्रकट होता है कि वह रखैल का बेटा था और उसकी बहिन पालक की वावाता थी।

उस समय देश में बौद्ध-धर्म काफी था। काफी विहार थे, तभी संवाहक को सारे विहारों का कुलपति बनाया गया है। इससे प्रकट होता है कि 'मृच्छकटिक' की यह सम्पादित रचना अशोक के बाद की है और इसीलिए उसमें राजा भी यह अधिकार रखता है कि किसीको भी कुलपति चुन दे, जबकि वैसे यह काम राजा का नहीं होना चाहिए। उस समय ब्राह्मण-धर्म अधिक प्रचलित था। यह प्रकट करता है कि रचना शुंगकाल की होनी चाहिए जब कि ब्राह्मणों का ज़ोर होने लगा था। बौद्ध-भिक्षु का दर्शन भी अपशकुनकारक माना जाता था। भिक्षुओं को लोग शरीफ ही समझते हों, ऐसा भी नहीं रहा था। परन्तु लेखक ने बौद्ध और ब्राह्मण दोनों के ही प्रति सहानुभूति दिखाई है। वह अच्छे श्रमण का चित्रण करता है, न कि दिखावा करनेवाले का।

किन्तु 'मृच्छकटिक' के रचनाकाल में, या मूलकथाकाल में, दोनों में ही कोई भारत-भर का एक बड़ा राजा नहीं था। लेखक यह चाहता ज़रूर है कि भारत में एक सम्राट हो, तभी वह आर्यक को सारी पृथ्वी का राजा कहता है, और चाहता है कि बुरे श्रमण की जगह किसी अच्छे को राजा ही सब विहारों का कुलपति बना दिया करे। इस दृष्टि से इसके सम्पादन का समय निश्चय ही शुंगकाल के बाद का है। मेरे मत में 'मृच्छकटिक' का वर्तमान स्वरूप ईस्वी पहली और ईस्वी पूर्व पहली सदी के बीच का होना चाहिए। मनुस्मृति का वर्तमान स्वरूप कौटिल्य के अर्थशास्त्र के बाद सम्पादित किया गया है। इसका समय लगभग ईस्वी पूर्व दूसरी शती है। ब्राह्मण का जो सम्मान हमें नारद, याज्ञवल्क्य और कौटिल्य में कम मिलता है, वह मनु में फिर से दृढ़ किया गया है, ऐसा लगता है। जिस समय दासप्रथा टूटी थी, क्षत्रियों ने उत्कर्ष किया था; ब्राह्मण का मान घट गया था। बाद में ब्राह्मणों ने फिर अपने अधिकारों की रक्षा की थी। इस् दृष्टि से भी 'मृच्छकटिक' का समय हमारे द्वारा निर्धारित ही प्रतीत होता है। इस समय हम देखते हैं कि राजा की आज्ञा सर्वोपरि है, जबकि पहले पंचायतों, ग्रामिकों का भी हमें ज़ोर दिखाई देता है।

अन्त में हम यहाँ कहना चाहते हैं कि भाषा के दृष्टिकोण से मृच्छकटिक का बड़ा महत्त्व है। इसमें लौकिक संस्कृत, प्राकृत और अपभ्रंश तीनों का प्रयोग है। सूत्रधार, नटी, रदनिका, मदनिका, वसंतसेना, उसकी माँ, चेटी, कर्णपूरक, धूता, शोधनक और श्रेष्ठि शौरसेनी प्राकृत बोलते हैं तथा वीरक और चंदनक अवन्तिका प्राकृत। विदूषक प्राच्या प्राकृत बोलता है। शकार, वसन्तसेना और चारुदत्त के चेट, भिक्षु, रोहसेन और संवाहक मागधी प्राकृत बोलते हैं। शकार अपभ्रंश बोलता है। दोनों चाण्डाल-चाण्डाल अपभ्रंश बोलते हैं। माथुर और द्यूतकर की भाषा ढक्की अपभ्रंश है। निस्सन्देह इस नाटक का लेखक अनेक भाषाओं का अधिकारी था।

'मृच्छकटिक' एक बहुत सुन्दर नाटक है, परन्तु संस्कृत का सर्वश्रेष्ठ नाटक नहीं है। यद्यपि नाटकीय दृष्टि से इमसें कमियाँ हैं, परन्तु कोई पूर्ण ही हो, ऐसी रचना अभी तक हमें प्राप्त नहीं है।

—**रांगेय राघव**

# मृच्छकटिक

# पात्र

**सूत्रधार** : मुख्य नट यानी अभिनेता। डायरेक्टर।
**चारुदत्त** : गरीब ब्राह्मण व्यापारी।
**मैत्रेय** : चारुदत्त का मित्र, ब्राह्मण, विदूषक।
**शकार** : श-श बोलता है—स को, यों शकार। वैसे है राजा पालक का साला। नाम है संस्थानक।
**विट** : शकार का नौकर।
**चेट** : शकार का दास। नाम स्थावरक। बूढ़ा।
**वर्धमानक** : यह चारुदत्त का सेवक है।
**संवाहक** : चारुदत्त का पुराना नौकर, फिर जुआरी, फिर बौद्धभिक्षु।
**माथुर** : जुए की सभा का अध्यक्ष—सभिक।
**द्यूतकर**, **दर्दुरक** : जुआरी
**कर्णपूरक** : वसंतसेना का नौकर। मस्त और तगड़ा।
**शर्विलक** : मदनिका का प्रेमी। ब्राह्मण। पहले चोर फिर राज्य पलटने वाला।
**कुम्भीलक** : वसंतसेना का दास।
**रोहसेन** : चारुदत्त का पुत्र।
**आर्यक** : गोप-पुत्र, बन्दी, फिर राजा।
**वीरक** : राजा पालक का सेनापति।
**चंदनक** : राजा पालक का दूसरा सेनापति। } नगर-रक्षक भी हैं।
**शोधनक** : न्यायालय का नौकर।
**न्यायाधीश**, **श्रेष्ठि**, **कायस्थ** : अधिकरण यानी न्यायालय के अधिकारीगण। श्रेष्ठि आजकल के जूरर-सा होता था। कायस्थ—पेशकार।
**वसंतसेना** : गणिका।
**वृद्धा** : वसंतसेना की माँ।
**रदनिका** : चारुदत्त की दासी।
**धूता** : चारुदत्त की पत्नी—वधू—जिसे अब धर्मपत्नी कहते हैं।
**मदनिका** : वसंतसेना की दासी, शर्विलक की प्रिया।

**[विट, चेट, बन्धुल, चाण्डाल, चेटी, छत्रधारिणी, वेश्यापुत्र, नटी इत्यादि।]**

# पहला अंक

## नांदी[1]

पर्यंक-ग्रन्थि की भाँति सर्पगण
बँटकर कसकर सहज बाँध
वह जो स्थित पद्मासन में है
यों अपनी कटि को और जाँघ,
प्राणादिवायु को रोक लिया
इन्द्रियाँ हुईं व्यापारशून्य
जो तत्त्वज्ञान से मानस में
अनुभव करता है ब्रह्मपूर्ण,
उस शंकर की प्रलयोन्मुख औ'
वह ब्रह्मलग्न शाश्वत समाधि
सब काल आपकी रक्षा कर
रे दूर करे सब आधि-व्याधि।

और भी–

नीले बादल-सा शंकर का वह नीलकण्ठ,
आलिंगित करतीं जिसे पार्वती की अति सुन्दर भुजा गौर,
बिजली-सी जगमग करतीं नीलम छाँह बीच,
वह करे आपकी रक्षा बनकर चिर जीवन की वरद ठौर।

[नांदी के बाद सूत्रधार]

**सूत्रधार** : बस, बस! उपस्थित लोगों की नाटक देखने की इच्छा की तीव्रता को और बढ़ाकर उसे नष्ट कर देना व्यर्थ है। मैं सभ्य लोगों को प्रणाम कर कहता हूँ कि हम मृच्छकटिक नामक प्रकरण का अभिनय करनेवाले हैं। चकोर के से नयनवाले, गजराज की भाँति चलनेवाले, पूर्ण चन्द्रमा के से मुखवाले सुन्दर, महाशक्तिशाली और क्षत्रियश्रेष्ठ

---

1. नांदी–नाटक के प्रारम्भ में प्रार्थना

शूद्रक ने इसकी रचना की थी।[1] राजा शूद्रक ऋग्वेद, सामवेद, अंकगणित, चौंसठ कलाओं, व्यापार-नियमों तथा हाथी आदि पालने के नियमों और विद्याओं में बड़े निपुण थे। भगवान् शंकर की कृपा से उन्होंने अज्ञान-रूपी अन्धकार का हरण करके दिव्य दृष्टि प्राप्त कर ली थी। अपने पुत्र को राज्यसिंहासन पर बिठाकर, बड़े उद्योग से अश्वमेध यज्ञ पूरा करके एक सौ वर्ष और दस दिन की आयु समाप्त कर राजा शूद्रक अग्नि में प्रविष्ट हो गए। वे संग्राम में बड़े कुशल, जागरूक, वैदिकों में श्रेष्ठ, तपोनिष्ठ और शत्रुओं के हाथी से मल्लयुद्ध करने के बड़े शौकीन थे। राजा शूद्रक के बनाए हुए इस प्रकरण में उज्जयिनी नगरी की कथा है। वहाँ एक व्यापारी ब्राह्मण रहता था। वह युवक था, निर्धन था, उसका नाम था—चारुदत्त। चारुदत्त के गुण ऐसे थे कि वसन्त की शोभा जैसी सुन्दरी वसंतसेना नामक नर्तकी उनपर मोहित हो गई थी। राजा शूद्रक ने इस प्रकरण में चारुदत्त और वसंतसेना के सुख और विलास, नीति की गति, नीचों की दुष्टता तथा होनहार—इन सबको ही वर्णित किया है। *(घूमकर और देखकर)* अरे! हमारी संगीतशाला में ऐसा सन्नाटा क्यों है? कुशीलव[2] न जाने कहाँ चले गए? *(सोचकर)* ओह समझा! जिसके पुत्र नहीं होता उसका घर सूना लगता है। जिसका कोई गहरा मित्र नहीं, उसका घर बहुत ज़्यादा सूना लगता है। मूर्ख के लिए सब दिशाएँ सूनी होती हैं। और गरीब के लिए तो सभी कुछ सूना ही होता है। चलो! संगीत तो हो चुका। संगीत में लगे-लगे तो तेज़ धूप में सूखे कमल के बीज-सी मेरी आँखें भूख से विचलित हो गई हैं। स्त्री को ही बुलाकर पूछूँ कि कुछ खाने-पीने को भी है या नहीं। अब मुझे संस्कृत छोड़कर प्राकृत में, प्रयोजनवश एवं प्रयोग की सरलता के कारण, बोलना चाहिए। अरे सुनो तो! देर तक गाते रहने से सूखे कमल के डंठल की तरह मेरे अंग सूख गए हैं। भूख से हालत बिगड़ रही है। स्त्री ने जाने कुछ बनाया भी या नहीं? *(घूमकर और देखकर)* यही मेरा घर है। चलूँ तो भीतर। *(अन्दर जाकर और देखकर)* अरे वाह! यहाँ तो कुछ और ही मामला है! धोए हुए चावलों के पानी से गली भर गई है। लोहे की कड़ाही की रगड़ से भूमि पर ऐसी बूँदें लग गई हैं जैसे किसी सुन्दरी ने साज-सिंगार किया हो! और

1. बभूव—सूत्रधार स्पष्ट करता है कि नाटककार प्राचीन था
2. नट और चारण—नायक

पकवानों की आती हुई इस सुगन्ध ने तो मेरी भूख को और भी बढ़ा दिया है। आज क्या कहीं पुरखों का गाड़ा हुआ धन तो हाथ नहीं लग गया? या भूख के कारण मुझे ही सारा संसार भात-सा दिखाई दे रहा है! हमारे घर में कुछ भी सुबह का बचा खाना नहीं है। भूख के कारण मेरे तो प्राण निकले पड़ रहे हैं। और यहाँ सब नई-नई तैयारियों में लगे हैं। कोई स्त्री मसाला पीस रही है, कोई फूलों की माला गूँथ रही है। *(सोचकर)* बात क्या है? अच्छा! घरवाली को बुलाकर ही पूछ न लूँ? *(नेपथ्य की ओर बढ़कर)* आर्ये! सुनती हो!

**प्रवेश** : *(प्रवेश कर)* आई, आर्यपुत्र!

**सूत्रधार** : आर्ये! आओ! आओ!

**नटी** : आर्य! आज्ञा दें। क्या सेवा करूँ?

**सूत्रधार** : आर्ये! अधिक समय तक संगीत में लगा रहकर भूख से तिलमिला उठा हूँ। अब यह कहो, घर में कुछ खाने को है या नहीं?

**नटी** : सब कुछ है आर्य।

**सूत्रधार** : क्या है। कहो तो!

**नटी** : गुड़ में सना अन्न है। घी, दही, भात–आर्य के भोजन करने योग्य सभी सरस पदार्थ हैं, ऐसा आर्य के देवतागण आश्वासन देते हैं।

**सूत्रधार** : हमारे घर में सब कुछ है? यह कैसा परिहास करती हो?

**नटी** : *(स्वगत)* तो मज़ाक ही क्यों न करूँ? *(प्रकट)* आर्य! बाज़ार में तो है?

**सूत्रधार** : *(क्रोध से)* अरी दुष्टे! तूने तो बाँस से बँधे ढेले की तरह पहले बहुत ऊपर फेंककर नीचे दे मारा। तो ले तेरी भी आशा ऐसे ही नष्ट होगी, तेरा भी साथ ही साथ नाश हो जाएगा।

**नटी** : आर्य! प्रसन्न हों। मैंने तो परिहास किया था।

**सूत्रधार** : तो फिर यह सब नई तैयारी किसकी है? कोई स्त्री मसाला पीस रही है, कोई माला गूँथ रही है और भूमि भी तो पंचरंगे फूलों की मालाओं से सजा रखी है।

**नटी** : आर्य! उपवास जो किया है।

**सूत्रधार** : कौन-सा उपवास?

**नटी** : अनुरूप पति पानेवाला उपवास।

**सूत्रधार** : तो आर्ये! इस लोक के लिए या परलोक के लिए?

**नटी** : आर्य, परलोक के लिए!

**सूत्रधार** : *(क्रोध से)* सज्जनगण! आप ही देखें। मेरे अन्न को खर्च करके दूसरे लोक के लिए पति खोजा जा रहा है।

**नटी** : आर्य! प्रसन्न हों। मैं तो इसलिए व्रत कर रही हूँ कि दूसरे जन्म में भी मुझे आप ही पतिरूप में प्राप्त हों।

**सूत्रधार** : अच्छा! इस व्रत को बताया किसने है?

**नटी** : आप ही के प्रिय मित्र चूर्णवृद्ध ने।

**सूत्रधारः** *(क्रोध से)* अरे! वह नीचपुत्र चूर्णवृद्ध! कब आएगा वह दिन, जब मैं तुझे वैसा ही विदीर्ण हुआ देखूँगा जैसा कि राजा पालक क्रुद्ध होकर नव-वधू के सुगंधित केशपाश को छिन्न-भिन्न कर देता है!

**नटी** : आर्य! इतने क्रुद्ध न हों। यह परलोक का व्रत मैं तो आप ही के लिए कर रही हूँ *(चरणों पर गिरती है।)*

**सूत्रधार** : उठो आर्ये! उठो! बताओ तो सही। यह व्रत किस तरह करना चाहिए!

**नटी** : हम लोगों को योग्य ब्राह्मण को निमन्त्रण देना चाहिए।

**सूत्रधार** : अच्छा तो आर्ये! तुम अपने काम में लगो। मैं भी अपने योग्य किसी ब्राह्मण को निमन्त्रण देकर आता हूँ।

**नटी** : जैसी आप आज्ञा दें। *(प्रस्थान)*

**सूत्रधार** : *(घूमकर) क्या करूँ? इस सम्पत्तिशालिनी उज्जयिनी नगरी में मैं अपने योग्य ब्राह्मण कहाँ खोजूँ? (देखकर)* वह आ रहा है मैत्रेय—चारुदत्त का मित्र! अच्छा! इसीसे पूछूँ। आर्य मैत्रेय! आज मैं आपको भोजन के लिए अपने घर निमन्त्रित करता हूँ।

**[नेपथ्य में–'आप किसी और ब्राह्मण को बुला लें। मैं तो इस समय काम में लगा हुआ हूँ।']**

**सूत्रधार** : आर्य! भोजन तैयार है। वहां कोई परेशानी नहीं होगी। बताइए न? आपकी दक्षिणा क्या होगी?

**[फिर नेपथ्य से–'अरे! जब मैंने पहले ही आपका निमन्त्रण अस्वीकृत कर दिया तो व्यर्थ ही आप इतना आग्रह करके मुझे निमन्त्रण देने की चेष्टा क्यों कर रहे हैं?']**

**सूत्रधार** : अरे! आप तो सचमुच मना कर रहे हैं! अच्छा! किसी दूसरे ब्राह्मण को खोजता हूँ। *(प्रस्थान)*

**[प्रस्तावना समाप्त]**

**[हाथ में उत्तरीय लिए मैत्रेय का प्रवेश]**

**मैत्रेय** : *(प्रवेश करता हुआ)* मैं तो कह चुका कि किसी और ब्राह्मण को खोज लो। क्या मुझ मैत्रेय को भी निमन्त्रण की वस्तुएँ खानी चाहिए? हाय रे काल! तूने तो मुझे रूई जैसा दीन कर दिया। मैं, जोकि एक

दिन चारुदत्त की सम्पत्ति से आदरपूर्वक सुगन्धित और मनोरम मोदक खा-खाकर तृप्त था, उसके अन्तःपुर की बैठक के दरवाज़े पर बैठा-बैठा सैकड़ों मिठाइयों के बर्तनों से घिरा हुआ चितेरे की तरह उँगलियों से छू-छूकर उन्हें छोड़ देता था। उन दिनों मैं नगरचौक के साँड़ की तरह पागुर करता रहता था। आज वही मैं चारुदत्त की गरीबी के कारण इधर-उधर से दाना चुगकर पालतू कबूतर की तरह यहाँ आया हूँ! *(सोचकर)* आर्य चारुदत्त के प्रिय मित्र चूर्णवृद्ध ने चमेली के फूलों की सुगन्ध से रमे इस उत्तरीय को देवकार्य सम्पादित करनेवाले चारुदत्त के पास ले जाकर देने को कहा है। चलूँ आर्य चारुदत्त को ढूँढूँ! *(घूमकर और देखकर)* देवों की पूजा आदि करके आर्य चारुदत्त अब गृहदेवों की पूजा करते हुए इसी ओर आ रहे हैं।

**[इसके बाद निर्दिष्ट स्थान पर चारुदत्त और रदनिका का प्रवेश]**

**चारुदत्त :** *(ऊपर की ओर देखकर दुःख-भरा निःश्वास लेकर)* कुछ दिन पहले हमारे पास द्वार पर पूजा के समय गिराई हुई चीज़ों को हँस और सारस पक्षी खाया करते थे और आज उसी जगह घास उग आई हैं, क्योंकि लोग अब यहाँ चलते-फिरते भी नहीं। केवल यहाँ कीड़े चल रहे हैं और उनके मुख से केवल खाए हुए बीजों के तिनके अवश्य गिर जाते हैं। *(धीरे-धीरे टहलकर, घूमते हुए चारुदत्त बैठ जाता है।)*

**विदूषक :** आर्य चारुदत्त हैं। चलूँ उनके पास। *(निकट जाकर)* श्रीमान् को प्रणाम करता हूँ। आपकी वृद्धि हो।

**चारुदत्त :** अरे! सब प्रकार के समयों में मित्र बने रहनेवाले सखा मैत्रेय! तुम आ गए? आओ स्वागत है। बैठो।

**विदूषक :** जैसी आपकी आज्ञा *(बैठकर)* मित्र! आपके मित्र चूर्णवृद्ध ने चमेली के फूलों से सुगन्धित उत्तरीय भेजा है और मुझसे कहा है कि देवकार्य संम्पादित करनेवाले आर्य चारुदत्त के पास ले जाओ। *(देता है।)*

**[चारुदत्त लेकर चिन्तित हो जाता है।]**

**विदूषक :** मित्र! क्या सोच रहे हो?

**चारुदत्त :** सखे! घने अन्धेरे में जिस तरह दीपक का उजाला अच्छा लगता है उसी तरह दुःख का अनुभव कर लेने पर ही सुख का आगमन आनन्द देता है। लेकिन जो व्यक्ति सुख भोग लेने के बाद दरिद्र हो जाता है, वह शरीर धारण करते हुए भी मुर्दे की तरह ही होता है।

**विदूषक :** मित्र! मृत्यु और दरिद्रता, इन दोनों में से तुम्हें कौन-सी अधिक पसन्द है।

**चारुदत्त** : सखे! निर्धनता और मृत्यु में तो मृत्यु ही अच्छी है, दरिद्रता नहीं। मृत्यु में तो थोड़ी देर दुःख होता है, जबकि निर्धनता में अनन्तकाल तक दुःख-ही-दुःख रहता है।

**विदूषक** : मित्र! दुःखी होना व्यर्थ है। माँगनेवालों को दान दे-देकर आपका वैभव वैसा ही अधिक मनोरम लगने लगा है जैसे देवताओं के पी लेने पर प्रतिपदा की बची हुई क्षीण चन्द्रकला।

**चारुदत्त** : मुझे धन के चले जाने का दुःख नहीं है मित्र! मुझे तो और ही कुछ भीतर-ही-भीतर जलाकर भस्म किए दे रहा है। जैसे समय के फेर से हाथी के गण्डस्थल से मद-स्राव रुक जाने पर भौंरे भी वहाँ मँडराना छोड़ देते हैं, वैसे ही मेरे घर को धनहीन समझकर अब अतिथियों ने भी आना छोड़ दिया है।

**विदूषक** : मित्र! यह क्षणभंगुर धन बड़ी बुरी चीज़ है। जैसे बर्र और ततैयों से डरा ग्वाले का लड़का ऐसे स्थानों में जा छिपता है जहाँ बर्र उसे न काट सकें, वेसे ही यह धन भी कंजूसों के ही घर में छिपा रहता है।

**चारुदत्त** : मित्र! सच कहता हूँ। धन गया, मुझे इसकी कोई भी चिन्ता नहीं है, क्योंकि धन का आना-जाना तो भाग्य पर निर्भर है। लेकिन मुझे तो दुःख इस बात का है कि धनहीन हो जाने पर मित्र भी मुँह फेर लेते हैं। गरीबी के कारण लज्जा होने लगती है। लज्जित मनुष्य का तेज नष्ट हो जाता है। और जिसमें तेज नहीं होता, यह संसार उसका तिरस्कार कर देता है। ऐसे समय में मन उचाट हो जाता है, और जब वैराग्य पैदा हो जाता है तब मन को शोक घेर लेता है। मित्र! शोक के उदय से बुद्धि भी क्षीण हो जाती है और बुद्धि के क्षीण होने पर सर्वनाश घेर लेता है। सच! यह दरिद्रता नहीं है, यह तो सारी मुसीबतों की जड़ है।

**विदूषक** : तभी तो कहता हूँ कि उस क्षणभंगुर धन की याद कर-करके दुःखी होना व्यर्थ ही है।

**चारुदत्त** : मित्र! निर्धनता ही तो मनुष्यों की चिन्ता का आश्रय है। वही शत्रुओं के अपमान का स्थान है। वही शत्रु और मित्रों का घृणापात्र है, स्वजनों के भी वैर का कारण है। जो धनहीन है, उसे वन में चले जाने की इच्छा होती है। उसे अपनी स्त्री का भी अपमान सहना पड़ता है। यह गरीबी तो हृदय के भीतर बसी हुई वह शोक की आग है जो एक ही बार जलाकर समाप्त नहीं कर देती, वरन् घुला-घुलाकर मारती

है। जाने दो मित्र! मैं गृहदेवों की पूजा कर चुका हूँ। तुम चौराहे पर जाकर मातृ-देवियों को बलि चढ़ा आओ।

**विदूषक** : मैं तो नहीं जाऊँगा।

**चारुदत्त** : क्यों?

**विदूषक** : जब पूजा करने पर भी देवता तुमपर प्रसन्न नहीं होते, तब उनकी पूजा करने से क्या लाभ है?

**चारुदत्त** : ऐसा न कहो सखे? घर-गिरस्ती लोगों का यह नित्य नियम है। तप, मन, वाणी और बलिकर्मों से पूजित देवता प्रशान्त चित्तवाले मनुष्य से सदैव प्रसन्न होते हैं। इसमें कोई तर्क-वितर्क करने की आवश्यकता नहीं है। तुम जाओ और मातृदेवियों को बलि चढ़ा आओ।

**विदूषक** : नहीं जी! मैं नहीं जाऊँगा। इस काम के लिए तो किसी और ही को भेजो। जैसे दर्पण में देखने पर दाहिना अंग बायाँ और बायाँ दाहिना-सा लगता है, उसी तरह मुझ ब्राह्मण के तो सारे कामों का उल्टा ही फल निकलता है। और फिर संध्या का समय। मार्ग पर इस समय तो वेश्या, विट, चेट और राजश्याल आदि घूमा करते हैं। इसलिए मेंढक के लोभी कालसर्प के मुँह में गिरने पर जैसे चूहा फँस जाता है, वैसे ही मैं भी वहाँ जाकर उनके हाथों में फँस जाऊँगा। भला, तुम यहाँ बैठे-बैठे तब कर भी क्या लोगे?

**चारुदत्त** : अच्छा तो ठहरो। मैं सायंकालीन जप आदि से निवृत्त हो लूँ।

**[नेपथ्य में–'ठहर! वसन्तसेने! ठहर!' विट, शकार तथा चेट से पीछा की जाती हुई वसंतसेना का प्रवेश]**

**विट** : वसन्तसेने! ठहरो! ठहरो! इतनी भयभीत हो तुम कि अपनी मंद गति को छोड़कर, नृत्यकला में निपुण चरणों को जल्दी-जल्दी धरती हुई, पीछा करनेवाले शिकारी से डरी हुई हरिणी की तरह भागी जा रही हो!

**शकार** : ठहर! वशंतशेने! ठहर! क्यों जाती है? क्यों भागती है? अरे, क्यों गिरती-पड़ती जा रही है? बाले! प्रशन्न हो। मृत्यु की शंका त्याग दे। तनिक ठहर! देख आग में पड़े हुए मांशखण्ड की भाँति मेरा क्षुद्र हृदय काम शे जल रहा है।

**चेट** : आर्ये! ठहरो! ठहरो! सुन्दर पुच्छवाली ग्रीष्म-मयूरी की भाँति डरी हुई मेरी बड़ी बहिन की तरह तुम जा रही हो। वन में गए हुए मुर्गे के बच्चे के समान मेरे स्वामी शकार तुम्हारे पीछे लगे हुए हैं।

**विट** : वसन्तसेने! रुक जाओ! अपने चरणों से तुम पृथ्वी पर ऐसे ही लाल

कमल झराती जा रही हो, जैसे अस्त्र द्वारा मनःशिला को विदीर्ण किया जाता है। वायु के स्पर्श से तुम्हारा अंचल चंचल हो रहा है। लाल वस्त्र पहने हुए तुम केले के नवीन पत्ते की तरह काँपती हुई क्यों जा रही हो?

**शकार :** रुक जा वशंतशेने! रुक जा! मेरी वाशना को बढ़ाती हुई, रात्रि में मेरी शय्या पर आकर मेरी निद्रा भंग करनेवाली तू, भयभीत, गिरती-पड़ती क्यों भागी जा रही है? इश शमय तो तू मेरे वश में वैशे ही आ गई है जैशै रावण के वश में कुन्ती हो गई थी।[1]

**विट :** वसन्तसेने! गरुड़ से डरी हुई सर्पिणी की भाँति तुम मुझसे भी तेज़ पग बढ़ाती भागी जा रही हो। मैं और भी वेग से चलकर वायु को रोक सकता हूँ। किन्तु हे सुन्दरी! मैं तुम्हें ज़बर्दस्ती नहीं रोकना चाहता।

**शकार :** भाव! भाव![2] लंपटों की काम-नाशिका, मत्श्यप्रिया[3] नृत्यशीला, नाशकारिणी, वंशनाशिनी, अवशीकृता, काम की पिटारी, वेश्यागामियों की वधू, शुन्दर आभूषणों का श्थान तथा वेशवती, ऐशे-ऐशे मैंने उशके दश नाम रखे हैं, फिर भी वह मुझे नहीं चाहती।

**विट :** शीघ्र भागने के कारण कुण्डलों की रगड़ से उसके कपोलों पर वैसे ही निशान पड़ गए हैं जैसे विटों के नखों से वीणा पर पड़ जाते हैं। अरी! मेघ-गर्जन से डरी हुई सारसी की तरह तुम क्यों भागी जा रही हो?

**शकार :** अनेक आभूषणों की झंकार गुंजाती हुई तुम राम शे डरी हुई द्रौपदी की तरह क्यों भागी जाती हो? जिश प्रकार हनुमान ने विश्वावशु की बहिन का हरण किया था, उसी प्रकार मैं भी तो तुम्हारा अपहरण करता हूँ।

**चेट :** शकार के साथ भोग करो। अरे ऐसा करने पर तुम मछली का माँस खूब खाओगी। इनके घर में मछली का इतना माँस बनता है कि कुत्ते भी उन को छोड़कर किसी मुर्दे पर नहीं टूटते।

**विट :** कमर में उज्ज्वल, अद्भुत और मनोहर करधनी पहननेवाली, मैनसिल से अनुलिप्त सुंगधित मुखवाली तुम नगरदेवता की भाँति क्यों डरी हुई-सी भागी जाती हो?

---

1. शकार ऐसी ही अनर्गल बातें कहता है।
2. विद्वान् को संस्कृत में 'भाव' भी कहते हैं। वहाँ सम्बोधन में हुआ—विद्वन्! विद्वन्!
3. मछली खाने की शौकीन।

**शकार** : वन में कुत्तों शे भगाई गीदड़ी की तरह तू हमें तेज़ी शे पीछा करते देख मेरे घिरे हुए हृदय को चुराकर वेग शे भागी जाती है!

**वसंतसेना** : पल्लवक! पल्लवक! परिभृतिके! परिभृतिके!

**शकार** : *(डरते हुए)* भाव! भाव! कोई मनुष्य है, मनुष्य!

**विट** : डरो मत! डरो मत!

**वसंतसेना** : माधविके! माधविके!

**विट** : *(हँसी करता हुआ-सा हँसकर)* मूर्ख! वह अपने परिजन को ढूँढ़ रही है।

**शकार** : भाव! भाव! क्या वह किसी श्त्री को खोज रही है?

**विट** : और नहीं तो?

**शकार** : तो मैं सैकड़ों श्त्रियों को मारने में शूर हूँ।

**वसंतसेना** : *(सूनापन देखकर)* हाय! दुःख! चारों ओर दुःख! नहीं मालूम, परिजन भी कैसे अलग हो गए! अब तो मुझे स्वयं ही अपनी रक्षा करनी है।

**विट** : खोजो! उन्हें खोजो!

**शकार** : वशंतशेने! परिभृत्तिका, पल्लवक या शारे वशंत माश का नाम ले-लेकर रो। जब मैं तेरा पीछा कर रहा हूँ तब भला ऐशा है कौन जो तेरी रक्षा कर शके? क्या तुझे अब भीमशेन बचाएगा या परशुराम? अर्जुन आएगा या रावण! अब तो तेरे शिर के बाल पकड़कर मैं भी दुःशासन का अनुकरण करूँगा। देख! देख! मेरी तलवार तेज़ है। अब तो मैंने तेरा शिर भी पकड़ लिया। क्या तेरा शिर काट डालूँ? या तुझे जान शे मार डालूँ? अब तेरा भागना बेकार है। जो मौत के पाश आ लगता है, वह फिर जीवित नहीं हो सकता!

**वसंतसेना** : आर्य, मैं अनाथिनी हूँ।

**विट** : इसीलिए तो जी रही हो।

**शकार** : तभी तो तुम्हें मार नहीं डाला गया।

**वसंतसेना** : *(स्वगत)* हाय! इनकी तो नम्रता भी भयभीत करनेवाली है। अच्छी बात है। तो फिर यही सही *(प्रकट)* आर्य! आपको मेरा कौन-सा आभूषण चाहिए।

**विट** : ऐसा न कहो वसंतसेने! बाग की लता फूलों की चोरी नहीं चाहती। मुझे गहनों का क्या करना है?

**वसंतसेना** : तो फिर आपका मतलब क्या है?

**शकार** : मुझ देवपुरुष, मनुष्य, वाशुदेव की कामना करो!

**वसंतसेना** : *(क्रोध से)* चुप रहो! मैं सुनना भी नहीं चाहती। दूर हट जाओ! तुम अनार्य वाक्य बोल रहे हो! शान्त हो! शान्त हो!

**शकार** : *(ताली बजाकर हँसता हुआ)* वाह! वाह! ज़रा देखो तो शही हृदय शे तो वेश्यापुत्री अत्यन्त रीझ गई है। तभी तो मुझ शे कहती है—आओ श्रान्त हो, क्लान्त हो! न तो मैं किशी दूशरे गाँव गया हूँ। न किशी नगर ही में गया हूँ। आर्यिके! मैं तो अपने पूज्य विट का शिर अपने पैरों से छूकर कशम खाता हूँ कि तुम्हारे पीछे-पीछे दौड़ने के कारण ही मैं थक गया हूँ।

**विट** : *(स्वगत)* अरे, यह मूर्ख 'शान्त' को भी 'श्रान्त' समझ रहा है? *(प्रकट)* वसन्तसेने! तुमने वेश्याओं के प्रतिकूल भाषा का प्रयोग किया। देखो! युवकों से सेवित वेश्यालय की याद करो। आर्ये! तुम तो अपने को पथ में उत्पन्न होनेवाली लता के समान समझो! हाट में धन से खरीदी जानेवाली वस्तु की भाँति तुम्हारी देह है। तुम्हें तो रसिक और अरसिक दोनों के साथ समान व्यवहार करना चाहिए। बावड़ी में तो विद्वान् ब्राह्मण भी स्नान करता है और नीचवर्ण का मूर्ख भी। जिस फूलों से लदी लता को मोर झुकाता है, उसीको कौआ भी झुकाता है। जिस नौका से ब्राह्मण, क्षत्रिय और वैश्य पार उतरते हैं, उसीसे शूद्र भी जाते हैं। तुम वेश्या हो, उसी बावड़ी, लता और नौका के समान हो। तुम्हें तो हर आदमी का एक-सा सम्मान करना चाहिए।

**वसंतसेना** : प्रेम का कारण तो गुण होता है, न कि बलात्कार!

**शकार** : भाव! भाव! उस कामदेवायतन-उद्यान शे ही यह गर्भदाशी[1] उश दरिद्र चारुदत्त पर आशक्त है। यह तभी मुझे नहीं चाहती। बाईं और उशका घर है। कहीं ऐसा न हो कि यह मेरे-तुम्हारे हाथों में शे बचकर निकल जाए।

**विट** : *(स्वगत)* यह मूर्ख वही बात कहता है, जो इसे नहीं कहनी चाहिए। क्या सचमुच वसन्तसेना आर्य चारुदत्त पर अनुरक्त है? ठीक ही तो कहा है कि रत्न का संयोग रत्न से ही हुआ करता है। तब यह चली ही जाए। इस मूर्ख से क्या लाभ? *(प्रकट)* काणेली के पुत्र! क्या सार्थवाह[2] चारुदत्त का घर बाईं ओर है?

**शकार** : हाँ, बाईं ओर उसका घर है।

**वसंतसेना** : *(स्वगत)* अरे! यदि सचमुच उसका घर बाईं ओर ही है तो इस दुष्ट

---

1. जन्म की दासी
2. सेठ, जिसके सार्थ (काफिले) चले; बड़ा सेठ।

ने बुराई करते हुए भी मेरा उपकार ही किया है कि प्रिय चारुदत्त का मिलन तो सम्भव हो गया।

**शकार :** भाव! भाव! घने अन्धेरे में गर्द की ढेरी में गिरी हुई श्याही की टिकिया की तरह देखते ही देखते वशंतशेना अदृश्य हो गई।

**विट :** उफ! कितना घना अन्धेरा है! मेरी ये तेज़ आँखें भी अचानक अन्धेरे के घिर आने से कुछ भी नहीं देख पातीं। आँखें फाड़कर देखने पर भी अन्धेरे में कुछ नहीं दिखता। अंग-अंग में अन्धकार व्याप्त हो रहा है, आकाश से काजल बरस रहा है। असज्जनों की सेवा की भाँति मेरी दृष्टि भी व्यर्थ हो गई है।

**शकार :** भाव! भाव! वशंतशेना को ढूँढ रहा हूँ।

**विट :** काणेलीपुत्र! कोई ऐसा चिह्न है जिसके सहारे तुम उसे खोज रहे हो?

**शकार :** भाव! भाव! कैशा चिह्न?

**विट :** जैसे गहने झनकते हों या उसके पहने सुगन्धित फूलों की सुरभि आ रही हो?

**शकार :** आँखें तो अन्धेरे शे ढक गई हैं। पर नाक शे शाफ़-शाफ़ फूलों की शुगंध शुन रहा हूँ किन्तु आभूषणों की झंकार तो मुझे नहीं दिखाई देती।

**विट :** *(धीरे से)* वसंतसेने! तुम भयभीत होकर अन्धेरी रात में ऐसे छिप गई हो जैसे बादल में बिजली छिप जाती है। लेकिन तुम्हारी माला की सुगन्धि और तुम्हारे बजनेवाले नूपुर तो तुम्हारा पता बताकर ही रहेंगे। सुन रही हो? वसंतसेने?

**वसंतसेना :** *(स्वगत)* सुना और समझा भी! *(अभिनय के साथ आभूषणों को समेट लेती है, सुगन्धित मालाओं को फेंक देती है। घूमकर और हाथ से छूकर)* अरे! भीत के स्पर्श से पता चलता है कि यह तो द्वार की किवाड़े हैं। छूने से यह मालूम देता है कि घर का यह पिछला दरवाज़ा बन्द है।

**चारुदत्त :** सखे! मैंने जप समाप्त कर लिया। अब जाओ, तुम मातृदेवियों को बलि चढ़ा आओ।

**विदूषक :** नहीं, मैं नहीं जाऊँगा।

**चारुदत्त :** हाय, कितना कष्ट है! गरीबी के कारण मनुष्य के बन्धु-बान्धव भी बात नहीं सुनते। गहरे मित्र भी विमुख हो जाते हैं, मुसीबतें बढ़ जाती है। बल क्षीण हो जाता है। शीलरूपी चन्द्रमा की दीप्ति धुँधली पड़ जाती है। और दूसरों के पाप भी दरिद्र पर ही लागू हो जाते हैं।

निर्धन का साथ तो कोई नहीं चाहता, न ही कोई सम्मान से बोलता है। उत्सव के दिन अगर गरीब आदमी धनी के घर पहुँच जाए तो वहाँ भी उसे सब अनादर की दृष्टि से देखते हैं। मलिन वेश के कारण वह स्वयं भी लज्जावश धनिकों से अलग बना रहता है। इसीलिए मुझे लगता है कि पाँच महापापों की तरह निर्धनता भी कोई छठा बड़ा पातक है। अरी दरिद्रते! तूने मुझे अपना मित्र मानकर मेरे शरीर में अपना निवास-स्थान बनाया है। सच, मुझे तो यह चिन्ता सता रही है कि मुझ अभागे के मर जाने पर तुम कहाँ बसोगी?

**विदूषक** : *(दुःखी होकर)* प्रिय मित्र, अगर मुझे जाना ही है तो फिर मेरे साथ रदनिका भी चले।

**चारुदत्त** : रदनिके! तू भी मैत्रेय के साथ जा।

**चेटी** : जैसी आर्य आज्ञा दें।

**विदूषक** : ले रदनिके! बलिदीप को थाम ले। मैं किवाड़ खोलता हूँ। *(खोलता है।)*

**वसंतसेना** : मुझे बचाने के लिए ही यह द्वार खुला है। तो इसीमें घुस जाऊँ। *(देखकर)* हाय, हाय! दीपक जल रहा है। *(आँचल से दीपक बुझाकर भीतर घुस जाती है।)*

**चारुदत्त** : मैत्रेय! क्या हुआ।

**विदूषक** : दरवाज़ा खुलते ही वायु के झोंके से दीप बुझ गया है। तू चल रदनिके! बाहर खड़ी हो, मैं अभी अन्तःपुर से दीपक जलाकर लाता हूँ। *(प्रस्थान)*

**शकार** : भाव! भाव! मैं वशंतशेना को अवश्य खोजूँगा।

**विट** : खोजो! खोजो!

**शकार** : *(विट को पकड़कर)* भाव! भाव! पकड़ लिया! पकड़ लिया।

**विट** : अरे मूर्ख! यह तो मैं हूँ!

**शकार** : अच्छा आप छिपकर इधर एकान्त में खड़े रहिए। *(फिर खोजकर चेट को पकड़कर)* भाव! भाव! पकड़ लिया! अबके तो पकड़ ही लिया!

**चेट** : भट्टारक[1]! अरे यह तो मैं चेट हूँ।

**शकार** : इधर विट! उधर चेट! विट चेट, चेट विट! तुम दोनों एकान्त में ठहरो। *(फिर खोजकर रदनिका के केश पकड़कर)* भाव! अब तो वशंतशेना पकड़ी गई। बिलकुल पकड़ी गई। अन्धकार में भागती

---

1. भर्त्ता, स्वामी, मालिक

हुई तू माला की शुगन्धि शे पकड़ी ही गई जैशे चाणक्य ने द्रौपदी के केशों को पकड़ा था।

**विट** : तुम यौवन के गर्व से कुलपुत्र का अनुसरण करने चली थीं। इसीलिए तुम्हारा सुरभित केशपाश पकड़कर खींचा जा रहा है।

**शकार** : हे बाले! अब तो तुम्हारे केश मेरे हाथ आ गए। भले ही गाली दे लो, तड़प लो, कुछ भी बको या शिव, शम्भु और शंकर की ही याद कर लो।

**रदनिका** : *(डर से)* यह क्या आर्यों का सा व्यवहार है?

**विट** : काणेलीपुत्र! यह तो किसी दूसरे का स्वर मालूम देता है!

**शकार** : भाव! भाव! जैसे दही और मक्खन की लालचिन बिल्ली अपनी आवाज़ बदल लेती है उसी तरह इश दाशीपुत्री वशंतशेना ने भी श्वर बदल लिया है!!

**विट** : स्वर बदल लिया? क्या आश्चर्य की बात है! लेकिन इसमें आश्चर्य भी क्या है? रङ्गशाला में कलाओं की शिक्षा पाकर यह ठगने में कुशल हो गई है और इसीसे इसने स्वर भी बदल लिया है।

**विदूषक** : *(प्रवेश कर)* कैसी अजीब बात है! बलि देने को यूपकाष्ठ में लाकर बाँधे हुए बकरे की तरह यह दीपक भी फुर-फुर कर काँप रहा है। *(निकट आकर रदनिका को देखकर)* रदनिके!

**शकार** : भाव! भाव! कोई आदमी लगता है। पुरुष है।

**विदूषक** : यह ठीक नहीं है, यह अच्छी बात नहीं है कि आर्य चारुदत्त की निर्धनता के कारण अब उनके घर में अनजाने व्यक्ति भी घुस आएँ।

**रदनिका** : आर्य मैत्रेय! मेरा अपमान तो देखो।

**विदूषक** : तेरा अपमान? या यह हमारा अपमान है?

**रदनिका** : हाँ, हाँ, आप ही का तो है!

**विदूषक** : यह कैसा बलात्कार हो रहा है!

**रदनिका** : देखो तो!

**विदूषक** : सचमुच!

**रदनिका** : झूठ कहाँ कहती हूँ!

**विदूषक** : *(क्रोध से हाथ का डंडा उठाकर)* ऐसा मत कहो! अपने घर में कुत्ता भी प्रचण्ड होता है, फिर मैं तो ब्राह्मण हूँ। अपने भाग्य के समान कुटिल इस मोटे डण्डे से ही मैं सिरों को ऐसे कूटे देता हूँ जैसे कोई सूखा बाँस हो।

**विट** : महाब्राह्मण! क्षमा करिए। क्षमा करिए!

**विदूषक :** *(विट को देखकर)* इसका अपराध नहीं है। *(शकार को देखकर)* यही अपराधी है! अरे राजा के साले संस्थानक! दुष्ट! अविनयी!! यह क्या ठीक है? भले ही आर्य चारुदत्त दरिद्र हो गए हैं, फिर भी उनके गुणों से उज्जयिनी नगरी क्या सुशोभित नहीं है, जो आप लोग उनके घर में घुसकर उनके परिजनों को मार रहे हैं? क्या निर्धन समझकर किसीका अनादर करना उचित है? यमराज के यहाँ तो निर्धन ही नहीं, अपितु धनी भी दुश्चरित्र होने पर दुर्गति का पात्र बनता है।

**विट :** *(व्यथित होकर)* महाब्राह्मण! क्षमा करिए! क्षमा करिए! किसी और को समझ लेने की गलती से ऐसा काम हो गया है, इसमें अहंकार की कोई बात नहीं। हम तो, देखिए, एक स्त्री को ढूँढ़ रहे थे...

**विदूषक :** यही है वह स्त्री?

**विट :** नहीं, नहीं। पाप शान्त हो! वह तो स्वाधीनयौवना है। वह तो भाग गई, लेकिन उसके भ्रम में सदाचार का यहाँ उल्लंघन हो गया! हम सविनय प्रार्थना करते हैं। *(ऐसा कहकर तलवार पीछे करके हाथ जोड़कर चरणों पर गिर जाता है।)*

**विदूषक :** उठो सत्पुरुष! उठो! अनजाने ही मैंने आपकी निन्दा कर दी। अब तो मैं आपसे विनय करता हूँ।

**विट :** विनय तो हम करेंगे। आप ही इसके पात्र हैं। मैं अवश्य उठूँगा किन्तु एक शर्त पर।

**विदूषक :** कहिए।

**विट :** यही कि इस घटना के बारे में आप आर्य चारुदत्त से कुछ नहीं कहेंगे।

**विदूषक :** अच्छा, नहीं कहूँगा

**विट :** आपकी इस प्रीति को मैं अपने सिर पर धारण करता हूँ। इसी कारण तो शस्त्र धारण करने पर भी हम आपके गुणरूपी शस्त्र से हार गए हैं।

**शकार :** *(विद्वेष से)* हे भाव! आप किशलिए इश दुष्ट ब्राह्मण लड़के के पाँवों पर ऐशे हाथ जोड़कर गिर पड़े हैं!

**विट :** मैं डर गया हूँ।

**शकार :** किशशे डर गए हैं?

**विट :** उस चारुदत्त के गुणों से।

**शकार :** ऐशे कौन-शे गुण हैं उनमें? उनके घर में घुशने पर तो खाने को भी नहीं मिलता!

**विट :** ऐसा न कहें! यह चारुदत्त तो हम जैसे याचकों को दे-देकर निर्धन हो गया है। उसने धन के कारण कभी किसी का अपमान नहीं किया।

वह तो ग्रीष्म के उस जलपूर्ण तालाब की भाँति है जोकि मनुष्यों की प्यास बुझाने में स्वयं सूख जाता है।

**शकार** : *(क्रोध से)* यह कौन गर्भदाशी का पुत्र है? क्या वीरता में वह पाण्डवों-शा है या वह राधा का पुत्र श्वेतकेतु है? या वह इन्द्र का पुत्र रावण है? या राम और कुन्ती का पुत्र अश्वत्थामा है? या धर्म का पुत्र जटायु है?

**विट** : मूर्ख! ये तो आर्य चारुदत्त हैं! दीनों के लिए कल्पतरु, अपने ही गुणों से विनम्र, सज्जनों के पोषक, विनीतों के लिए आदर्श, सच्चरित्रता की कसौटी, शील की मर्यादा के समुद्र, लोक से उपकारी, कभी किसी का भी वे अपमान न करनेवाले, पुरुष के गुणों के निधान, सरल और उदार चित्तवाले—अनेक गुणों से युक्त अकेले चारुदत्त का ही जीवन प्रशंसनीय है। और लोगों का जीवन तो व्यर्थ ही है। अब मैं इसीसे जाता हूँ।

**शकार** : वशंतशेना को पकड़े बिना ही?

**विट** : वसंतसेना तो गायब हो गई।

**शकार** : वह कैशे?

**विट** : तुम्हें पाकर वह ऐसे अदृश्य हो गई जैसे अन्धे की दृष्टि, पीड़ित की सामर्थ्य, मूर्ख की बुद्धि, आलसी की सिद्धि, मन्दस्मृति कामुक की उत्कृष्ट विद्या एवं शत्रु का अनुराग—ये लुप्त हो जाते हैं।

**शकार** : तो क्या मैं वशंतशेना को पाए बिना ही लौट जाऊँगा?

**विट** : क्या तुमने यह नहीं सुना कि हाथी खम्भे में बाँधकर और घोड़ा लगाम के ज़ोर से वश में किया जाता है और नारी हृदय से अनुरक्त होने पर ही वशीभूत होती है। अगर ऐसा नहीं है, तो फिर चलो!

**शकार** : तुम जाते हो तो जाओ। मैं तो नहीं जाऊँगा।

**विट** : तो फिर मैं तो चला। *(प्रस्थान)*

**शकार** : भाव का अभाव हो गया। *(विदूषक से)* अरे कौए के पैर की तरह के छोटे माथेवाले दुष्ट बटुक! बैठ जा! बैठ जा!

**विदूषक** : हमें तो पहले ही बिठा दिया गया है।

**शकार** : किशके द्वारा?

**विदूषक** : दैव के। और किसके!

**शकार** : उठो! उठो!

**विदूषक** : उठेंगे।

**शकार** : कब?

**विदूषक** : जब कभी फिर दैव अनुकूल होगा।

**शकार** : अरे! रोओ, रोओ!

**विदूषक** : हम लोग तो रुलाए जा चुके हैं।

**शकार** : किशके द्वारा?

**विदूषक** : दुर्गति के द्वारा।

**शकार** : अरे हंशो! हंशो!

**विदूषक** : हँसेंगे।

**शकार** : कब?

**विदूषक** : जब फिर कभी आर्य चारुदत्त धनी हो जाएँगे।

**शकार** : अरे दुष्ट बटुक उश दरिद्र चारुदत्त शे मेरे वचन कहो कि शोने के गहनों शे शजी हुई नए नाटक में अभिनय करने को आई हुई नटी-शी यह गणिका वशंतशेना तुमपर कामदेवायतन उद्यान शे ही आशक्त हो गई है। हम लोगों के बलपूर्वक आग्रह और अनुनय करने पर भी वह तुम्हारे घर में चली गई है। यदि तुम श्वयं उशे मेरे हवाले कर दोगे तो न्यायालय में अभियोग के बिना ही तुम जैसे दानी और हममें आपश में शदा बनी रहने वाली प्रीति हो जाएगी, नहीं तो मौत तक हमारी तुमशे शत्रुता हो जाएगी। देखो! गोबर शे पुती डालीवाला कुम्हड़ा, शूखा शाग, तला हुआ माँश, और हेमन्त की रात में पकाया हुआ भात, ये शब बहुत शमय बीत जाने पर भी नहीं बिगड़ते। शमझ लो! मेरे अनुकूल कहना और शीघ्र कहना। ऐशे कहना कि मैं अपनी अट्टालिका पर नई कबूतर बैठने की अटारी पर बैठा हुआ शबको शुन शकूं। और जो नहीं कहोगे तो कपाट के बीच दबे कैथ की तरह तुम्हारे शिर को मड़-मड़ ध्वनि के शाथ पीश डालूँगा।

**विदूषक** : कह दूँगा।

**शकार** : *(स्वर उठाकर)* चेट! क्या भाव शचमुच चला गया?

**चेट** : और क्या?

**शकार** : तब तो हमें भी शीघ्र जाना चाहिए।

**चेट** : तो स्वामी यह तलवार तो ग्रहण करें।

**शकार** : तुम ही लिए रहो!

**चेट** : यह तो स्वामी का खड्ग है, स्वामी ही इसे ग्रहण करें।

**शकार** : *(उल्टी पकड़कर)* म्यान में रखी चमकदार और रक्त वर्ण की तलवार कन्धे पर रखकर उशी प्रकार मैं भी अपने घर की ओर भागता हूँ जैशे भूंकते हुए कुत्तों-कुतियों के पीछे लग जाने पर शियार शरण के लिए भागता है।

**[घूमकर दोनों चले जाते हैं।]**

**विदूषक** : रदनिके! अपने इस अपमान के बारे में आर्य चारुदत्त से कुछ न कहना, क्योंकि वे अपनी हालत से वैसे ही दुःखी है। इसे सुनकर तो वे बहुत ही पीड़ित हो जाएँगे।

**रदनिका** : आर्य मैत्रेय! रदनिका सदा से ही संयमपूर्वक बोलनेवाली रही है।

**विदूषक** : हाँ, यह बात तो है।

**चारुदत्त** : *(वसंतसेना से)* रदनिके! हवा खाते हुए रोहसेन आज सायंकाल ठण्डी वायु से पीड़ित हो गया है। इसे अन्दर ले जाओ और इस उत्तरीय को उसे ओढ़ा दो। *(उत्तरीय देता है।)*

**वसंतसेना** : *(स्वगत)* क्या यह मुझे अपनी सेविका समझ रहे हैं? *(उत्तरीय लेकर, उसे सूंघकर, प्रसन्न होकर, स्वगत)* अहा! चमेली के फूलों की सुगंधि से भरा हुआ यह उत्तरीय! इसका यौवन अभी कामुक ही लगता है। *(मुख फेरकर अपने को छिपाती है।)*

**चारुदत्त** : अरी रदनिके! रोहसेन को लेकर भीतर चली जा।

**वसंतसेना** : *(स्वगत)* तुम्हारे घर के भीतर प्रवेश करने की मैं अधिकारिणी नहीं हूँ।

**चारुदत्त** : रदनिके! बोलती क्यों नहीं? कैसा कष्ट है! भाग्य से जब मनुष्य की दीनावस्था आ जाती है तब उसके मित्र भी शत्रु हो जाते हैं। यहाँ तक कि बहुत दिनों से अनुरक्त रहनेवाले भी विरक्त हो जाते हैं।

**विदूषक** : *(रदनिका के पास जाकर)* आर्य! रदनिका तो यह है।

**चारुदत्त** : रदनिका वह है! तो यह दूसरी कौन है? अनजाने में ही यह मेरे वस्त्र को छूकर परपुरुष के स्पर्श से ही दूषित हो गई!

**वसंतसेना** : *(स्वगत)* नहीं। मैं तो भूषित हो गई।

**चारुदत्त** : शरद् के मेघ से ढंकी चन्द्रकला-सी दिखती है। लेकिन परस्त्री को देखना उचित नहीं है।

**विदूषक** : अरे, आप परस्त्री को देखने की शंका मत करिए। यह तो वसंतसेना है जो कामदेवायतन उद्यान से ही आप पर अनुरक्त है।

**चारुदत्त** : अरे! वसंतसेना! *(स्वगत)* विशाल वैभव के नष्ट हो जाने पर भी मुझपर वसंतसेना का अनुरक्त काम वैसा ही बेकार है जैसे कायर व्यक्ति का क्रोध अपने ही शरीर में विलीन हो जाता है।

**विदूषक** : राजा का साला कहता है...

**चारुदत्त** : क्या कहता है?

**विदूषक** : कि सोने के गहनों से सजी हुई, नए नाटक में अभिनय करने को आई हुई नटी-सी यह गणिका वसंतसेना तुम पर कामदेवायतन उद्यान से ही आसक्त हो गई है। हम लोगों के बलपूर्वक आग्रह और अनुनय करने पर भी वह तुम्हारे घर में चली गई है।

**वसंतसेना** : *(स्वगत)* बलपूर्वक आग्रह और अनुनय करने पर भी...यदि यह ठीक है तो मैं इन शब्दों से सचमुच विभूषित हो गई।

**विदूषक** : यदि तुम स्वयं उसे मेरे हवाले कर दोगे तो न्यायालय में अभियोग के बिना ही तुम जैसे दानी और हममें आपस में सदा बनी रहनेवाली प्रीति हो जाएगी, नहीं तो मौत तक हमारी तुमसे शत्रुता हो जाएगी।

**चारुदत्त** : *(अवज्ञा से)* वह मूर्ख है। *(स्वगत)* कैसी युवती है, देवता की भाँति उपासना करने योग्य! कुछ ही देर पहले मेरे यह कहने पर भी कि 'घर के भीतर चली जाओ', यह हमारी दयनीय दशा देखकर भीतर नहीं गई। प्रगल्भ होने पर भी पुरुषों के सामने यह धृष्टता से बातें नहीं करती। *(प्रकट)* मानिनि! वसंतसेने! अनजाने में तुम्हारे साथ दासी का सा व्यवहार करने के कारण मैं अपराधी हूँ। अतः तुमसे क्षमा प्रार्थना करता हूँ।

**वसंतसेना** : मैं अयोग्या ही आपके घर में घुस आने की अपराधिनी हूँ, अतः आर्य को नम्रता से प्रणाम करके प्रसन्न करती हूँ।

**विदूषक** : वाह! आप दोनों ने जब एक-दूसरे को विनम्र होकर प्रणाम किया तो कलम-केदार धान की भाँति आप दोनों के सिर एक-दूसरे को छू गए। मैं भी ऊँट के बच्चे के से अपने ऊँचे-नीचे सिर से आप दोनों को प्रणाम करके प्रसन्न करता हूँ। *(उठता है।)*

**चारुदत्त** : अरे, प्रणय रहने दो!

**वसंतसेना** : *(स्वगत)* बात कहने का ढंग कितना चुस्त और मधुर है! आज इस तरह मेरा यहाँ रहना ठीक नहीं है। तो कह दूँ *(प्रकट)* आर्य! जब आप मुझे इस प्रकार अनुगृहीत कर रहे हैं तो मैं इन अलंकारों को आपके घर रख जाना चाहती हूँ। इन्हीं के कारण ये पापी मेरा पीछा करते है!

**चारुदत्त** : यह घर अब धरोहर रखने योग्य नहीं है।

**वसंतसेना** : आर्य! यह झूठ है। धरोहर तो योग्य पुरुष के ही घर में रखी जाती है, न कि अयोग्य के।

**चारुदत्त** : मैत्रेय! इन अलंकारों को ले लो।

**वसंतसेना** : मैं अनुगृहीत हुई। *(अलंकारों को देती है।)*

**विदूषक** : *(लेकर)* आपका कल्याण हो!

**चारुदत्त** : धिक्कार है मूर्ख! अरे यह तो धरोहर है।

**विदूषक** : *(अन्यमनस्क-सा)* तो क्या है! भले ही चोर इसे ले जाएँ।

**चारुदत्त** : बहुत शीघ्र ही...'

**विदूषक** : *(बात काटकर)* क्या इनका यह आभूषण हमारी विशेष धरोहर है?

**चारुदत्त** : इसे मैं इन्हें लौटा दूँगा।

**वसंतसेना** : आर्य! मैं इन मैत्रेय के साथ अपने घर जाना चाहती हूँ।

**चारुदत्त** : मैत्रेय! इनके साथ जाओ।

**विदूषक** : इस हंसगामिनी के साथ चलने में तो आप ही राजहंस के समान शोभित होते हैं। मैं ब्राह्मण तो ऐरे-गैरे के हाथों चौराहे पर चढ़ाई हुई बलि को कुत्ते की तरह खाता हुआ ही मारा जाऊँगा।

**चारुदत्त** : अच्छी बात है। मैं ही इन्हें पहुँचाने जाऊँगा। राजपथ के विश्वासयोग्य उजाला करनेवाले दीपकों को जलाओ!

**विदूषक** : वर्धमानक दीपक जलाओ!

**वर्धमानक** : *(धीरे से)* कहीं तेल के बिना भी दीप जलाए जाते हैं?

**विदूषक** : *(धीरे से)* अरे, हमारे तो ये वही दीपक हैं जो अपमानित दरिद्र कामुक वेश्या के समान इस समय स्नेहहीन हो गए हैं!

**चारुदत्त** : रहने दो मैत्रेय! दीपक जलाने की क्या आवश्यकता है! युवतियों के गोरे गाल-सा उज्ज्वल, तारों से घिरा हुआ, राजपथ पर उजाला फैलाने वाला! चन्द्रमा उग आया है। घोर अन्धेरे में इसकी श्वेत किरणें जलहीन कीचड़ में दूध की सी गिर रही हैं।

*(प्रेम से)* वसन्तसेने! यही आपका घर है। प्रवेश करें।

**[वसंतसेना अनुराग-भरी दृष्टि से देखती हुई जाती है।]**

**चारुदत्त** : मित्र! वसंतसेना चली गई। चलो, अब हम भी घर चलें। पथ निर्जन हो गया है। केवल पथ-रक्षक इधर-उधर घूम रहे हैं। अब चोरी से बचना चाहिए क्योंकि बहुधा वह रात में ही होती है। *(घूमकर)* रात में इस सुवर्ण-आभूषण की रक्षा तुम करना मैत्रेय! दिन में इसकी देखभाल वर्धमानक करेगा।

**विदूषक** : जैसी आपकी आज्ञा। *(प्रस्थान)*

**[मृच्छकटिक का अलंकारन्यास (आभूषण की धरोहर) नामक पहला अंक समाप्त]**

# दूसरा अंक

**चेटी** : *(प्रवेश कर)* माता ने मुझे आर्या वसंतसेना के पास कुछ सन्देश कहने के लिए भेजा है इसलिए वसंतसेना के पास चलती हूँ *(घूमकर देखकर)* आर्या तो कुछ सोचती हुई बैठी हैं! निकट चलूँ उनके।

**[आसन पर बैठी उत्कंठिता वसंतसेना और मदनिका का प्रवेश]**

**वसंतसेना** : हाँ री! फिर क्या हुआ?

**चेटी** : आर्ये! कुछ कहती तो हैं नहीं। 'फिर क्या हुआ' क्या?

**वसंतसेना** : मैंने क्या कहा?

**चेटी** : 'फिर क्या हुआ?'

**वसंतसेना** : *(भौं चलाकर)* अच्छा ऐसे!

**पहली चेटी** : *(पास आकर)* आर्ये! माता की आज्ञा है कि आप स्नान करके देवताओं की पूजा समाप्त करें।

**वसंतसेना** : अरी! माता से कह कि आज मैं स्नान नहीं करूँगी। आज ब्राह्मण ही पूजा समाप्त करें।

**चेटी** : जैसी आर्या की आज्ञा। *(प्रस्थान)*

**मदनिका** : आर्ये! मैं किसी और भाव से नहीं बल्कि प्रेम से पूछती हूँ कि आखिर बात क्या है?

**वसंतसेना** : मदनिके! मुझे तू किस दृष्टि से देखती है?

**मदनिका** : आर्या का सूना मन देखकर मुझे लगता है कि आप किसी को हृदय से चाहती हैं।

**वसंतसेना** : तूने ठीक समझा। दूसरों के मन की बात समझने में चतुर, तू मदनिका जो ठहरी!

**मदनिका** : कितनी प्यारी बात है! युवकों के महोत्सव में कौन-सा सौभाग्यशाली आपसे अनुगृहीत हुआ है? बताइए तो! राजा है कोई, या राजवल्लभ है जो सेवित हुआ है?

**वसंतसेना** : नहीं सखि! मैं तो रमण करना चाहती हूँ, सेवा करना नहीं।

**मदनिका** : क्या किसी विद्या से भूषित ब्राह्मण युवक की कामना करती हैं?

**वसंतसेना** : ब्राह्मण लोग तो हमारे पूज्य हैं।

**मदनिका** : या अनेक नगरों में व्यापार करके धनी हुए किसी युवक व्यापारी की कामना करती हैं।

**वसंतसेना** : व्यापारियों का क्या? वे तो अत्यन्त स्नेहपात्र को भी छोड़कर दूसरे देश में चले जाते हैं और वियोग का दुःख उत्पन्न करते हैं।

**मदनिका** : आर्ये! न राजा है, न राजवल्लभ, न ब्राह्मण, न व्यापारी। तब वह है कौन, जिसकी स्वामिनी कामना करती हैं?

**वसंतसेना** : अरी! तू हमारे साथ कामदेवायतन उद्यान में गई थी?

**मदनिका** : गई तो थी आर्ये!

**वसंतसेना** : फिर भी मुझसे अनजान-सी पूछती है?

**मदनिका** : अच्छा! समझी। वही है, जिसकी शरण में आप गई थीं?

**वसंतसेना** : बता तो! क्या नाम है उनका?

**मदनिका** : वे तो श्रेष्ठिचत्वर[1] में रहते हैं।

**वसंतसेना** : अरी! नाम पूछती हूँ।

**मदनिका** : आर्ये! उनका नाम, स्वनामधन्य आर्य चारुदत्त है।

**वसंतसेना** : *(सहर्ष)* वाह! मदनिके! वाह! तूने ठीक समझा।

**मदनिका** : *(स्वगत)* यह बात है! *(प्रकट)* आर्ये! सुना है कि वे बड़े दरिद्र हैं!

**वसंतसेना** : इसीलिए तो मैं उन्हें चाहती हूँ। गरीब आदमी से प्रेम करनेवाली गणिका की दुनिया में निंदा नहीं होती।

**मदनिका** : आर्ये! क्या मधुकरियां[2] ऐसे आम के पेड़ पर भी झूमती हैं जिसमें बौर नहीं फूटती?

**वसंतसेना** : इसीलिए तो उनका नाम मधुकरी है, क्योंकि वे बस मधु की भूखी होती हैं!

**मदनिका** : यदि उनमें ऐसा मन ही रम गया है तो आर्ये! उनसे शीघ्र ही किसी गुप्त रूप से मिलती क्यों नहीं?

**वसंतसेना** : सखि! बदले में कुछ भला कर सकने में असमर्थ हैं वे। उनसे गुप्त रूप से नहीं मिला जा सकता। फिर तो उनका दर्शन भी दुर्लभ हो जाएगा।

**मदनिका** : क्या इसीलिए वह आभूषण उनके हाथ में दे दिया है?

---

1. सेठों का मुहल्ला
2. भ्रमरियाँ

**वसंतसेना :** हाँ, तूने ठीक समझा।

**[नेपथ्य में–'अरे स्वामी! अस्सी रत्ती सोने के लिए पकड़ा हुआ जुआरी भाग गया, भाग गया! पकड़ो, उसे पकड़ो! ठहर, ठहर! मैंने तुझे दूर ही से देख लिया।']**

**[पटी–छोटे पर्दे के बिना गिरे हुए ही घबड़ाए हुए संवाहक का प्रवेश]**

**संवाहक :** जुआ भी बड़ा दुःखदायी है। कैसा आश्चर्य है कि बन्धनों से शीघ्र खुली हुई गधी की तरह मैं कौड़ी से ही मारा गया। ठीक वैसे ही जैसे कर्ण के हाथों से छोड़ी गई शक्ति से घटोत्कच मारा गया था। जुएखाने के अध्यक्ष को लिखने में लगा हुआ देखकर मैं शीघ्र भाग निकला और सड़क तक आ पहुँचा। लेकिन अब किसकी शरण में जाऊँ! जब तक ये सभिक[1] और जुआरी मुझे खोजते हुए कहीं इधर-उधर न चले जाएँ तब तक मैं उल्टे पाँवों इस सूने मन्दिर में प्रवेश कर यहाँ देवी[2] बन जाता हूँ।

**[माथुर और जुआरी का प्रवेश]**

**माथुर :** अरे स्वामी! अस्सी रत्ती के लिए पकड़ा हुआ जुआरी भाग गया! भाग गया! पकड़ो, उसे पकड़ो! ठहर! ठहर! जाता कहाँ है? मैंने तुझे यहीं से देख लिया!

**जुआरी :** अरे तू बचने के लिए पाताल में घुस जा, या इन्द्र की शरण में चला जा, किन्तु एक सभिक के सिवा तो शिव भी तेरी रक्षा नहीं कर सकते।

**माथुर :** स्वामी को धोखा देने वाले और भय से काँपने वाले संवाहक! अरे, इस ऊँची-नीची भूमि पर गिरते-पड़ते, अपने नाम को कलंकित करते हुए तुम कहां-कहां भाग सकते हो?

**जुआरी :** *(पदचिन्ह देखकर)* यहाँ तक पाँवों के निशान हैं। इससे आगे नहीं दिखाई देते!

**माथुर :** *(सोचकर)* अरे, उलटे पाँवों के निशान हैं। मन्दिर सूना है। धूर्त जुआरी उलटे पाँवों देवमन्दिर में घुस गया है।

**जुआरी :** अच्छा, हम दोनों इन पाँवों के निशानों को देखते हुए चलें।

**माथुर :** चलो, यही करो।

**[दोनों देवमन्दिर में प्रवेश करते हैं। देखकर और आपस में इशारे करके–]**

**जुआरी :** क्या यह काठ की मूर्ति है?

---

1. जूए का अध्यक्ष
2. मूर्ति

**माथुर** : अरे! नहीं, नहीं पत्थर की मूर्ति! *(उसे हर तरह से हिलाकर और सोचकर)* जो हो, आओ जुआ खेलें।

**[दोनों खूब जुआ खेलते हैं।]**

**संवाहक** : *(जुआ खेलने की इच्छा को अनेक प्रकार से रोकने की विफल चेष्टा करता हुआ, स्वगत)* अरे! कत्ता[1] शब्द निर्धन मनुष्य का मन उसी प्रकार अपनी ओर खींचता है और उसी प्रकार चिन्तित कर देता है, जैसे राज्य से परिभ्रष्ट राजा दूसरे के घर में नगाड़े की आवाज सुनकर व्याकुल हो उठता है। मैं जानता हूँ कि जुआ सुमेरु पर्वत की चोटी से गिरने की तरह अत्यन्त हानिकारक है, और निश्चय करता हूँ कि मैं जुआ नहीं खेलूँगा, फिर भी कोयल की प्यारी कूक की तरह कत्ता शब्द मेरे मन को अपनी ओर खींच रहा है।

**जुआरी** : मेरा दाँव है, मेरा।

**माथुर** : नहीं, मेरा दाँव है। मुझे दो।

**संवाहक** : *(दूसरी ओर से सहसा पास जाकर)* नहीं जी। मेरा दाँव है।

**जुआरी** : अरे, यह रहा वह!

**माथुर** : अरे दण्ड न भरनेवाले! अब तुम पकड़े गए। लाओ, अस्सी रत्ती सोना दो!

**संवाहक** : आज दे दूँगा।

**माथुर** : अभी दे।

**संवाहक** : दे दूँगा। ज़रा दया कीजिए।

**माथुर** : नहीं रे। इसी समय दे।

**संवाहक** : माथा टेकता हूँ। *(भूमि पर गिर जाता है।)*

**[दोनों उसे खूब मारते हैं।]**

**माथुर** : इस समय तू जुआरियों की मण्डली से बँधा हुआ है।

**संवाहक** : *(उठकर दुःख से)* क्या मैं जुआरियों की मण्डली से घिरा हुआ हूँ? शोक! अब इन्हें चुकाए बिना निकलना तो असम्भव है। पर मैं दूँ भी तो कहाँ से?

**माथुर** : अरे वचन दे।

**संवाहक** : देता हूँ *(जुआरी के पास जाकर)* आधा मैं तुम्हें दूँगा और आधा छोड़ दो।

**जुआरी** : अच्छी बात है, यही सही।

---

1. कत्ता—जूए का एक संकेत-विशेष

**संवाहक** : *(माथुर के पास जाकर)* आधे की शर्त मानता हूँ, आधा आप भी मुझपर छोड़ दें।

**माथुर** : कोई हानि नहीं। मानता हूँ।

**संवाहक** : आर्य! आधा तो आपने छोड़ दिया?

**माथुर** : छोड़ दिया।

**संवाहक** : *(जुआरी से)* आधा आपने भी छोड़ दिया?

**जुआरी** : हाँ, छोड़ दिया।

**संवाहक** : तो इस समय मैं जाता हूँ।

**माथुर** : कहाँ जाता है! पहले अस्सी रत्ती सोना तो दे।

**संवाहक** : अधिकारियों! देखो, देखो! आधा ही बचा है, आधा अभी ही तो छोड़ा है। फिर भी निर्बल को रोका जा रहा है!

**माथुर** : *(पकड़कर)* धूर्त। मैं चतुर माथुर हूँ। मैं इस समय तुझसे धूर्तता नहीं कर रहा हूँ। तू दण्ड नहीं भरना चाहता? अभी सारा सोना दे दे।

**संवाहक** : पर कहाँ से दूँ?

**माथुर** : अपने बाप को बेच कर दे।

**संवाहक** : परन्तु मेरे पिता हैं कहाँ?

**माथुर** : तो अपनी माँ को बेचकर चुका।

**संवाहक** : लेकिन मेरी तो माँ भी नहीं।

**माथुर** : तो अपने-आपको बेचकर दे।

**संवाहक** : ज़रा दया करिए। मुझे राजमार्ग पर ले चलिए।

**माथुर** : चलो।

**संवाहक** : चलिए *(घूमकर)* सज्जनो! इस सभिक के हाथों से आप मुझे दस सुवर्ण में खरीद लें। *(आकाश की ओर देखकर)* क्या कहते हो—क्या करोगे? तुम्हारे घर में नौकर का काम करूँगा। अरे! उत्तर दिए बिना ही क्यों चले गए? जाने दो। मैं इन दूसरे सज्जन से कहूँगा। क्या आप मुझे नौकर नहीं रख सकेंगे? हाय! यह क्या? आप भी मेरी अवहेलना करके चले गए? हाय! आर्य चारुदत्त के दरिद्र हो जाने से मैं ऐसा हतभाग्य हो गया।

**माथुर** : अरे, तू हमें दे।

**संवाहक** : कहाँ से दूँ? *(गिर पड़ता है।)*

**[माथुर उसे घसीटता है।]**

**संवाहक** : आर्यो! मेरी रक्षा करो। मुझे बचाओ।

**[दर्दुरक का प्रवेश]**

**दर्दुरक** : वाह! जुआ भी मनुष्य का बिना सिंहासन का राज्य है। यह तो किसी

के भी अपमान को कुछ गिनता ही नहीं। प्रतिदिन धन पैदा करता है, और मनमाना धन भी देता है। जैसे सम्पत्तिशाली राजा धनवानों से ही सेवित होता है, ऐसे ही जूए का भी हाल है। जूए से ही मैंने धन, स्त्री तथा मित्र को पाया है। जूए से ही किसी को कुछ दिया है और मौज भी उड़ाई है। और इस जूए में ही मैंने अपना सर्वनाश भी किया है। मेरा तो सब कुछ इस तीन के दाँव ने हर लिया। कौड़ी के पावर दाँव ने मेरी तो देह ही सुखा दी। विजयी प्रसन्नता से उठकर नाचने लगा। मुझे भागने का मौका मिल गया। अपनी शर्त का धन समय पर न चुकाने के कारण गिरता-पड़ता मैं भागा चला आ रहा हूँ। *(आगे देखकर)* अरे! यह हमारा जाना-पहचाना सभिक माथुर इधर ही आ रहा है। अब तो मैं भाग भी नहीं सकता। छिप जाऊँ कहीं। *(अनेक प्रयत्न करके अन्त में ठहर जाता है। अपने वस्त्र को देखकर)* इस वस्त्र के सूत छिन्न-भिन्न हो गए हैं। इसमें सैकड़ों छेद हो गए हैं, और यह अब देह ढकने में समर्थ नहीं है। इसलिए इसे तो गुड़ी-मुड़ी कर लूँ तभी यह अच्छा लगेगा और फिर यह बेचारा माथुर मेरा कर भी क्या सकता है? मैं तो देह नीचे करके एक पाँव धरती पर और दूसरा आकाश की ओर उठाकर सायंकाल तक योंही देह को कष्ट देते हुए खड़ा रह सकता हूँ। फिर दण्ड से क्यों डरूँ?

**माथुर** : दे मुझे! दे!

**संवाहक** : कहाँ से दूँ भला!

**[माथुर उसे घसीटता है।]**

**दर्दुरक** : अरे यह क्या हो रहा है? *(आकाश की ओर देखकर)* आपने क्या कहा? यह सभिक इस जुआरी की दुर्गति करता है और कोई उससे उसकी रक्षा भी नहीं करता? तो यह दर्दुरक ही रक्षा करेगा। *(पास जाकर)* आने दीजिए! आने दीजिए! *(देखकर)* अरे! यह तो धूर्त माथुर और दीन संवाहक हैं। जो एक टाँग ऊपर एक टाँग नीची करके सिर झुकाए शाम तक नहीं रह सकता। नुकीले पत्थरों पर घसीटे जाने से जिसकी पीठ पर निशान नहीं पड़ गए हैं, जिसकी जाँघ का बीच का हिस्सा कुत्तों ने नहीं काटा है, उस लम्बे और कोमल शरीर वाले आदमी के बार-बार जुआ खेलने से भला लाभ ही क्या है? अच्छा, तो मैं माथुर को शान्त करूँ। *(पास जाकर)* माथुर! प्रणाम करता हूँ।

**[माथुर प्रणाम करता है।]**

**दर्दुरक** : यह क्या हो रहा है?

**माथुर** : इस पर अस्सी रत्ती सोना निकलता है मेरा।

**दर्दुरक** : अरे धन तो क्षणभंगुर वस्तु है।

**माथुर** : *(लपेटे हुए वस्त्र को दर्दुरक की कांख से खींचकर)* देखिए महाशय-गण! यह फटे-चिथड़े पहनने वाला मनुष्य अस्सी रत्ती सोने को तुच्छ और क्षणभंगुर समझता है।

**दर्दुरक** : अरे मूर्ख! मैं दस सुवर्ण तुझे दे दूँगा। शपथ खाकर कहता हूँ बता तो! क्या जिसके पास धन रहता है वह उसे साथ लिए चला करता है? अरे माथुर! तुम नीच और पतित हो कि दस सुवर्ण के लिए पाँच इन्द्रियोंवाले मनुष्य को मारते हो!

**माथुर** : प्रभु! आपके लिए दस सुवर्ण तुच्छ हैं, पर मेरे लिए तो वही एक वैभव है।

**दर्दुरक** : यदि यही बात है तो सुनो। इसे दस सुवर्ण दो और यह तुमसे फिर जुआ खेले।

**माथुर** : उससे क्या होगा?

**दर्दुरक** : यदि जीत जाएगा तो चुका देगा।

**माथुर** : और यदि नहीं जीता...

**दर्दुरक** : तो नहीं देगा।

**माथुर** : यह कैसी बेमतलब बात है? दस सुवर्ण को तुच्छ समझने वाले धूर्त! उसके बदले में तुम्हीं जो वह धन दे दो। समझ लो। मैं भी धूर्त माथुर हूँ। क्या मैं अपने को व्यर्थ ही जूए का प्रधान माने फिरता हूँ? मैं किसीसे नहीं डरता। धूर्त! तुम चरित्रहीन हो!

**दर्दुरक** : कौन है दुश्चरित्र? कौन है?

**माथुर** : तुम! तुम दुश्चरित्र हो!

**दर्दुरक** : तेरा बाप होगा दुश्चरित्र। *(संवाहक को भागने का इशारा करता है।)*

**माथुर** : नीच! वेश्यापुत्र! ऐसा ही जुआ सीखा है तुमने?

**दर्दुरक** : हाँ, हाँ, यही सीखा है।

**माथुर** : अरे संवाहक! ला वह दस सुवर्ण दे।

**दर्दुरक** : दे दूँ! आज दे दूँगा। आज ही दे दूँगा।

**[माथुर संवाहक को खींचता है।]**

**दर्दुरक** : मूर्ख! तुम मेरी गैरहाज़िरी में इसकी दुर्गति कर सकते हो, मेरे सामने नहीं कर सकते।

**[माथुर संवाहक को खींचकर उसकी नाक में घूँसा मारता है। संवाहक के रक्त निकलने लगता है और वह मूर्च्छित होकर भूमि पर गिर पड़ता है। दर्दुरक आगे आकर उसे छुड़ाता है। माथुर दर्दुरक को मारता है। दर्दुरक भी उसे मारने लगता है।]**

**माथुर** : अरे नीच! छिनाल के जाए! इसका नतीजा भोगेगा!

**दर्दुरक** : अरे मूर्ख! तूने बिना मेरे अपराध के मुझे रास्ता चलते मारा है, कल यदि राजदरबार में भी ऐसे ही मारेगा तो देखूँगा।

**माथुर** : देख लूँगा।

**दर्दुरक** : कैसे देखेगा?

**माथुर** : *(आँखें फाड़कर)* ऐसे देखूँगा।

**[दर्दुरक धूल उठाकर माथुर की आँखों में फेंककर संवाहक को भागने का इशारा करता है। माथुर आँखें मूँदकर भूमि पर गिरता है। संवाहक भाग निकलता है।]**

**दर्दुरक** : *(स्वगत)* प्रधान सभाध्यक्ष माथुर से मैंने विरोध कर लिया है। अब यहाँ ठहरना ठीक नहीं। हमारे मित्र शर्विलक ने कहा है कि सिद्धों की वाणी के अनुसार गोपपुत्र आर्यक राजा होगा और हम जैसे आदमी उसीके अनुयायी बनते हैं। तब मैं भी उसीके पास चलूँ। *(प्रस्थान)*

**संवाहक** : *(भयभीत-सा घूमकर देखते हुए)* यह तो किसीका घर लगता है, जिसका द्वार खुला हुआ है। इसीमें घुस चलूँ। *(प्रवेश का अभिनय करते समय वसंतसेना को देखकर)* आर्ये! मैं आपकी शरण में आ गया हूँ।

**वसंतसेना** : शरण में आए हुए आगंतुक निर्भय हों। दासी! दरवाज़ा बन्द कर दे।

**[चेटी द्वार बन्द करती है।]**

**वसंतसेना** : तुम्हें किसका भय है।

**संवाहक** : आर्ये! मुझे धनवान से भय है।

**वसंतसेना** : दासी भीतर से द्वार में अर्गला लगा दे।

**संवाहक** : *(स्वगत)* यह भी मेरी ही तरह धनिकों से क्यों डरती है? ठीक ही कहा गया है कि जो व्यक्ति अपनी सामर्थ्य के अनुसार भार लेकर चलता है वह न कहीं गिरता है, न वह भयानक मार्गों में नष्ट ही होता है। मैं इसे बिल्कुल ठीक मानता हूँ।

**माथुर** : *(आँखों को साफ करके जुआरी से) अरे दे, दे!*

**जुआरी** : स्वामी! जब हम लोग दर्दुरक से लड़ रहे थे तभी संवाहक कहीं भाग गया।

**माथुर** : घूँसे की चोट से उस जुआरी की नाक फट गई थी। उससे लहू गिरने लगा था। चलो, उसी लहू के निशान देखते हुए चलें।

**[पीछा करने के पश्चात्]**

जुआरी : स्वामी! वह वसंतसेना के घर में घुस गया।

माथुर : तब तो समझ लो अस्सी रत्ती सोना पा ही लिया।

जुआरी : राजकुल में चलकर इसकी खबर दे दें।

माथुर : यह धूर्त वहाँ से निकलकर और कहीं चंपत हो जाएगा। अतः वसंतसेना से विनय करके ही उसे पकड़ें।

**[वसंतसेना मदनिका को इशारा करती है।]**

मदनिका : आप कहाँ से आए हैं? कौन हैं? किसके सम्बन्धी हैं? आप क्या काम करते हैं? आपको किसका डर है?

संवाहक : आर्या सुनें! मेरा जन्मस्थान पाटलिपुत्र है, गृहपति का पुत्र हूँ। संवाहक[1] की मेरी वृत्ति है, उसीसे जीविका चलाता हूँ।

वसंतसेना : आर्य ने बड़ी कोमल कला सीखी है!

संवाहक : आर्ये! कला के रूप में सीखी थी, पर अब तो यह जीविका बन गई है।

चेटी : आपने बड़े दीन होकर उत्तर दिया। अच्छा कहिए।

संवाहक : क्या कहूँ आर्ये! घूमते-फिरतों से घर पर इस अपूर्व देश की प्रशंसा सुनी। दर्शन के कौतूहल से यहाँ आ गया। यहाँ भी आकर मैंने एक आर्य की सेवा की। वे बड़े ही दर्शनीय, प्रियवादी, गुप्तदानी तथा परापकार शीघ्र ही भूल जानेवाले हैं। और क्या कहूँ, बस यही समझिए कि वे शरणागतों की बड़े स्नेह से रक्षा करते हैं और उनमें इतनी उदारता है कि अपनी आत्मा को भी वे दूसरे की ही वस्तु समझते हैं। चाहे जो माँग ले उसे भी वे मना नहीं करने के।

चेटी : आर्या के मन में बसे चारुदत्त के सारे गुणों को चुराकर उज्जयिनी में ऐसा और कौन व्यक्ति है?

वसंतसेना : वाह! चेटी! वाह! मैं भी ठीक यही सोच रही थी।

चेटी : आर्य! रुक क्यों गए?

संवाहक : आर्ये! दान दे-देकर वे इस समय...

वसंतसेना : क्या वे अब धनहीन हो गए हैं?

संवाहक : आपने बिना बताए ही कैसे जान लिया?

वसंतसेना : मैंने क्या जाना? गुण और धन का मेल असम्भव ही है? जिन तालाबों का जल पीने के योग्य नहीं रहता, उनमें ही तो जल अधिक रहता है।

चेटी : आर्य! उनका नाम, क्या है?

---

1. देह दबानेवाला—मालिश-चप्पी करनेवाला

**संवाहक** : आर्ये! पृथ्वीमण्डल के चन्द्रमा का नाम कौन नहीं जानता? वे श्रेष्ठिचत्वर में रहते हैं। उनका पूज्य नाम है आर्य चारुदत्त!

**वसंतससेना** : *(हर्ष से आसन से उतरकर)* आर्य! यह आपका अपना घर है। चेटी! इन्हें बैठने को आसन दे! पँखा ले ले। आर्य को श्रम पीड़ित कर रहा है।

**[चेटी आज्ञा पालन करती है।]**

**संवाहक** : *(स्वगत)* अहा! चारुदत्त का नाममात्र लेने से मेरा इतना सम्मान हो रहा है! धन्य हो, आर्य चारुदत्त! तुम धन्य हो! धरती पर यदि जीवन सफल है तो एक तुम्हारा! बाकी सबका तो जीना ही व्यर्थ है। *(वसंतसेना के चरणों पर गिरकर)* आर्ये! बहुत हुआ! अब आप आसन पर विराजमान हों।

**वसंतसेना** : *(आसन पर बैठकर)* आर्य! वह धनवान कहाँ है?

**संवाहक** : आदर-सत्कार ही सज्जनों का स्थायी धन है। धन कब किसके यहाँ सदैव रहा है? जो दूसरों का आदर करना जानता है, वही आदर के साधनों को भी जानता है।

**वसंतसेना** : तो!

**संवाहक** : उन्होंने मुझे अच्छे वेतन पर नौकरी पर रख लिया। उनके दरिद्र हो जाने पर मैं जुआरी हो गया। फिर दुर्भाग्य से मैं दस सुवर्ण हार गया।

**माथुर** : मैं बरबाद हो गया! मुझे लूट लिया गया!

**संवाहक** : सभिक और जुआरी मुझे खोजते हुए यहाँ आ पहुँचे हैं। आर्या ही जो चाहें करें।

**वसंतसेना** : मदनिके! पेड़ के आँधी में हिल जाने पर उस पर रहनेवाली चिड़ियाँ भी इधर-उधर आश्रय के लिए उड़ने लगती हैं। आ, इधर आ! जा, सभिक और जुआरी के हाथ में इस आभूषण को दे दे और कह कि इसे संवाहक ने आपके लिए भिजवाया है। *(हाथ से कंकण उतारकर चेटी को देती है।)*

**चेटी** : *(लेकर)* जैसी आपकी आज्ञा! *(प्रस्थान)*

**माथुर** : हाय मैं लुट गया, मैं बिल्कुल बरबाद हो गया।

**चेटी** : क्योंकि यही दोनों ऊपर ताक रहे हैं, लम्बी साँसें ले रहे हैं। आपस में बातें करते हुए द्वार पर आँख गड़ाए हैं, यही दोनों सभिक और जुआरी होंगे। *(पास जाकर)* आर्ये, प्रणाम करती हूँ।

**माथुर** : सुखी हो!

**चेटी** : आर्य! आप दोनों में से सभिक कौन हैं?

**माथुर** : हे क्षीणकटि! मधुर कटाक्ष कर देखनेवाली, सुरत वेला में नायक से

क्षत अधरों से मनोहर वाणी से बोलनेवाली, तुम कौन हो? हमारे पास धन नहीं है, किसी और के पास जाओ!

**चेटी :** यदि तुम ऐसा सब सोचते हो तो जुआरी नहीं हो। क्या तुम्हारा कोई ऋणी भी है?

**माथुर :** हाँ, वह दस सुवर्ण का ऋणी है। उसका क्या हुआ?

**चेटी :** उसीके कारण आर्या ने अपना यह कंकण दे दिया है। नहीं, नहीं, उसी ऋणी ने भेजा है।

**माथुर :** *(हर्ष से लेकर)* अरे! उस छलपुत्र से कहना कि तुम्हारा वचन पूरा हुआ। आओ, फिर जुआ खेलने चलो।

**[दोनों का प्रस्थान]**

**चेटी :** *(वसंतसेना के पास जाकर)* आर्ये! वे दोनों बहुत प्रसन्न होकर चले गए हैं।

**वसंतसेना :** अच्छा हुआ। वे गए। अब बन्धु भी प्रसन्न हों।

**संवाहक :** आर्ये! यही बात है तो लाइए आपकी देह की चम्पी करूँ।

**वसंतसेना :** आर्य! जिनके कारण आपने यह कला सीखी है, उन्हीं की सेवा करें।

**संवाहक :** *(स्वगत)* आर्या ने इसे चतुराई से अस्वीकार कर दिया। अब मैं इनके उपकार का बदला कैसे चुकाऊँ? *(प्रकट)* आर्ये! मैं इस जुआरी के अपमान से अब बौद्धभिक्षु हो जाऊँगा। आर्या सदैव इस बात को याद रखेंगी कि जुआरी संवाहक बौद्ध श्रमण हो गया।

**वसंतसेना :** आर्य! इतना साहस क्यों?

**संवाहक :** आर्ये! मैंने निश्चय कर लिया! जूए के कारण मैं सभी मनुष्यों के सामने अपमानित हुआ। अब इस समय सिर मुँड़ाकर मैं आनन्द से सबके सामने निर्भय होकर राजमार्ग पर घूमूँगा।

**[नेपथ्य में कोलाहल]**

**संवाहक :** *(सुनकर)* अरे! यह क्या है? *(आकाश की ओर देखकर)* क्या कहा? वसंतसेना का खुण्टमोडक नाम का दुष्ट हाथी तंग करता है? अरे! जाकर आर्य के गन्धराज को देखूँगा। लेकिन फिर मुझे इससे क्या? मैं अपने निश्चय को ही पूरा करूँ। *(प्रस्थान)*

**[इसके उपरान्त भयानक परन्तु स्वच्छ वस्त्र पहने कर्णपूरक पटी–छोटा पर्दा–हटाए बिना ही आता है।]**

**कर्णपूरक :** कहाँ है आर्या! कहाँ है?

**चेटी :** अरे दुर्जन! तुम्हारी इस घबराहट का ऐसा क्या कारण है कि तुम सामने बैठी आर्या को भी नहीं देखते!

**कर्णपूरक :** *(देखकर)* आर्ये! प्रणाम!

**वसन्तसेना** : कर्णपूरक! बड़े प्रसन्न दिखते हो! क्या बात है?

**कर्णपूरक** : *(सविस्मय)* आर्ये! तुम वंचित रह गई कि आज तुमने मेरा पराक्रम नहीं देखा।

**वसंतसेना** : क्या? क्या? कर्णपूरक! बता तो!

**कर्णपूरक** : सुनो आर्या! तुम्हारा खुण्टमोडक नामक दुष्ट हाथी अपने बाँधने के खंभे को उखाड़कर, प्रधान महावत को मारकर उपद्रव करता राजमार्ग पर निकल गया। लोग-बाग चिल्लाने लगे—'सड़क से बच्चों को हटा लो। तुरन्त पेड़ पर या घरों पर चढ़ जाओ! क्या तुम्हें नहीं दीखता कि दुष्ट हाथी सामने से आ रहा है?' स्त्रियाँ भागने लगीं। चरणों के नुपूर झँकारने लगे। मणियों से गूँथी गई करधनी और छोटे-छोटे रत्नों से जटित अति मनोरम कंकण टूटने लगे। उसके बाद सूण्ड, चरण तथा दाँतों की मार से कमलिनी से भरे तालाब की तरह उज्जयिनी को मथते हुए उस दुष्ट हाथी ने परिव्राजक को पकड़ लिया। साधु के दण्ड-कमण्डल बिखर गए। हाथी के जल से भीगे भयानक दाँतों के बीच साधु को देखकर लोग चिल्लाए : 'हाय! संन्यासी मारा जा रहा है!'

**वसंतसेना** : *(उद्वेग से)* हाय अनर्थ हो गया! अनर्थ हो गया!

**कर्णपूरक** : घबराओ मत। आर्ये सुनो! ज़ंजीरों को तोड़-फोड़कर इधर-उधर दाँतों में पकड़े हुए संन्यासी को ऊपर उठाते देखकर मैंने, कर्णपूरक ने—नहीं, नहीं, आपके अन्न से पले हुए इस दास ने—बाएँ पाँव से जुआरी संवाहक संन्यासी को बढ़ावा दे-देकर, शीघ्र ही बाज़ार से लोहे का डण्डा लेकर उस दुष्ट हाथी को ललकारा।

**वसंतसेना** : फिर? क्या हुआ फिर?

**कर्णपूरक** : विन्ध्यपर्वत के शिखर जैसे उस विशाल, क्रुद्ध हाथी को लोहे के डण्डे से मार-मारकर मैंने उसके दाँतों के बीच से उस परिव्राजक को बचा लिया।

**वसंतसेना** : तुमने बड़ा अच्छा काम किया। फिर क्या हुआ?

**कर्णपूरक** : फिर! आर्ये! 'धन्य है, कर्णपूरक धन्य है' केवल यही कहती हुई सारी उज्जयिनी नगरी एक ओर से ऐसे झुक गई जैसे भारी बोझ से नाव दब जाती है। फिर आर्ये! किसी आदमी ने अपने शरीर के उन स्थानों को छुआ जहाँ वह कभी आभूषण पहनता होगा और कुछ न पाकर उसने मेरे ऊपर यह उत्तरीय फेंक दिया।

**वसंतसेना** : कर्णपूरक! ज़रा देख तो! इस उत्तरीय से चमेली के फूलों की गन्ध आती है या नहीं?

**कर्णपूरक :** आर्ये! हाथी के मद की गन्ध के कारण मुझे उत्तरीय की गन्ध का ठीक से पता नहीं चल रहा?

**वसंतसेना :** इसमें किसी का नाम भी लिखा है या नहीं?

**कर्णपूरक :** पढ़िए। आप ही देखिए आर्ये! *(उत्तरीय देता है)*

**वसंतसेना :** आर्य चारुदत्त का है *(बड़े चाव से ओढ़ती है।)*

**चेटी :** कर्णपूरक! आर्या पर यह कितना फबता है?

**कर्णपूरक :** हाँ, बड़ा जँचता है।

**वसंतसेना :** कर्णपूरक! ले। यह तेरा इनाम है। *(आभूषण देती है।)*

**कर्णपूरक :** *(नम्रता से लेकर और प्रणाम करके)* अब तो यह आर्या पर बहुत ही जँच रहा है।

**वसंतसेना :** कर्णपूरक! इस समय आर्य चारुदत्त कहाँ हैं?

**कर्णपूरक :** इसी रास्ते से वे घर की ओर गए हैं।

**वसंतसेना :** चेटी! आओ! द्वार पर के अलिंद[1] में चढ़कर आर्य को देखें। *(प्रस्थान)*

**[जुआरी संवाहक नामक दूसरा अंक समाप्त]**

---

1. बरामदा

# तीसरा अंक

[चेट का प्रवेश]

**चेट** : सेवकों पर दया करनेवाला स्वामी धनहीन होने पर भी अधिक सुख देता है। धन के मद में चूर दुर्जन स्वामी बहुत भयानक होता है और उसकी सेवा का फल भी दुःखदायी होता है। सचमुच हरे धान का लोभी साण्ड बार-बार हटाए जाने पर भी उसी खेत में चरने पहुँचता है। परस्त्रीगामी को उसके बुरे व्यसन से कोई नहीं छुड़ा सकता। न कोई पक्के जुआरी से उसकी लत छुड़ा सकता है। किसी में कोई प्राकृतिक दोष आ गए हों तो उससे उसे कोई भी दूर नहीं कर सकता। कितनी देर हो गई आर्य चारुदत्त को गाना सुनने गए हुए। आधी रात बीत चली। और अभी भी वे आए नहीं हैं। क्या करूँ। तब तक बाहर की बैठक में ही सोऊँ।) *सोता है।)*

[चारुदत्त और विदूषक का प्रवेश]

**चारुदत्त** : वाह, वाह! रेभिल भी क्या गाता है! यह वीणा क्या है! समुद्र से भले ही इसकी उत्पत्ति नहीं हुई, पर फिर भी यह एक अपूर्व रत्न है। क्योंकि उत्कण्ठा से भरे व्यक्ति के लिए मनोनुकूल सखा है। निर्दिष्ट स्थान पर गुप्त प्रेमी के आने में देर होने पर यह मन बहलाने के लिए बहुत अच्छा साधन है। वियोगी को धैर्य रखने में यह उसकी प्रिया जैसी है और प्रेमियों का स्नेह बढ़ाने में इससे अधिक सुखकर वस्तु और क्या होगी!

**विदूषक** : अब चलिए, घर चलें।

**चारुदत्त** : रेभिल विद्वान है। उसने बहुत अच्छा गाया।

**विदूषक** : मुझे तो संस्कृत पढ़ती स्त्री और पतली आवाज़ में गाता पुरुष—इन दोनों को देखकर हँसी आती है। संस्कृत पढ़ती स्त्री तो सू-सू शब्द अधिक करती है जैसे नई नाक छिदी पहली बार ब्याई गैया करती है। और पतली आवाज़ में गाता पुरुष सूखे फूलों की माला पहने बूढ़े पुरोहित की तरह मन्त्र जपता मुझे तनिक भी अच्छा नहीं लगता।

**चारुदत्त** : मित्र! विद्वान् रेभिल ने तो आज बहुत ही अच्छा गाया। पता नहीं

तुम्हें क्यों पसन्द नहीं आया! वह गाना था कितना प्रेम-भरा, मधुर, स्पष्ट, भाव-भरा, कोमल और चित्ताकर्षक! मेरी इतनी प्रशंसा से लाभ ही क्या? रेभिल ने कहीं से छिपकर गाया होता तो हम सब यही समझते कि कोई स्त्री गा रही है। देखो! गाना तो समाप्त हो चुका, फिर भी स्वरों का उतार-चढ़ाव, उसकी मधुरिमा, वीणा की प्यारी आवाज़, उसकी स्वर-परम्परा, उठान में ऊँचाई, उतार में कोमलता, आवाज़ की वह लोच, और फिर आलापन! अरे मेरे मन में सब ज्यों का त्यों अब तक गूँज रहा है!

**विदूषक :** मित्र! बाज़ार की गलियों में कुत्ते जगह-जगह सुख से सो रहे हैं। अब तो घर ही चलना ठीक है। *(आगे देखकर)* मित्र! देखो, देखो! अन्धकार को अवकाश देते हुए भगवान् चन्द्र आकाशरूपी महल से उतर रहे हैं।

**चारुदत्त :** यही बात है। पानी में डूबे हुए वनगज के पैने दाँत की नोंक-सा यह उन्नतिशील चन्द्रमा अन्धकार को अवकाश देकर अस्ताचल की ओर जा रहा है।

**विदूषक :** यही हमारा घर है। अरे दरवाज़ा खोलो! वर्धमानक! अरे ओ वर्धमानक!

**चेट :** यह तो आर्य मैत्रेय की आवाज़ सुनाई पड़ती है। तब तो आर्य चारुदत्त आ गए! किवाड़ खोल दूँ। *(खोलकर)* आर्य! प्रणाम! आर्य मैत्रेय! तुम्हें भी प्रणाम करता हूँ। इस बड़े आसन पर आप लोग विराजें।

**[दोनों प्रवेश कर बैठते हैं।]**

**विदूषक :** वर्धमान! पैर धुलवाने को रदनिका को बुलाओ।

**चारुदत्त :** *(दयापूर्वक)* सोए हुए को क्यों जगाते हो?

**चेट :** आर्य मैत्रेय! मैं पानी डालता हूँ, तुम चरण धोओ।

**विदूषक :** *(क्रोध से)* सखे! यह दासीपुत्र होकर भी पानी लेता है और मुझसे पैर धुलाने को कहता है?

**चारुदत्त :** मित्र मैत्रेय! तुम पानी ले लो। वर्धमानक पैर धो देगा।

**चेट :** आर्य मैत्रेय! जल डालिए।

**[विदूषक जल डालता है। चेट चारुदत्त के पैर धोकर हट जाता है।]**

**चारुदत्त :** ब्राह्मण के पाँव धुलाओ।

**विदूषक :** मुझे पादोदक से क्या? मैं तो पिटे हुए गधे की तरह फिर धरती पर ही लेट रहूँगा।

**चेट :** आर्य मैत्रेय! आप तो ब्राह्मण हैं।

**विदूषक :** जैसे साँपों में सबसे गया-बीता विषहीन डुण्डुभ होता है, वैसे ही मैं भी ब्राह्मणों में सबसे गया-बीता हूँ।

**चेट :** नहीं आर्य मैत्रेय! मैं तो धुलाऊँगा ही। *(पैर धुलवाकर)* आर्य मैत्रेय! मैंने दिन-भर इस आभूषण की रक्षा की है। अब रात को आपकी बारी है। इसे लीजिए। *(देकर प्रस्थान)*

**विदूषक :** यह आभूषण अभी यहीं है? क्या इस उज्जयिनी में चोर नहीं हैं? इस नीच निद्राचोर को कोई भी नहीं उड़ाता? मित्र! इसे अन्तःपुर में भेज दूँ?

**चारुदत्त :** इसे वहाँ भेजना उचित नहीं है, क्योंकि यह वेश्या की धरोहर है। इसलिए ब्राह्मण, जब तक यह वसंतसेना को लौटा नहीं दिया जाता, तब तक तुम ही इसकी रक्षा करो! *(निद्रा का अभिनय करता हुआ बड़बड़ाता है--कैसा स्वर था 'कैसा उतार-चढ़ाव था...')*

**विदूषक :** क्या आपको नींद आ रही है?

**चारुदत्त :** हाँ। आँखों में बसनेवाली नींद माथे की ओर से आ रही है। दिखाई न देनेवाली यह चंचला नींद बुढ़ापे की तरह आदमी की शक्ति छीनकर खूब वृद्धि पाती है।

**विदूषक :** तो फिर दोनों सोएँ *(सोने का अभिनय करता है।)*

**[शर्विलक का प्रवेश]**

**शर्विलक :** अपनी शिक्षा के कौशल और शक्ति के प्रभाव से, मेरे शरीर की विशालता आराम से जिसमें से निकल जाए, ऐसी सेंध फोड़कर, बगलों पर सरककर, केंचुल छोड़कर पतले होते हुए साँप की तरह मैं अन्दर घुस जाऊँ।

*(आकाश की ओर देख सहर्ष)* अरे! क्या भगवान् चन्द्र अस्ताचल की ओर जा रहे हैं? दूसरे के घर को दूषित करने में निपुण एवं पहरेदारों के शंकास्थान मुझ शर्विलक को, घने अन्धेरे से सबको ढँकनेवाली यह रात माता की भाँति स्नेह के आवरण में ढक लेती है, बाग में सेंध लगाकर मैं चहारदीवारी में तो घुस गया हूँ। अब अन्तःपुर में भी सेंध लगाऊँ। मनुष्यों के सो जाने पर होनेवाली चोरी को लोग भले ही नीच काम कह लें, क्योंकि इसमें विश्वस्त जनों का माल गुम हो जाने पर अपमान होता है; वे भले ही चोरी कहें, पराक्रम नहीं--लेकिन यह धूर्तता स्वतन्त्र है और उत्तम है। इस काम में किसी का दास बनकर हाथ नहीं जोड़ना पड़ता और फिर यह तो बहुत प्राचीन काल से होता आ रहा है--द्रोणाचार्य के पुत्र अश्वत्थामा ने सोते हुए युधिष्ठिर के पुत्रों को मारा था। अब मैं सेंध कहाँ फोड़ूँ। वह भीत की कौन-सी जगह है जहाँ निरन्तर पानी पड़ने से शिथिलता आ गई हो। वहाँ सेंध लगाते समय शब्द नहीं होगा।

जगह तो वही ठीक है जहाँ से मुझे कोई देख न सके, पर मैं खूब बड़ी मोरी बना लूँ। लवण के शिथिल पड़ने पर कौन-सी जगह ऐसी कमज़ोर पड़ गई है जैसे कोई मिट्टी का ढेला हो। वह कौन-सी जगह है जहाँ स्त्रियाँ आती-जाती न हों। वहीं मुझे चोरी में सफलता मिलेगी यहाँ *(दीवाल छूकर)* नित्य सूर्य को जल देने से मिट्टी नरम पड़ गई है और यहाँ तो चूहों ने भी धूल का ढेर लगा दिया है। चलो, अपने-आप सारा काम बन गया। कार्तिकेय[1] के पुत्र चोरों की सिद्धि का यह पहला लक्षण है। भगवान् कनकशक्ति ने सेंध फोड़ने के चार नियम बताए हैं, जैसे भीत की ईंटें पक्की हों तो उन्हें खींचना चाहिए, ईंटें कच्ची हों तो खींचना नहीं, काटना चाहिए। काठ की भीत हो तो चीरना चाहिए और मिट्टी-संपुटित हो तो उसे खींचना ठीक है। यहाँ तो पक्की ईंटें हैं। खींचना चाहिए। खिले हुए कमल-सी, सूर्यमण्डल-सी, अर्द्धचन्द्र-सी, फैले हुए तालाब-सी, त्रिकोण स्वस्तिक-सी या पूर्णकुम्भ-सी इनमें से कौन-सी सेंध कहाँ फोड़ूँ। कहाँ अपनी चतुराई दिखाऊँ कि कल नगरवासी जब देखें तो देखते रह जाएँ? इस पक्की ईंटों के घर में तो पूर्णकुम्भ की सी सेंध ही ठीक रहेगी।

तो सेंध फोड़ूँ। रात में इस जर्जर भीत को तोड़कर भयंकर सेंध निकालूँ। सवेरे नगरवासी लोग चोरी को बुरा बताएँगे, लेकिन मेरे कौशल की प्रशंसा किए बिना नहीं रह सकेंगे। इच्छा पूरी करनेवाले कुमार कार्तिकेय को नमस्कार करता हूँ। देवव्रतपरायण ब्रह्मण्यस्वरूप भगवान् कनकशक्ति को नमस्कार करता हूँ। भास्करनन्दी और योगाचार्य को प्रणाम करता हूँ, जिनका मैं प्रथम शिष्य हूँ। वे प्रसन्न हो जाएँ तो मेरी योग साधना पूर्ण हो गई समझो। योगसाधना से तो मुझे रक्षक देख भी नहीं सकेंगे। और अगर कहीं किसी प्रकार शरीर पर शस्त्र का आघात भी लगा तो भी चोट न लगेगी!

*(सेंध खोदता है)* हाय, हाय! मैं तो नापने की रस्सी ही भूल आया। *(सोचकर)* अच्छा! तब जनेऊ ही रस्सी का काम देगा। ब्राह्मण के लिए तो जनेऊ बहुत ही काम की चीज़ है और फिर हमारे लिए तो बहुत ही अधिक है। इसीसे तो सेंध फोड़ते समय भीत नापी जाती है। इसकी मदद से तो शरीर में कसे गहने निकाले जाते हैं। यह किल्ली लगाकर मज़बूती से बन्द किए किवाड़ों को खोलने में सहायता करता है और अगर विषैले जीव और साँप काट खाएँ तो

---

1. चोर अपने को कार्तिकेय के पुत्र मानते हैं!

यह कटे स्थान को बाँधने में काम आता है। नापकर काम शुरू करता हूँ *(करके देखकर)* अब इस सेंध में से एक ही ईंट निकालना बाकी रह गया है। धिक् कष्ट! साँप ने काट खाया। *(यज्ञोपवीत से उँगली बाँधकर ज़हर चढ़ने का सा अभिनय करता है। दवा लगाकर)* अब ठीक हुआ। *(फिर सेंध फोड़कर और देखकर)* अरे, दीपक जल रहा है! सोने की सी दीपक की पीली किरण सेंध से निकलकर बाहर आ रही है। अन्धेरे से घिरी हुई वह किरण कसौटी पर सोने की रेखा-सी लग रही है! *(फिर सेंध फोड़कर)* सेंध फूट चुकी। अब इसमें घुस जाऊँ, नहीं, पहले मुझे नहीं घुसना चाहिए। नकली पुरुष को घुसाऊँ *(वैसा करके)* अरे! कोई नहीं है। कार्तिकेय को नमस्कार! *(प्रवेश करके देखकर)* अरे दो पुरुष सो रहे हैं। अच्छा अपनी रक्षा के लिए पहले द्वार खोल लूँ। घर की जीर्णावस्था के कारण किवाड़ आवाज़ करते हैं। तब पानी डालना चाहिए। क्या यहाँ पानी नहीं है? *(इधर-उधर देखकर, जल पाकर, उसे लेकर सशंक-सा द्वार पर छींटे देता है।)* कहीं पानी धरती पर न गिर जाए कि आवाज़ हो जाए। *(पीछे की तरफ देखकर किवाड़ खोलकर)* अच्छा, अब परीक्षा करनी चाहिए। ये दोनों नकली नींद में हैं या सचमुच सो रहे हैं? *(परीक्षा करके)* ये तो सचमुच सोए हुए हैं। ये पुरुष तो बिना शंका के अच्छी तरह साँस ले रहे है। यह ठीक समय पर साँस खींचता है। न आँखें हिलती हैं, न भीतर से पुतली ही चंचल है। आँखें ठीक बन्द हैं। सारा शरीर निढाल है और अंग बिस्तर से बाहर लटक गए हैं। अगर इसकी नींद नकली होती तो दीपक का उजाला सामने पाकर यह उसे सह न पाता *(चारों तरफ देखकर)* अरे यह मृदंग है। दर्दुर बाजा भी है। पणव, वीणा, बाँसुरियाँ, पुस्तकें...यह क्या किसी नाच-गाना सिखानेवाले नाट्याचार्य का घर है? या मैं सिर्फ बड़ा घर देखकर घुस आया हूँ और वास्तव में यहाँ का निवासी निर्धन है? या राजा के भय और चोरों के डर से धन धरती में गाड़कर रखता है! लेकिन भूमि में गाड़ा गया धन सदैव शर्विलक का ही होता है। अच्छा बीज फेंकता हूँ। *(फेंककर)* फेंका हुआ बीज भी नहीं फैलता! सचमुच! यह तो दरिद्र ही है तब ठहरना व्यर्थ ही है।

विदूषक : *(स्वप्न देखता हुआ)* मित्र! सेंध मालूम पड़ती है। मैं चोर को देख रहा हूँ। इसलिए इस सोने के गहने को आप रख लीजिए।

शर्विलक : तो क्या मुझे यहाँ आया देखकर यह मुझे गरीब समझकर उपहास करता है? क्या इसे मारूँ, यह मेरी तुच्छता पर हँस रहा है *(देखकर)*

जीर्ण अंगोछे में बँधा, दीपक के प्रकाश में चमकता हुआ यह तो सचमुच सोने का आभूषण है। अच्छा, इसे ले लूँ। पर यह भी मुझ जैसा ही दीन-हीन सज्जन है। इसे मैं कष्ट क्यों दूँ? नहीं मैं जाता हूँ।

**विदूषक :** मित्र! तुम्हें गौ और ब्राह्मण की शपथ है, जो तुम इस सोने के गहने को न लो।

**शर्विलक :** भगवती गौ और ब्राह्मण की शपथ का उल्लंघन करना उचित नहीं है। ले लूँ। लेकिन दीपक जल रहा है। पर मेरे पास दीपक बुझाने के लिए अग्नि का कीड़ा है। उस कीड़े को छोड़ दूँ। यही उचित स्थान और समय है उसके लिए। लो! मैंने कीड़ा छोड़ दिया। अब यह विचित्र रूप से मण्डलाकार दीपक पर मण्डरा उठा। कीड़े ने अपने पँखों की हवा से दीपक को बुझाकर अन्धकार कर दिया। क्या मैंने भी इस ब्राह्मण के कुल में ऐसे ही अन्धकार नहीं कर दिया? मैं चारों वेदों के ज्ञाता तथा दान न देनेवाले ब्राह्मण का पुत्र शर्विलक हूँ, फिर भी वेश्या मदनिका के लिए मैं यह अनुचित कार्य कर रहा हूँ। अब मैं ब्राह्मण की प्रार्थना स्वीकार कर लूँ। *(आभूषण लेने की इच्छा करता है।)*

**विदूषक :** वयस्य! तुम्हारी उँगलियाँ ठण्डी हैं।

**शर्विलक :** मेरी कैसी असावधानी है। पानी छूने से उँगलियाँ ठण्डी हो गई हैं। अच्छा, हाथों को काँख में दबाकर गर्म कर लूँ।

**[अभिनयपूर्वक दायाँ हाथ काँख में दबाकर गर्म करके आभूषण लेता है।]**

**विदूषक :** ले लिया?

**शर्विलक :** ब्राह्मण की यह प्रार्थना टाली नहीं जा सकती, इसलिए ले लिया।

**विदूषक :** सब कुछ बेचकर निश्चिंत व्यापारी की भाँति अब मैं सुख से सोऊँगा।

**शर्विलक :** महाब्राह्मण! सैकड़ों वर्षों तक सोते रहो। मुझे शोक है कि मैंने वेश्या मदनिका के लिए इस प्रकार ब्राह्मण-कुल को घोर अन्धकार में गिरा दिया अथवा आत्मा का ही पतन कर डाला। कायरतापूर्ण निर्धनता को धिक्कार है। मैं जिस नीच कर्म की निन्दा करता हूँ, स्वयं ही उसे करता हूँ! तो अब मदनिका को दासीत्व-बन्धन से छुड़ाने के लिए मैं वसंतसेना के घर चलता हूँ।

*(घूमकर और देखकर)* अरे! किसी के पाँवों की आवाज़-सी आ रही है? कहीं प्रहरी न आते हों! अच्छा, कुछ देर चुपचाप रुकना चाहिए। क्या मुझ शर्विलक को भी प्रहरियों का भय है? मैं चुपचाप भागने

में बिल्ली, शीघ्र दौड़ने में हरिण, किसी की वस्तु झपटने में बाज़, सोए या जागे हुए मनुष्य के पराक्रम को देखने में कुत्ता, संकरे रास्ते में सरककर भागने में साँप, शरीर बदलने और वेश बदलने में साक्षात् माया, भाषा बदलने में मूर्तिमती वाणी, रात्रि के लिए दीप, आपत्ति में सियार, भूमि के लिए घोड़ा और जल के लिए नाव के समान हूँ। मैं भागने में सर्प, धैर्य में पर्वत, शीघ्र भागने में-गरुड़, एक बार ही में संसार को देखने में खरहा, ग्रहण करने में भेड़िया तथा पराक्रम में सिंह के समान हूँ।

**रदनिका** : *(प्रवेश कर)* हाय! हाय! बाहर बैठक में वर्धमानक सोया हुआ था। वह भी यहाँ दिखाई नहीं पड़ता। आर्य मैत्रेय को ही बुलाऊँ। *(घूमती है।)*

**शर्विलक** : *(रदनिका को मार डालना चाहता है। देखकर)* अरे! यह तो स्त्री है! तो फिर मैं चलूं। *(प्रस्थान)*

**रदनिका** : *(भयभीत-सी जाकर)* हाय, हाय! घर से सेंध मारकर चोर निकला जाता है। *(विदूषक के पास जाकर)* आर्य मैत्रेय! उठो! हमारे घर में चोर सेंध मारकर निकल गया। उठो! उठो!

**विदूषक** : *(उठकर)* अरी दासी की बेटी! क्या बकती है कि चोर सेंध लगाकर निकल गया?

**रदनिका** : हाय! परिहास मत करो। इसे क्यों नहीं देखते?

**विदूषक** : अरी दासी की बेटी! क्या कहती है? बिल्कुल दरवाज़ा-सा बना दिया है! मित्र चारुदत्त! उठो, उठो! हमारे घर में सेंध फोड़कर चोर निकल गया।

**चारुदत्त** : अच्छा, अच्छा! परिहास करने से लाभ ही क्या?

**विदूषक** : मैं परिहास नहीं करता। आप तनिक देखिए तो!

**चारुदत्त** : कहाँ है सेंध?

**विदूषक** : यह देखिए, यहाँ।

**चारुदत्त** : *(देखकर)* वाह! क्या देखने लायक सेंध है! ऊपर से ईंट हटा दी गई है। ऊपर से पतली मगर बीच से कितनी चौड़ी है। एक अयोग्य व्यक्ति के प्रवेश से ही ऐसा लगता है जैसे इस विशाल भवन का हृदय विदीर्ण हो गया हो! इस काम में भी इतना कौशल होता है!

**विदूषक** : मित्र! यहाँ तो दो ही आदमी सेंध लगा सकते हैं–या तो कोई परदेसी हो या किसीने इस कला को सीखने के लिए ऐसा किया हो! वरना इस उज्जयिनी नगरी में हमारे घर के वैभव को कौन नहीं जानता!

**चारुदत्त** : अनजाने ही किसी विदेशी या नए चोर ने मेरे घर सेंध लगाई होगी।

धनहीन होने के कारण मैं निश्चिंत सो रहा था, इसलिए मुझे वह नहीं जान सका। इस विशाल और भव्य घर को देखकर पहले उसे कितनी आशा हुई होगी किन्तु काफी देर बाद जब सेंध फोड़कर वह भीतर घुसा होगा तब कितना निराश होकर गया होगा! वह बेचारा अपने मित्रों से क्या कहेगा कि चारुदत्त के घर में घुसने पर मुझे कुछ भी नहीं मिला।

**विदूषक** : आप भी उस अधम चोर की इतनी चिन्ता ले बैठे! उसने सोचा होगा, विशाल भवन है, इसमें से रत्नालंकार या सोने के गहने ले जाऊँगा। *(याद करके दुःख के साथ स्वगत)* वह सोने का आभूषण कहाँ है? *(फिर सोचकर प्रकट)* मित्र! तुम सदा कहते थे कि मैत्रेय मूर्ख है। मैत्रेय नादान है! मैंने कितना अच्छा किया कि आभूषण पहले ही तुम्हारे हाथ में दे दिया! नहीं तो उस नीच चोर ने उसे चुरा ही लिया होता!

**चारुदत्त** : फिर व्यर्थ का परिहास प्रारम्भ कर दिया।

**विदूषक** : अरे तो क्या मैं इतना मूर्ख हूँ कि हास-परिहास का समय और स्थान भी नहीं जानता?

**चारुदत्त** : तुमने मुझे कब दिया था?

**विदूषक** : अरे, जब मैंने तुमसे कहा था कि तुम्हारी उँगलियाँ शीतल हैं?

**चारुदत्त** : शायद तुमने ही दे दिया हो! *(चारों ओर देखकर हर्ष से)* भाग्य से मैं तुम्हें एक शुभ संवाद देता हूँ।

**विदूषक** : क्या वह चोरी नहीं गया?

**चारुदत्त** : चला गया।

**विदूषक** : तो यह क्या शुभ समाचार है!

**चारुदत्त** : क्यों? क्या चोर प्रसन्न होकर नहीं चला गया?

**विदूषक** : पर वह धरोहर थी!

**चारुदत्त** : क्या कहा! धरोहर! आह...*(मूर्च्छित-सा हो जाता है।)*

**विदूषक** : धैर्य धारण करो मित्र! यदि चोरों ने धरोहर चुरा ली तो तुम क्यों चक्कर खाकर गिरते हो?

**चारुदत्त** : *(लम्बी साँस लेकर)* मित्र! असली बात पर विश्वास भी कौन करेगा? सभी मुझे ही अपराधी ठहराएँगे! यह दीन दरिद्रता तो इस संसार में सभी की, आशंकाओं की जड़ है। उफ! कितनी भयानक बात है! यदि दैव ने मेरे सारे धन को छीन लिया था तो उस कठोर ने इस समय मेरे चरित्र को कलंकित क्यों कर दिया!

**विदूषक** : मैं कहूँगा धरोहर रखी किसने? किसने ली? कोई साक्षी है!

**चारुदत्त** : तो क्या अब मुझे झूठ बोलना पड़ेगा? भीख माँग-माँगकर धरोहर का धन कमाकर चुका दूँगा, परन्तु चरित्र को कलंकित करनेवाले झूठ का सहारा नहीं लूँगा!

**रदनिका** : मैं आर्या धूता को जाकर सब बताती हूँ।

**|चेटी के सथ बधू धूता का प्रवेश|**

**बधू** : *(उद्विग्नता से)* आर्यपुत्र आर्य मैत्रेय के साथ सकुशल तो हैं? शरीर पर कोई चोट-वोट तो नहीं है?

**चेटी** : स्वामिनी! सब ठीक है, पर वेश्या का जो अलंकार था न, उसे चोर ले गया।

**|बधू मूर्च्छित-सी हो जाती है।|**

**चेटी** : आर्या धूता! धैर्य धरिए!

**बधू** : *(लम्बी साँस लेकर)* क्या कहती है चेटी? आर्यपुत्र सकुशल हैं? यही बहुत है कि शरीर से सुरक्षित हैं। चरित्र से तो नहीं रहे। अब उज्जयिनी के लोग कहेंगे : 'गरीबी के कारण आर्य चारुदत्त ने ही ऐसा नीच कार्य किया है'। *(ऊपर देखकर, लम्बी साँस लेकर)* भाग्यदेवता! कमल के पत्ते पर गिरे हुए जलबिन्दु की भाँति चंचल दरिद्र के भाग्य से खेल करते हो? यही मेरे नैहर की एक रत्नावली बची है। अत्यन्त विशालहृदय होने से वे इस स्त्री-धन को नहीं लेंगे। दासी, ज़रा आर्य मैत्रेय को तो बुला।

**चेटी** : आर्या धूता की जैसी आज्ञा। *(विदूषक के पास जाकर)* आर्य मैत्रेय! आपको आर्या धूता बुला रही हैं।

**विदूषक** : कहाँ हैं वे?

**चेटी** : यहीं हैं। चलिए।

**विदूषक** : *(आकर)* आपका कल्याण हो!

**बधू** : आर्य!प्रणाम करती हूँ। आर्य! तनिक मेरी ओर देखिए।

**विदूषक** : श्रीमती! यह लीजिए। कहिए!

**बधू** : आर्य! इसे ले लें।

**विदूषक** : यह क्या है?

**बधू** : मैंने रत्नषष्ठी व्रत किया है। उसमें अपनी सम्पत्ति के अनुसार ब्राह्मण को दान दिया जाता है। मैंने वह दान नहीं किया है। इसलिए यह रत्नावली ले लें।

**विदूषक** : *(लेकर)* कल्याण हो! आर्य चारुदत्त से कहने जाता हूँ।

**बधू** : आर्य मैत्रेय! मुझे लज्जित न करें। *(प्रस्थान)*

**विदूषक** : *(आश्चर्य)* धन्य है इनकी उदाराशयता!

**चारुदत्त** : अरे! मैत्रेय विलम्ब कर रहा है। कहीं वेदना के कारण कोई न करने लायक काम न कर बैठे।[1]

**विदूषक** : *(आकर)* मैं यह लाया हूँ *(रत्नावली दिखाता है।)*

**चारुदत्त** : यह क्या है?

**विदूषक** : तुम्हारे अपने योग्य पत्नी पाने का फल।

**चारुदत्त** : क्या ब्राह्मणी मुझपर दया करती है? कितना दुःख है! मैं कितना दरिद्र हो गया हूँ! भाग्य के दोष से धन का अभाव हो जाने से मुझे स्त्रीधन देकर पत्नी ने दया की है! कार्य से पुरुष स्त्री जैसा हो जाता है और कार्य से ही स्त्री पुरुष बन जाती है। किन्तु मैं दरिद्र कहाँ हूँ? जैसा जो कुछ पति के पास हो, उसीके अनुसार घर चलानेवाली पत्नी, सुख-दुःख में एक-से ही भाव रखनेवाला आप जैसा मित्र और सत्य का न छोड़ना यह सब तो दरिद्रता में दुर्लभ वस्तुएँ हैं। मेरे पास तो सभी कुछ है मैत्रेय! इस रत्नावली को लेकर वसंतसेना के पास जाओ। और उससे मेरी ओर से कहना कि मैं भ्रमवश आपके सुवर्ण अलंकार को अपना समझकर जूए में हार गया हूँ। उसके बदले में आप यह रत्नावली ले लें।

**विदूषक** : यह आप क्या करते हैं? हमने जिसे बेचकर खाया नहीं, जिसका कोई उपयोग नहीं किया, जिसका थोड़ा-सा मूल्य है, और जिसे चोरों ने चुराया है, उस वस्तु के लिए ऐसी अमूल्य रत्नावली दे रहे हैं, जिसका एक-एक रत्न चारों समुद्रों को मथकर, चुन-चुनकर रखा गया है!

**चारुदत्त** : यह बात नहीं है मित्र! जिस विश्वास में वसंतसेना ने धरोहर हमारे पास रखी थी, यह अमूल्य रत्नावली तो उस विश्वास के लिए दी जाती है, न कि सोने के आभूषण के लिए। मित्र! तुम्हें मेरे शरीर की कसम है। तुम इसे उसको दिए बिना न लौटना! वर्धमानक! इन ईटों से इस सेंध को शीघ्र अच्छी तरह भर दो। चोर के घर में घुसने की बदनामी को क्यों न मिटा डाला जाए? सखे मैत्रेय! तुम भी निडर होकर उदारता से सब कुछ कह देना।

**विदूषक** : अरे, क्या दरिद्र भी निडर होकर बोलता है?

**चारुदत्त** : मैं दरिद्र नहीं हूँ मित्र! अनुकूल पत्नी, परम सुहृद् और सत्य का संरक्षण, सब कुछ मेरे पास है। तुम अब प्रस्थान करो। मैं भी शौच आदि से निवृत्त होकर संध्यावन्दन करता हूँ।

**[सबका प्रस्थान]**

**[संधिच्छेद नामक तृतीय अंक समाप्त]**

---

1. आत्महत्या आदि।

# चौथा अंक

**[चेटी का प्रवेश]**

**चेटी :** माता ने मुझे भेजा है कि आर्या वसंतसेना के पास जाऊँ। आर्या तो मदनिका से बातें करती हुई चित्र में आँखें गड़ाए बैठी हैं। चलूँ उनके पास। *(घूमती है।)*

**[पूर्वनियत स्थान पर मदनिका और वसंतसेना का प्रवेश]**

**वसंतसेना :** अरी मदनिके! यह चित्राकृति आर्य चारुदत्त से मिलती-जुलती है न?

**मदनिका :** बहुत मिलती है।

**वसंतसेना :** तू कैसे जानती है?

**मदनिका :** क्योंकि आपकी स्नेह-भरी दृष्टि उसमें मिल गई है।

**वसंतसेना :** क्यों री? क्या वेश्यालय में रहने की वाक्चातुरी से ऐसा कहती है?

**मदनिका :** तो क्या आर्ये! जो भी वेश्यालय में रहता है वही झूठ बोलने में चतुर होता है।

**वसंतसेना :** अरी! अनेक तरह के पुरुषों से संसर्ग होता है तो वेश्याएँ झूठ बोलने में चतुर हो जाती हैं।

**मदनिका :** लेकिन जब आपकी आँख और मन इसमें रम गया है तो फिर कारण क्यों पूछती हैं आर्ये!

**वसंतसेना :** अरी! मैं सखियों के उपहासों से बचना चाहती हूँ।

**पहली चेटी :** *(आकर)* आर्ये! माता की आज्ञा है कि द्वार पर बैलगाड़ी आ गई है अतः घूँघट करके आप उसमें जाएँ।

**वसंतसेना :** क्यों री! क्या आर्य चारुदत्त मुझे ले जाएँगे?

**चेटी :** आर्ये! जिसने बैलगाड़ी में दस हज़ार के सोने के गहने भेजे थे—वह।

**वसंतसेना :** कौन है वह?

**चेटी :** वही राजा का साला संस्थानक।

**वसंतसेना :** *(क्रोध से)* जा, जा! फिर कभी ऐसा मत कहना।

**चेटी :** आर्ये! क्रुद्ध न हों। प्रसन्न हों! मैं तो केवल सन्देश लाई हूँ।

**वसंतसेना :** मैं ऐसे सन्देश पर ही क्रुद्ध होती हूँ।

**चेटी** : तब जाकर माता से क्या कहूँ?

**वसंतसेना** : जाकर यही कहना कि—यदि वे मुझे जीवित देखना चाहती हैं तो फिर माता ऐसी आज्ञा कभी नहीं देंगी।

**चेटी** : जैसी आपकी आज्ञा। *(प्रस्थान)*

**शर्विलक** : *(प्रवेश कर)* रात्रि को दोषवती कहकर तथा नींद और राजा के पहरेदारों को जीतकर, रात के बीतने पर अब मैं सूर्यादय की किरणों से धुँधले पड़ गए चन्द्रमा के समान हो गया हूँ।[1] जब कोई जल्दी चलता हुआ व्यक्ति मुझे डरा हुआ देखता है, या मुझे रुका देखकर मेरी ओर तेज़ी से आता है, तो ऐसों को देखकर मेरी अपराधिनी आत्मा शंका से भर जाती है। अपने ही दोष के कारण मनुष्य दूसरे पर भी शंका करता है। मैंने मदनिका के कारण यह चोरी की है।

किसी घर में इसलिए चोरी नहीं की कि वहाँ परिवार के लोग आपस में बातें कर रहे थे। किसी घर को तो केवल इसीलिए छोड़ दिया कि उसमें केवल स्त्रियाँ ही थीं। यदि राज्य के प्रहरी बगल में आ पहुँचे तो घर में लगे हुए वृक्ष के समान मैं निस्तब्ध होकर खड़ा हो गया। इस तरह अनेक रीतियों से मैंने रात बिता दी और सूर्योदय हो गया। *(घूमता है।)*

**वसंतसेना** : अरी! इस चित्रपट को मेरी शय्या पर रखकर, पँखा लेकर, शीघ्र आ।

**मदनिका** : जैसी आर्या की आज्ञा। *(चित्रपट लेकर प्रस्थान)*

**शर्विलक** : यही वसंतसेना का घर है। इसमें प्रवेश करना चाहिए *(प्रवेश कर)* मदनिका क्यों नहीं दिखाई देती?

**[मदनिका का ताल के पत्तों का पँखा लिए प्रवेश]**

**शर्विलक** : *(देखकर)* अरे! मदनिका! अपने सौन्दर्य से कामदेव को भी मोहित करती हुई यह साक्षात् रति के समान सुशोभित हो रही है। कामाग्नि से जलते हुए मेरे हृदय पर यह चन्दन का शीतल लेप चढ़ाती है। मदनिके!

**मदनिका** : *(देखकर)* अहा! शर्विलक! तुम्हारा स्वागत है शर्विलक! किधर चले?

**शर्विलक** : बताऊँगा।

**[प्रेम से एक-दूसरे को देखते हैं।]**

**वसंतसेना** : मदनिका देर कर रही है। कहाँ चली गई? *(झरोखे से देखकर)* यह तो किसी पुरुष से बैठी बात कर रही है? ऐसी प्यार-भरी आँखों से देख क्या रही है, यह तो उसके रूप को पी रही है। मुझे लगता

---

1. चोर दिन में निस्सहाय हो जाते हैं

है, यह पुरुष इसे दासीत्व से मुक्त कराना चाहता है। अच्छा है। यह इससे मन-भर रमण करे। इनके प्रेम के बीच कोई बाधक न हो। मैं उसे नहीं पुकारूंगी इस समय।

**मदनिका** : कहो शर्विलक!

**।शर्विलक सशंक होकर चारों ओर देखता है।।**

**मदनिका** : शर्विलक! बात क्या है? ऐसे चौकन्ने-से क्यों हो?

**शर्विलक** : तुमसे कुछ गुप्त बात कहूँगा यह स्थान एकान्त तो है न!

**मदनिका** : हाँ, एकान्त ही है।

**वसंतसेना** : रहस्य की बात है? तब मैं नहीं सुनूँगी।

**शर्विलक** : मदनिके! क्या वसंतसेना धन पाकर तुम्हें बन्धन से मुक्त कर देगी?

**वसंतसेना** : यह बात तो मेरे बारे में है! तब छिपकर इस झरोखे से सुनूँ।

**मदनिका** : शर्विलक! मैंने वसंतसेना से कहा था। उन्होंने कहा कि यदि वे स्वतन्त्र हो जाएँ तो बिना धन के ही सभी सेवक-सेविकाओं को स्वतन्त्र कर देंगी। और फिर बताओ शर्विलक! तुम्हारे पास इतना धन है ही कहाँ कि तुम मुझे वसंतसेना के बन्धन से मुक्त करा सकोगे?

**शर्विलक** : क्यों डरती हो? गरीबी से परेशान होने के कारण तथा तुम्हारे प्रेम के बस में हो जाने से आज रात मैंने बड़ा साहस किया है।

**वसंतसेना** : यह वैसे तो प्रसन्न है, किन्तु उस अतिसाहस के कारण यह अभी तक उद्विग्न-सा है।

**मदनिका** : शर्विलक! क्षणभंगुर स्त्री के कारण दोनों को संशय में डाल दिया?

**शर्विलक** : किन दोनों को?

**मदनिका** : शरीर और चरित्र दोनों को।

**शर्विलक** : मूर्खे! साहस में लक्ष्मी का निवास होता है।

**मदनिका** : शर्विलक! तुम्हारा चरित्र निर्दोष है। किन्तु मेरे कारण तुमने अतिसाहस करके उसके विरुद्ध आचरण नहीं किया है?

**शर्विलक** : धन के लोभ में मैंने किसी ऐसी फूलों से भरी लता के समान आभूषण धारण करनेवाली स्त्री का तो अपहरण नहीं किया? न ब्राह्मण के लिए सुरिक्षत धन ही चुराया। न मैंने यज्ञ के लिए संयोजित सामग्री ही ली है। न मैंने कभी धाय की गोद में से किसी बच्चे को उड़ाया है। मेरी बुद्धि करने योग्य और न करने योग्य कार्य को पहले अच्छी तरह तोल लेती है। तुम वसंतसेना से जाकर कहो कि यह आभूषण उसीके योग्य है। वह इसे तुम्हारे प्रेम के कारण पहने और और इसे गुप्त रखे।

**मदनिका :** शर्विलक! शोभा बढ़ानेवाला आभूषण गुप्त कैसे रखा जा सकता है। अच्छा लाओ उसे देखूँ!

**शर्विलक :** यह लो!

**मदनिका :** *(देखकर)* यह तो पहले भी देखा हुआ-सा लगता है। तुम्हें यह कहाँ मिला?

**शर्विलक :** तुम्हें इससे क्या मदनिका! तुम ले जाओ!

**मदनिका :** *(क्रोध से)* यदि तुम्हें मुझपर विश्वास ही नहीं है तो मुझे मुक्त ही क्यों कराते हो?

**शर्विलक :** प्रिये! प्रातःकाल श्रेष्ठिचत्वर में मैंने सुना कि यह आर्य चारुदत्त का है।

**[वसंतसेना और मदनिका को मूर्छा-सी आती है।]**

**शर्विलक :** मदनिके! धैर्य धारण करो! मैं तो तुम्हें दासीत्व से मुक्त कराने आया हूँ। पर विषाद से तुम्हारे अंग शिथिल पड़ रहे हैं और भय से तुम्हारी आँखें चंचल हो रही हैं। मुझपर अनुकम्पा करना तो दूर रहा, उल्टे तुम तो कम्पित हो रही हो?

**मदनिका :** *(धैर्य धरकर)* अरे साहसी! मेरे कारण ऐसा अधर्म करते समय तुमने उस घर में किसी को घायल तो नहीं किया? किसी को मारा तो नहीं?

**शर्विलक :** मदनिके! शर्विलक कभी सोए हुए या डरे हुए पर प्रहार नहीं करता। न मैंने किसी को मारा, न किसी को घायल ही किया।

**मदनिका :** ऐसा?

**शर्विलक :** बिलकुल!

**वसंतसेना :** *(चेतन होकर)* ओह! मैं तो मर गई थी। फिर जी उठी।

**मदनिका :** यह अच्छा हुआ।

**शर्विलक :** *(ईर्ष्या से)* क्या अच्छा हुआ मदनिके! मैं उच्च विचार वाले, अच्छे कुल में जन्म लेकर भी केवल तुम्हारे कारण इस प्रेम-पाश में फँसकर नीच कर्म करता हूँ। कामदेव ने मेरे गुणों को नष्ट कर दिया है, किन्तु मैं फिर भी मान को बचाए रहता हूँ। मेरे सामने मुझे प्रिय कहकर किसी और की ही चाहना करती हो? *(उदासी से)* इस लोक में अच्छा कुल एक महावृक्ष है जो धनरूप फल देता है, किन्तु वेश्यारूपी पक्षियों के खा लेने के कारण यह वृक्ष भी निष्फल हो जाता है। प्रेम जिसका ईंधन है, सम्भोग जिसकी ज्वाला है वह काम की ही अग्नि है जिसमें पुरुष अपना धन-यौवन सभी होम देते हैं।

**वसंतसेना :** *(आश्चर्य से)* अरे! यह बेमतलब का आवेश क्यों?

**शर्विलक :** मेरे विचार से वे मूर्ख हैं जो स्त्री और सम्पत्ति पर विश्वास रखते हैं! ये दोनों ही सांपिन की तरह चलती हैं। स्त्रियों से अनुराग नहीं ही करना चाहिए, क्योंकि वे प्रिय चाहनेवाले पुरुष का अनादर करती हैं। जो अपने पर अनुरक्ता हो उसी स्त्री से रमण करे, किन्तु जो विरक्ता है उसे बिल्कुल ही छोड़ देना चाहिए। ठीक ही कहा है कि ये स्त्रियाँ धन पाने के लिए ही हँसती-रोती हैं, पुरुषों को विश्वास दिलाती हैं, किन्तु स्वयं उनपर विश्वास करती नहीं। उच्च कुल और अच्छे स्वभाव के पुरुष को चाहिए कि वह वेश्याओं को मरघट के फूल की तरह छोड़ दे। समुद्र की लहर की भाँति स्वभाववाली और संध्या के मेघों की सी अस्थायी प्रीतिवाली वेश्याएँ तो धन उड़ाना चाहती हैं। महावर की तरह रस खींचकर वे मनुष्य को गरीब बनाकर छोड़ देती हैं। स्त्री का नाम ही चपला है। वे हृदय से किसी एक को चाहती हैं, और आँखों के इशारे से किसी दूसरे को बुलाती हैं, अपने यौवन का उद्वेग तो किसी और को दिखाती हैं, और शरीर से किसी दूसरे ही से भोग करती हैं। सच ही कहते हैं कि पर्वत के शिखर पर नलिनी पैदा नहीं होती, घोड़ों की गाड़ी को गधे नहीं खींचते, जौ बोने पर धान नहीं पैदा होता, इसी तरह वेश्या के घर में जन्म लेनेवाली स्त्री कभी पवित्र नहीं हो सकती! अरे! नीच चारुदत्त! अब यह मुझसे स्नेह नहीं करती! *(कुछ कदम चला जाता है।)*

**मदनिका :** *(उसका उत्तरीय पकड़कर)* निरर्थक बातें करते हुए तुम असम्भव बात पर इतना क्रोध कर रहे हो?

**शर्विलक :** असम्भव? कैसे?

**मदनिका :** यह अलंकार आर्या वसंतसेना का है!

**शर्विलक :** तो?

**मदनिका :** उन्होंने इसे आर्य चारुदत्त के पास धरोहर के रूप में रखा था।

**शर्विलक :** क्यों?

**मदनिका :** *(कान में कहकर)* समझे?

**शर्विलक :** *(दुःख और लज्जा से उदास होकर)* कैसा कष्ट है! ग्रीष्म से व्याकुल होकर मैं जिस शाखा के नीचे छाया के लिए आया, अनजाने में मैंने उसीके पत्तों को काट गिराया!

**वसंतसेना :** यह क्यों दुःखी होता है! इसने कोई जान-बूझकर ऐसा थोड़े ही किया है?

**शर्विलक :** मदनिके! तो अब क्या करना उचित है?

**मदनिका :** अरे, तुम तो मुझसे अधिक चतुर हो!

**शर्विलक :** ऐसा नहीं! देखो ऐसी बातों में स्वभाव से ही स्त्रियाँ चतुर होती हैं। पुरुषों की चतुरता तो शास्त्र के उपदेश से प्राप्त होती है।

**मदनिका :** शर्विलक! अगर मेरी बात मानते हो तो यह आभूषण ले जाकर आर्य चारुदत्त को ही दे आओ!

**शर्विलक :** यदि वे राजकुल में जाकर कह दें मदनिके! तो?

**मदनिका :** चन्द्रमा से कभी धूप निकलती है?

**वसंतसेना :** धन्य! मदनिके! धन्य!

**शर्विलक :** मदनिके! इस साहस से न तो मुझे दुःख है, न अब भय ही है। तुम मुझे आर्य चारुदत्त के गुण क्या बताती हो? मुझे तो चोरी जैसे घृणित कार्य की लज्जा है! वरना हम जैसे धूर्तों का राजा कर ही क्या सकता है? फिर भी यह बात नीति के विरुद्ध है। कोई और तरकीब सोचो!

**मदनिका :** अच्छा दूसरा तरीका यह है।

**वसंतसेना :** दूसरा उपाय ही क्या हो सकता है?

**मदनिका :** तुम उसी आर्य चारुदत्त के कुटुम्ब के आदमी बन जाओ और इस आभूषण को आर्या के पास ले जाओ!

**शर्विलक :** ऐसा करने से क्या होगा?

**मदनिका :** न तुम चोर समझे जाओगे, न चारुदत्त पर ऋण ही रहेगा और आर्या को अपना आभूषण वापस मिल जाएगा।

**शर्विलक :** यह तो अतिसाहस का कार्य है!

**मदनिका :** अलंकार ले चलो। ऐसा न करना ही अतिसाहस है।

**वसंतसेना :** धन्य! मदनिके! तू धन्य है! तूने तो ऐसी राय दी जैसे तू मुक्त ही हो गई।

**शर्विलक :** तुम्हारे पीछे चलकर मैंने महती बुद्धि प्राप्त कर ली। चन्द्रमा के डूब जाने पर रात में पथभ्रष्ट पथिक को रास्ता बताने के लिए मुश्किल से ही कोई मिलता है।

**मदनिका :** इस कामदेव के घर में तुम क्षण भर ठहरो। तब तक मैं आर्या वसंतसेना को तुम्हारे आने की सूचना देती हूँ।

**शर्विलक :** अच्छी बात है।

**मदनिका :** *(जाकर)* आर्ये! आर्य चारुदत्त के पास से एक ब्राह्मण आया है।

**वसंतसेना :** तू कैसे जानती है री कि यह उनका ही आदमी है!

**मदनिका :** आर्ये! क्या अपने सम्बन्धियों को भी नहीं पहचानूँगी?

**वसंतसेना :** *(सिर हिलाकर हँसते हुए स्वगत)* ठीक बात है। *(प्रकट)* जा उन्हें ले आ।

**मदनिका :** जैसी आपकी आज्ञा। *(जाकर)* शर्विलक, भीतर चलो!

**शर्विलक** : *(प्रवेश करके उदास-सा)* आपका कल्याण हो!

**वसंतसेना** : आर्य, प्रणाम करती हूँ। विराजिए आर्य!

**शर्विलक** : सार्थवाह चारुदत्त ने कहा है कि घर जीर्ण-शीर्ण होने के कारण इस सोने के आभूषण की रक्षा करना बहुत कठिन हो गया है, अतः इसे आप ही ले लें।

**[मदनिका को देकर चल पड़ता है।]**

**वसंतसेना** : आर्य! मेरा भी सन्देसा लेते जाएँ।

**शर्विलक** : *(स्वगत)* वहाँ कौन जाएगा! *(प्रकट)* कहिए।

**वसंतसेना** : पत्नी-भाव से मदनिका को ग्रहण करें।

**शर्विलक** : आर्ये! मैं समझा नहीं।

**वसंतसेना** : मैं समझ रही हूँ।

**शर्विलक** : कैसे?

**वसंतसेना** : आर्य चारुदत्त ने मुझसे कहा है कि जो कोई इस आभूषण को लाकर दे, उसे मदनिका को समर्पित कर देना। इसीलिए मदनिका को आपके हाथों सौंप रही हूँ : आप यही समझें।

**शर्विलक** : *(स्वगत)* अरे! क्या यह सब बात समझ गई? *(प्रकाश)* धन्य! आर्य चारुदत्त! आप धन्य हैं! मनुष्यों को सदैव गुण प्राप्त करने के लिए ही प्रयत्न करना चाहिए। गुणी दरिद्र निर्गुण धनिकों के ही समान नहीं, बल्कि उनसे कहीं बढ़कर होता है। मनुष्य को चाहिए कि वह दया आदि गुणों को प्राप्त करे क्योंकि गुणी व्यक्ति को कुछ भी अप्राप्य नहीं है। शीतल होने से ही चन्द्रमा शिव के ऐसे मस्तक पर पहुँच गया है, जहाँ कोई भी नहीं पहुँच सका।

**वसंतसेना** : यहाँ गाड़ीवान कौन है?

**चेटी** : *(गाड़ी के साथ प्रवेश कर)* आर्य। गाड़ी तैयार है।

**वसंतसेना** : अरे मदनिके, तुझे आँख भरकर देख लूँ, क्योंके अब तू किसी और की हो गई। गाड़ी पर चढ़। मुझे याद रखेगी न?

**मदनिका** : *(रोती हुई)* आर्या ने मुझे निकाल दिया! *(चरणों पर गिरती है।)*

**वसंतसेना** : अब तो तुम्हीं वंदनीय हो गई हो। अब जाओ। गाड़ी पर चढ़ो। मुझे याद रखना।

**शर्विलक** : आपका कल्याण हो! मदनिके! वसंतसेना को खूब देख लो, और इन्हें सिर झुकाकर प्रणाम करो। इन्हीं के कारण तुमने, यहाँ भी दुर्लभ वधू शब्द का घूँघट पा लिया है।[1]

---

1. यहाँ यह अभिप्राय है कि वेश्यालय में 'बहू' जैसे पवित्र शब्दों का प्रयोग दुष्प्राप्य है पर यहाँ भी तुम गृहस्थों जैसा आदर पा रही हो।

**[मदनिका के साथ गाड़ी पर चढ़कर जाने को तैयार होता है।]**

**(नेपथ्य में)**

अरे कौन है यहाँ? कौन है? राजपुरुष यह सूचना देते हैं कि किसी सिद्ध पुरुष ने कहा है कि गोपपुत्र आर्यक राजा हो जाएगा। इस वाक्य पर विश्वास करके राजा पालक ने डरकर उस गोपपुत्र को घर से पकड़कर कठोर बन्दीगृह में डाल दिया है। अपने-अपने स्थान पर सभी प्रहरी सावधान हो जाएँ।

**शर्विलक** : *(सुनकर)* क्या राजा पालक ने मेरे प्रिय मित्र आर्यक को पकड़ लिया है? और इधर मेरे गिरस्ती बँध गई है। बड़ी मुसीबत हैं। संसार में मनुष्यों को स्त्री और मित्र दोनों बड़े प्रिय हैं। पर इस समय मित्र बन्दी है, अतः वह सैकड़ों स्त्रियों से भी ऊँचा है। अब मैं उतरता हूँ। *(गाड़ी से उतर जाता है।)*

**मदनिका** : *(आँसू-भरी आँखों से देखती हुई हाथ जोड़कर)* आपका विचार ठीक है, पर पहले मुझे अपने घर के बड़ों के पास पहुँचा दीजिए।

**शर्विलक** : धन्य प्रिये! धन्य! तुमने मेरे मन की बात कही। *(चेट से)* भद्र! तुम रेभिल सार्थवाह का घर जानते हो?

**चेट** : हाँ, जानता हूँ।

**शर्विलक** : तो मेरी प्रिया को वहीं ले जाओ।

**चेट** : जैसी आर्य की आज्ञा।

**मदनिका** : जैसे आर्य का विचार है, वैसे ही सदा सावधान रहें। *(प्रस्थान)*

**शर्विलक** : जिस तरह यौगंधरायण ने राजा उदयन की रक्षा के लिए प्रयत्न किया था, वैसे ही मैं भी मित्र आर्यक के उद्धार के लिए राजा के परिवार, धूर्तों, प्रसिद्ध वीरों तथा राजा के अपमान से क्रुद्ध लोगों, मन्त्रियों और अन्य राजकर्मचारियों को भड़काऊँगा। नीच शत्रुओं ने अपने नुकसान की आशंका से अकारण ही मेरे प्रिय मित्र आर्यक को बंदीगृह में डाल दिया है। राहु के पंजे में पड़े चन्द्रमा के समान आर्यक का मैं शीघ्र ही उद्धार करूँगा। *(प्रस्थान)*

**चेटी** : *(प्रवेश कर)* आर्ये! शुभ संवाद है। आर्य चारुदत्त के यहाँ से ब्राह्मण आया है।

**वसंतसेना** : कितना सुन्दर दिन है! चेटी! बन्धुल[1] के साथ उन्हें ससम्मान भीतर ले आओ।

**चेटी** : जैसी आर्या की आज्ञा। *(प्रस्थान)*

**[विदूषक का बन्धुल के साथ प्रवेश]**

**विदूषक** : ही-ही-ही! राक्षसों का राजा रावण तो घोर तपस्या करके पुष्पक विमान

1. बन्धुल—सेवक, मुफ्त पलनेवाले

से जाता था, पर मैं ब्राह्मण बिना तपस्या के ही, बिना कष्ट के ही, पुरुष और नारी रूपी विमानों से जाता हूँ।

**चेटी :** आर्य देखिए! हमारे घर का द्वार देखिए!

**विदूषक :** *(आश्चर्य से देखकर)* अरे! वसंतसेना का गृहद्वार कैसा सुन्दर है! पानी छिड़ककर बुहारकर गोबर से साफ लिपा हुआ, अनेक सुन्दर फूलों से सजा हुआ, चित्रित-सा लग रहा है। आकाश की शोभा देखने को इसने कितना ऊँचा सिर उठा दिया! ऐरावत की सूण्ड की भाँति डोलती हुई मल्लिका-पुष्पों की मालाएँ लटक रही हैं। कितने उठे हुए गजदन्त के तोरण से यह सजा हुआ है! चन्द्रकान्त आदि महारत्नों से जड़ा हुआ है! वायु के वेग से हिलती हुई शुभसूचक पताकाएँ ऐसे फरफरा रही हैं जैसे कोई हाथ हिला-हिलाकर मुझे बुला रहा हो। तोरण बाँधने के लिए जो दोनों ओर स्तम्भ-वेदिका है, उस पर लहलहाते हरे-हरे आम के पत्तों से सजे सुन्दर स्फटिक के बने मंगलदायी कलश धरे हैं। सुवर्ण के किवाड़ हीरों को कीलों से जड़े हुए ऐसे लगते हैं। जैसे प्रचण्ड असुर का कठोर वक्षस्थल हो। अपूर्व है! अपूर्व है! इसे देखने को तो निस्पृहों की दृष्टि भी हठात् आकर्षित होती है।

**चेटी :** आइए! आर्य! इस प्रथम कक्ष में प्रवेश करिए।

**विदूषक :** *(प्रवेश करके देखकर)* ही-ही-ही! हो-हो! प्रथम प्रकोष्ठ में भी चन्द्रमा और मृणाल की कांति की भाँति मनोरम, सर्वत्र मुट्ठी-भर चूर्ण एक-सा छिड़कने से शुभ्र वर्ण, अनेक रत्नों से गूँथी हुई स्वर्णमयी सीढ़ियों से सुशोभित अट्टालिका की मंज़िलें मोतियों की झूमती मालाओं और स्फटिक से बने झरोखों-रूपी मुखचंद्र से मानो उज्जयिनी को देख रही हैं! वेदज्ञ ब्राह्मण की भाँति सुख से बैठा द्वारपाल ऊँघ रहा है। यहाँ दही के साथ कलम धान के भात को देने पर भी कौए नहीं खाते क्योंकि वे भी ऐसी शुभ्र[1] बलि नहीं चाहते! चलिए आगे का रास्ता दिखाइए।

**चेटी :** आर्य! इधर आएँ, आइए दूसरे प्रकोष्ठ में प्रवेश करिए!

**विदूषक :** *(प्रवेश करके देखकर)* धन्य! धन्य! मुख में रखी घास खाने से पुष्ट, तेल से चुपड़े सींगवाले गाड़ी के बैल बँधे हैं यहाँ! ये दो भैंसे जो हैं, इनमें से एक तो अपमानित कुलीन की तरह लम्बी-लम्बी साँसें ले रहा है। इस तरफ युद्ध से विरत योद्धा के से इस भेड़े की गर्दन मली जा रही है! इधर घोड़ों के बालों को बाँधा जा रहा हैं। चोर की तरह घुड़साल में यह बन्दर कसकर बाँधा गया है! *(दूसरी ओर*

1. आशय यह है कि वे स्फटिक से चमत्कृत हो गए हैं, और काकबलि भी सफेद पड़ गई है।

*देखकर)* इधर तो तेल से चुचाते अन्नपिण्डों को महावत लोग हाथी को खिला रहे हैं! चलिए, आगे चलें।

**चेटी :** आइए आर्य! अब आप तीसरे प्रकोष्ठ में प्रवेश करें।

**विदूषक :** *(प्रवेश करके देखकर)* वाह! कैसे-कैसे सुन्दर आसन हैं, जो अच्छे कुलोत्पन्न व्यक्तियों के बैठने योग्य हैं! आधी पढ़ी हुई पुस्तक पाँसे खेलने के कोष्ठक पर रखी है। और पांसा खेलने का कोष्ठक भी मणिमयी गोटीवाला है। नायक-नायिका में प्रेम-विलाप और प्रणय-कलह कराने में चतुर वेश्याएँ कैसी रंग-बिरंगी चित्रावली हाथों में लिए इधर-उधर घूम रही हैं। वृद्ध विट भी घूम-फिर रहे हैं! आगे का मार्ग दिखाइए।

**चेटी :** आइए आर्य! इधर! चौथे प्रकोष्ठ में आइए।

**विदूषक :** *(प्रवेश करके देखकर)* वाह! वाह! यहाँ तो युवतियों से बजाए हुए मृदंगों में से मेघों का सा गम्भीर शब्द गूँज रहा है। करताल ऐसे गिरते हैं जैसे पुण्य क्षीण होने पर आकाश से नक्षत्र गिर रह हों! बाँसुरी की तान है कि भ्रमरों का मनोहर गुंजन। ईर्ष्या के कारण प्रणय में कुपित हो गई रमणी की भाँति वीणा को गोदी में रखकर नख क्षत से उसे रिझाया जा रहा है! मकरन्द पीकर मस्त हुई भ्रमरियों की भाँति यह वेश्या-बालिकाएँ नचाई जा रही हैं। उन्हें अभिनय योग्य रसपूर्ण पुस्तकें पढ़ाई जा रही हैं। झरोखों पर रखी जल से भरी गगरियाँ हवा के झोंकों से ठण्डी हो रही हैं। आइए, आगे चलें!

**चेटी :** आर्य! इस ओर! यह लीजिए, पाँचवाँ प्रकोष्ठ है।

**विदूषक :** *(प्रवेश करके देखकर)* गरीबों को लुब्ध करनेवाली हिंगु तैल की सुगंधि कैसी आकर्षित कर रही है? सदा जलाया जानेवाला पाकस्थान *(रसोई)* अपने द्वाररूपी मुख से तरह-तरह के सुगंधित धूम निकालता मानो निःश्वास ले रहा है। तरह-तरह के पकवानों की गन्ध मुझे आकर्षित कर रही है। इधर यह सुन्दर बालक जीर्ण वस्त्र की भाँति माँस को धो रहा है। रसोइया तरह-तरह खाद्यान्न बना रहा है। लड्डू बाँधे जा रहे हैं, मालपूए पक रहे हैं। *(स्वगत)* इतना खाना खाने के लिए मुझे पैर धोने को पानी कहाँ मिलेगा? *(अन्यत्र देखकर)* अरे! यहाँ गन्धर्वों की भाँति अनेक आभूषण पहने बन्धुल और सुन्दरी वेश्याओं से यह घर तो स्वर्ग जैसा लग रहा है। अरे, तुम बन्धुल लोग कौन हो?

**बंधुलगण :** हम लोग पराए घर में रहते हैं, दूसरे कें अन्न पर पलते हैं, परस्त्री और परपुरुष के संयोग से जन्म लेते हैं। दूसरों के धन पर आश्रित

रहते हैं। हममें कोई गुण नहीं है। हम बन्धुल तो हाथी के बच्चे की भाँति मस्त स्वच्छन्द मौज़ करते हैं।

**विदूषक :** चलिए, आगे का रास्ता बताइए।

**चेटी :** चलिए आर्य! छठे प्रकोष्ठ में आइए।

**विदूषक :** *(प्रवेश करके देखकर)* साधु! साधु! यहाँ तो पन्ना आदि मणियों से गूँथे, सोने और रत्नों से बनाए ये तोरण हैं कि साक्षात् इन्द्रधनुष हैं? वैदूर्य, मोती, मूँगा, पुष्पराग, इन्द्रनील, कर्केतरक, पद्मराग और मरकत आदि रत्नों पर शिल्पीगण बैठे हुए विचार कर रहे हैं। सुवर्ण से मणियां बांधी जा रही हैं, लाल डोरे में सोने के आभूषण गूंथे जा रहे हैं। मोती के अलंकार गूँथे जा रहे हैं, वैदूर्य मणियाँ धीरे-धीरे घिसी जा रही हैं, शंख चिकने किए जा रहे हैं, मूँगे सान पर चढ़ाए जा रहे हैं, गीले कुंकुम के पत्थर सुखाए जा रहे हैं, कस्तूरी इकट्ठी की जा रही है, और चन्दन-रस बड़ी लगन से घिसा जा रहा है, कोई सुगन्धित लेप लगा रहा है, वेश्या और कामुक प्रेमी को कपूर-युक्त पान खाने को दिया जा रहा है। कहीं कटाक्ष हो रहा है, तो कहीं हास्य। सी-सी करते हुए लोग निरन्तर मदिरा पी रहे हैं। ये चेट हैं! ये चेटी हैं! और ये वे हैं जो अपनी स्त्री, पुत्र और धन कर तिरस्कार करके आए हैं। और वेश्याओं ने जिस बर्फ से ठण्डे मद्य को पीकर बचा दिया है, उसे ये पी रहे हैं। आगे चलिए।

**चेटी :** आर्य! यह मार्ग है। लीजिए सातवाँ प्रकोष्ठ आ गया।

**विदूषक :** *(प्रवेश करके देखकर)* ओहो! क्या कहने हैं! कितना सुन्दर पक्षी-गृह है! कबूतर के जोड़े सुख से पड़े हुए आपस में चुम्बन लेने का सुख प्राप्त कर रहे हैं। दही-भात खाकर प्रसन्न हुए ब्राह्मण की तरह पिंजड़े में बन्द तोता कैसे सुन्दर-सुन्दर वाक्य बोल रहा है! स्वामी का अधिक आदर पानेवाली गृहसेविका की सी मैना अधिक कुर-कुर कर रही है। मीठे फलों को खाने से कोयल मिठबोली कुटनी सी बोल रही है। खूँटियों पर पिंजड़ों की कतारें लटक रही हैं। लावक पक्षी लड़ रहे हैं। पिंजड़े में से तीतर बोल रहा है। पिंजड़ों में पाले हुए कबूतर इधर-उधर भेजे जा रहे हैं। तरह-तरह की मणियों से सजाए हुए-से यह पालतू मोर नाचते हुए धूप से जलती अट्टालिका को शान्त करने को अपने परों को हवा कर रहे हैं। *(अन्यत्र देखकर)* चन्द्रमा की इकट्ठी हो गई किरणों के से ये उज्ज्वल राजहंसों के जोड़े कामिनियों के पीछे इसलिए चल रहे हैं मानो उनकी गति सीख रहे हैं। और वृद्ध श्रेष्ठों की तरह ये पालतू सारस इधर घूम रहे हैं! वाह! गणिका

वसंतसेना ने तरह-तरह के पक्षियों से इस कक्ष को भरकर साक्षात् नन्दन वन बना दिया है। चलिए, आगे चलें।

**चेटी** : यहाँ आर्य! आठवाँ प्रकोष्ठ आ गया।

**विदूषक** : *(प्रवेश करके देखकर)* मान्ये! यह कौन है जो रेशमी वस्त्र पहने, एक जैसे किन्तु अत्यन्त विचित्र अलंकार पहने अंग-भंग से लड़खड़ाता चल रहा है?

**चेटी** : यह वसंतसेना का भाई है आर्य!

**विदूषक** : कितना तप करने से यह वसंतसेना का भाई हुआ है! लेकिन नहीं। गोरा है, स्निग्ध है, सुगन्धित है, पर श्मशान में उत्पन्न चम्पक वृक्ष की भाँति यह भी संसार के लिए अस्पृश्य है। *(अन्यत्र देखकर)* और वह कौन है जो चमकते वस्त्र पहने है और तेल से सिक्त जूतों में चरण रखे रहने के कारण इतने साफ पैर लिए ऊँचे आसन पर बैठी है?

**चेटी** : आर्य! ये वसंतसेना की माता हैं।

**विदूषक** : अरे! इस अपवित्र पिशाचिनी का पेट कितना बड़ा है! क्या इसे प्रविष्ट कराकर ही इस शिव के समान सुन्दर घर को बनवाया गया है।

**चेटी** : हाय! हमारी माता का ऐसा उपहास न करें। ये चातुर्थिक[1] से पीड़ित हैं।

**विदूषक** : *(परिहास के साथ)* भगवन्! चातुर्थिक! इसी उपचार से मुझ ब्राह्मण की ओर भी आँख फेरिए।

**चेटी** : मरकर ही उठोगे। समझ लो।

**विदूषक** : *(सपरिहास)* दासी की बेटी! ऐसे गोरे और बड़े पेटवाले का तो मर जाना ही अच्छा है! सीधु, सुरा और आसव–ऐसी मदिराएँ पीकर मतवाली माता ऐसी स्थूल हो गई है! यह मर जाए तो हज़ारों सियारों को खाना मिल जाए! क्यों? क्या आप लोग गाड़ियाँ चलाती हैं?

**चेटी** : नहीं तो आर्य!

**विदूषक** : गाड़ी के बारे में क्या पूछना! काम रूपी सागर के प्रेम-निर्मल जल में आप लोगों के कुच, नितम्ब, और जँघा ही मनोहर गाड़ियाँ हैं। तरह-तरह के मानवों और पशु-पक्षियों से युक्त वसंतसेना के आठों प्रकोष्ठ देख कर मुझे सचमुच विश्वास हो गया है कि मैंने एक ही जगह स्वर्ग, मर्त्य और पाताल लोक देख लिया है। मेरे पास इसकी प्रशंसा करने योग्य शब्द कहाँ? यह क्या गणिका का घर है? या कुबेर का भवन उतर आया है? और आर्या वसंतसेना कहाँ हैं?

**चेटी** : आर्य! वे उद्यान में बैठी है। आप वहीं चलें। आइए। लीजिए, यह उद्यान है।

---

1. चौदिया रोग=पेट फूलना : जलीर।

**विदूषक** : *(प्रवेश कर और देखकर)* अहा! कैसी छटा है! सुन्दर कलियाँ हैं। अनेक वृक्ष हैं। युवतियों की जाँघ तक ऊँचे रस्सी के झूले घने वृक्षों के नीचे बनाए गए हैं। सुवर्णयूथिका, मालती, मल्लिका, नवमल्लिका, कुरबक, माधवीलता आदि फूलों की छटा तो नंदन वन को भी हरा रही है। *(अन्यत्र देखकर)* उदय होते हुए सूर्य की कांतिवाले लाल कमलों से तालाब पर मानो संध्या उतर आई है। युद्धभूमि में सघन लहू की कीचड़ से सने योद्धा की तरह यह अशोक वृक्ष नई कोंपलों से कैसा सुन्दर लग रहा है! अच्छा! हाँ! आर्या वसंतसेना कहाँ हैं?

**चेटी** : आर्य! दृष्टि तनिक नीचे करें! वे आर्या हैं, देखिए।

**विदूषक** : *(देखकर और पास जाकर)* आपका मंगल हो!

**वसंतसेना** : अरे, मैत्रेय! *(उठकर)* स्वागत है। यह आसन है, विराजिए।

**विदूषक** : आप बैठिए।

**[दोनों बैठते हैं।]**

**वसंतसेना** : सार्थवाह-पुत्र सकुशल हैं न?

**विदूषक** : सकुशल है।

**वसंतसेना** : आर्य मैत्रेय! उदारता ही जिसके पल्लव हैं, विनम्रता ही शाखाएँ हैं, विश्वास ही जड़ है, गौरव पुष्प हैं, परोपकार से जो फलवान हो रहा है उस साधु वृक्ष[1] पर मित्ररूपी पक्षी अब भी सुख से रहते हैं?

**विदूषक** : *(स्वगत)* कुटिल विलासिनी ने कैसे पते की पूछी है! *(प्रकाश)* हाँ।

**वसंतसेना** : अच्छा, आज कैसे कष्ट किया?

**विदूषक** : सुनिए! आर्य चारुदत्त शीश पर अंजलि बाँधकर आपसे निवेदन करते हैं...

**वसंतसेना** : *(हाथ जोड़कर)* क्या आज्ञा देते हैं?

**विदूषक** : 'अपना समझकर उस सोने के गहने को मैं जुए में हार गया और जुए का सभाध्यक्ष वह राजदूत न मालूम कहाँ चला गया।'

**चेटी** : आर्ये! विचित्र बात है। आर्य जुआ खेलने लगे हैं?

**वसंतसेना** : *(स्वगत)* चोरों से चुराए आभूषण को भी वे उदारता के कारण जुए में हारा हुआ बताते हैं! इसीलिए तो मैं उन्हें चाहती हूँ!

**विदूषक** : उसके बदले में आप यह रत्नावली स्वीकार करें।

**वसंतसेना** : *(स्वगत)* क्या वह गहना दिखा दूँ? *(सोचकर)* नहीं, अभी नहीं।

**विदूषक** : आप क्या इसे पसन्द नहीं करतीं?

**वसंतसेना** : *(हँसकर और सखी का मुँह देखकर)* मैत्रेय! रत्नावली क्यों नहीं लूँगी?

---

1. अर्थात् चारुदत्त

*(लेकर बगल में रखकर स्वगत)* क्या मंजरियों से हीन आम के वृक्ष से भी मकरन्द की बूँदें चूती हैं? *(प्रकट)* मेरी ओर से उन जूआ खेलनेवालों से कहना कि मैं सूर्यास्त के बाद उनसे मिलने आऊँगी।

**विदूषक** : *(स्वगत)* और क्या होगा? उनके पास जाकर कुछ और लेगी। *(प्रकट)* कह दूँगा। *(स्वगत)* कहूँगा आप गणिका-सम्पर्क छोड़ दें। *(प्रस्थान)*

**वसंतसेना** : चेटी! इस रत्नावली को रख लो। चारुदत्त से मिलने चलें।

**चेटी** : आर्ये! असमय में, देखिए तो, कैसी काली घटाएँ उठ रही हैं।

**वसंतसेना** : मेघ घिर आएँ, रात हो जाए, निरन्तर पानी बरसता रहे, फिर भी प्रियतम से मिलने की इच्छा के कारण मुझे वह सब कुछ भी नहीं लगता। उस हार को लेकर शीघ्र आ। *(प्रस्थान)*

**[मदनिका-शर्विलक नामक चौथा अंक समाप्त]**

# पाँचवाँ अंक

**[आसन पर बैठे हुए उत्कण्ठित चारुदत्त का प्रवेश]**

**चारुदत्त :** *(ऊपर की ओर देखकर)* असमय में काली घटाएँ उठ रही हैं। जिस दुर्दिन में मेघों से भरे आकाश की ओर देखकर पँख फैलाए गृहमयूर आदरपूर्वक देखे जाते हैं और मानसरोवर जाने के लिए उत्सुक और उन्मत्त हंसों से उपेक्षा हो जाती है; वही असामयिक मेघों से आच्छन्न दिवस उत्कण्ठा से भरे मनुष्यों और आकाश दोनों को अवरुद्ध किए दे रहा है। जल से भीगे भैंसे के पेट-सा या भ्रमर-सा काला मेघ बिजली रूपी पीताम्बर पहने, बगुलों की पंक्तिरूपी शंख लिए, वामनावतार विष्णु की तरह आकाश में व्याप्त हो जाने को तैयार हो गया है! टपकते चाँदी के द्रव की भाँति मेघ-गर्भ से जलधाराएँ बड़े वेग से गिर रही हैं। दीपशिखा-सी बिजली में कभी तो वे दीखती हैं, कभी अदृश्य हो जाती हैं। जलधाराएँ क्या हैं, आकाशरूपी फटे वस्त्र से सूत गिर रहे हैं। कैसा सुन्दर मेघ है, जैसे चित्रलिखित-सा हो! कभी चकवे का जोड़ा बनता है, कभी उड़ते हँस-सा, कभी समुद्र-मन्थन के वेग से बाहर फेंके गए बड़े-बड़े मत्स्यों-सा दिखाई देता है। कभी मकर बनता है। कभी ऊँचे भवन-सा लगने लगता है। वायु इसे कितने रूप देती है? दुर्योधन के असंयत राज्य की भाँति मयूर अत्यन्त अहंकार से भरा हुआ प्रसन्न होकर कूक रहा है। जुए में हारे हुए युधिष्ठिर की तरह कोयलें वन की ओर चली गई हैं। पाण्डवों की भाँति हँस अब वन में अज्ञातवास की ओर चल पड़े हैं। *(सोचकर)* वसंतसेना के पास गए मैत्रेय को बहुत देर हो गई, अभी तक नहीं लौटा?

**विदूषक :** *(प्रवेश कर)* धन्य रे गणिका के लोभ कि आभूषण के अतिरिक्त और कोई बात करने का दाक्षिण्य भी नहीं दिखाया! ऐसी उपेक्षा से बिना कुछ कहे ही उसने रत्नावली ले ली! इतना धन पास होते हुए भी उसने मुझसे यह तक नहीं कहा कि—आर्य मैत्रेय! थोड़ा विश्राम कर लो, पानी-वानी पीकर जाओ! कुछ तो कहा होता! अरे इन अधम

गणिकाओं का तो मुख भी नहीं देखना चाहिए। *(दुःख सहित)* ठीक कहा है कि मूल के बिना कमलिनी, धूर्तता से रहित बनिया, चोरी से रहित सुनार, कलहहीन ग्राम-पंचायत और लोभविहीन वेश्या मिलना बहुत ही कठिन है। प्रिय मित्र से कहूँगा कि इस गणिका के संसर्ग से अलग ही रहो। *(घूमकर और देखकर)* अरे, मित्र उद्यान में बैठे हैं! चलूँ उनके पास। *(पास जाकर)* आपका कल्याण हो! आप समृद्ध हों!

**चारुदत्त** : *(देखकर)* अरे, मैत्रेय आ गए! स्वागत सखे! आओ बैठो!

**विदूषक** : जी, बैठा हूँ।

**चारुदत्त** : मित्र! क्या हुआ उस बारे में।

**विदूषक** : कार्य तो बिगड़ गया।

**चारुदत्त** : क्या उसने रत्नावली नहीं ली?

**विदूषक** : हमारा ऐसा भाग्य कहाँ? उसने तो कमलकली-सी कोमल हथेलियाँ माथे पर मिलाकर झट से ले ली।

**चारुदत्त** : तब फिर काम कैसे बिगड़ गया।

**विदूषक** : क्यों? बिगड़ा कैसे नहीं? जिससे कुछ काम नहीं लिया, लाभ नहीं उठाया, ज़रा-से मूल्यवाले चोरी चले गए आभूषण के बदले चारों समुद्रों की सारभूत वस्तु उस रत्नावली को ही खो दिया!

**चारुदत्त** : नहीं मित्र! यह बात नहीं हैं। रत्नावली तो उस विश्वास के लिए दी गई है जिससे उसने हमारे यहाँ अपना आभूषण धरोहर के रूप में रखा था।

**विदूषक** : मित्र! मुझे तो इसका अधिक शोक है कि उसने आँचल से मुँह ढँककर सखी को संकेत करके हमारा उपहास किया। इसलिए मैं ब्राह्मण होकर भी इस समय आपके चरणों पर अपना मस्तक रखकर आपसे निवेदन करता हूँ कि इस मुसीबत—इस गणिका के स्नेह से आप विमुख हों। गणिका तो जूते में पड़ी कंकड़ी की तरह होती है जो बड़ी मुश्किल से निकाली जाती है। वयस्य! जहाँ गणिका, हाथी, कायस्थ, भिक्षु, शठ और गधे रहते हैं, वहाँ भले आदमियों की कौन कहे, दुष्ट लोग तक नहीं जाते।

**चारुदत्त** : मित्र! निन्दा क्यों करते हो? सब व्यर्थ की बात है। मैं दरिद्रता के कारण गणिकाओं से स्वयं विमुख हूँ। घोड़ा तेज़ भागना चाहता है, पर थककर कमज़ोर हो जाने से उसके पाँव तो तेज़ नहीं पड़ते? मनुष्य की मनोवृत्तियाँ चंचल होने के कारण सब जगह दौड़ती हैं, किन्तु कुछ भी कर सकने में असमर्थ होकर वे उसके हृदय में ही लीन हो जाती हैं! जिसके पास धन है, वह स्त्री उसकी है क्योंकि

वह तो धन से ही वश में लाई जा सकती है। *(स्वगत)* नहीं, वह तो गुण के वशीभूत हो सकती है! *(प्रकट)* हम लोग तो गरीब हैं, अतः अपने-आप ही वह मुझसे छूटी हुई है।

**विदूषक :** *(नीचे देखकर स्वगत)* यह ऊपर देखकर लम्बी साँस लेता है, मुझे लगता है मेरे मना करने पर इसकी इच्छा और भी तीव्र हो गई है। ठीक ही कहा है कि काम वाम होता है। *(प्रकट)* मित्र! उसने कहा है कि आज सूर्यास्त के बाद वह तुमसे मिलने आएगी। लगता है वह रत्नावली से सन्तुष्ट नहीं हुई, अभी और कुछ माँगेगी।

**चारुदत्त :** आने दो मित्र, सन्तुष्ट होकर ही लौटेगी।

**चेट :** *(प्रवेश कर)* सुनो मनुष्यों! जैसे-जैसे मेघ झरता है, मेरी पीठ का चमड़ा भी भींगता जाता है। जैसे-जैसे ठण्डी हवा लगती है वैसे-वैसे ही मेरा हृदय काँपता है। *(हँसकर)* शान्त छेदोंवाली वंशी से मधुर ध्वनि निकालता हूँ, सातों तारों से बजनेवाली वीणा को बजाता हूँ। और गधे की तरह गाता हूँ, मेरे गाने के सामने तुम्बुरु[1] और नारद भी तुच्छ हैं। आर्या वसंतसेना ने मुझे आज्ञा दी है कि कुम्भीलक! तुम जाकर आर्य चारुदत्त को मेरे आने की सूचना दो। आर्य चारुदत्त के घर चलूँ। *(घूमकर किवाड़ की सन्धि से देखकर)* यह आर्य चारुदत्त उद्यान में बैठे हैं, और साथ में वह दुष्ट ब्राह्मण भी है। पास चलूँ। उपवन का द्वार क्यों बन्द है? अच्छा। इस दुष्ट ब्राह्मण को इशारा करूँ। *(कंकड़ी फेंकता है।)*

**विदूषक :** अरे! चहारदीवारी से घिरे रहने पर भी मेरे सिर पर कंकड़ी कौन फेंक रहा है?

**चारुदत्त :** उपवन में महल की कपोत-पालिका पर खेलते हुए कबूतरों ने गिराई होगी।

**विदूषक :** दासीपुत्र! दुष्ट कबूतर! ठहर, ठहर! इस डण्डे से पके हुए आम के फल की तरह तुझे इस अट्टालिका से भूमि पर गिराता हूँ *(काठ का डण्डा उठाकर दौड़ता है।)*

**चारुदत्त :** *(जनेऊ पकड़कर खींचता है।)* बैठो मित्र! इस काम से लाभ क्या? दीन कपोत को उसकी प्रिया के साथ बैठने दो!

**चेट :** कबूतर को देखते हो, मुझे नहीं देखते! मैं दूसरी कंकड़ी मारता हूँ। *(मारता है।)*

**विदूषक :** *(सब तरफ देखकर)* कौन? कुम्भीलक! अच्छा तो निकट जाऊँ।

---

1. गांधर्व और देवर्षि—बड़े गायक

*(जाकर दरवाज़ा खोलकर)* अरे कुम्भीलक! आओ! तुम्हारा स्वागत है।

चेट : *(प्रवेश कर)* आर्य प्रणाम करता हूँ।

विदूषक : अरे! ऐसे दुर्दिन अन्धकार में तुम कैसे आए?

चेट : अरे यह वह है![1]

विदूषक : कौन, यह कौन?[2]

चेट : यह वह है।[3]

विदूषक : अरे दासीपुत्र! अकालग्रस्त बुड्ढे कंजूस के समान क्यों लम्बी साँसें ले रहे हो? 'यह वह है' आदि कहकर?

चेट : अरे! तुम भी इन्द्रबलि के लोभी कौवे की तरह क्यों 'का-का'[4] कर रहे हो?

विदूषक : बात क्या है?

चेट : *(स्वगत)* यों कहूँ। *(प्रकट)* अरे, मैं तुम्हें प्रश्न देता हूँ।[5]

विदूषक : मैं तुम्हारे सिर पर पाँव दूँगा।

चेट : अच्छा तो समझो! बोलो, आम में बौर कब आती है?

विदूषक : अरे दासीपुत्र! गर्मी में।

चेट : *(हँसकर)* नहीं, नहीं।

विदूषक : *(स्वगत)* क्या जवाब दूँ? *(सोचकर)* चारुदत्त से जाकर पूँछू। *(प्रकट)* अरे ज़रा ठहरो। *(चारुदत्त के पास जाकर)* मित्र! मैं पूछता हूँ कि आम में मंजरियाँ कब लगती हैं?

चारुदत्त : मूर्ख! वसंत में।

विदूषक : *(चेट के पास आकर)* मूर्ख! वसंत में।

चेट : अच्छा दूसरा सवाल करता हूँ। बताओ! सुसमृद्ध ग्रामों की रक्षा कौन करता है?

विदूषक : अरे गली!

चेट : *(हँसकर)* नहीं, नहीं।

विदूषक : मैं तो चक्कर में पड़ गया। *(सोचकर)* फिर चारुदत्त से पूछूँ। *(पास जाकर पूछता है।)*

---

1. मूलपाठ--अरे एषा सा।
2. मूलपाठ--का, एषा का?
3. मूलपाठ--एषा सा। यहाँ मूल पाठ में 'एषा सा' और 'का, एषा का'--इन पदों के दो-दो प्रयोजन निहित हैं। 'एषा सा' का अर्थ है--'यह वह है,' किन्तु साथ ही 'एषा सा, सा' से बूढ़े की साँसों की अभिव्यक्ति दी गई है।
4. इसी प्रकार 'का, एषा का?' का अर्थ है--'कौन, यह कौन,?' पर साथ ही इससे कौए की का, का, ध्वनि ग्रहण की गई है। मूल का यह अर्थ अनुवाद में सम्यक् रूप से नहीं उतर सकता।
5. प्रश्न पूछता हूँ।

**चारुदत्त :** मित्र! सेना।

**विदूषक :** *(चेट के पास जाकर)* अरे दासीपुत्र! सेना।

**चेट :** अच्छा! अब दोनों उत्तरों को मिलाकर जल्दी से कहो।

**विदूषक :** वसंतसेना।

**चेट :** अरे, इन्हें उलटकर कहो।

**विदूषक :** *(शरीर उलटकर)* सेनावसंत।

**चेट :** अरे मूर्ख ब्राह्मण! पद्-परिवर्तन करके कहो!

**विदूषक :** *(पाँव बदलकर)* सेनावसंत!

**चेट :** अरे मूढ़! अक्षर का पद-परिवर्तन करो!

**विदूषक :** *(सोचकर)* वसंतसेना!

**चेट :** वही आई है!

**विदूषक :** आर्य चारुदत्त से कहता हूँ। *(पास जाकर)* आपके धनिक आए हैं।

**चारुदत्त :** हमारे कुल में धनिक कौन है?

**विदूषक :** कुल में न सही, द्वार पर तो है! वसंतसेना आई है।

**चारुदत्त :** मुझे बहकाते हो मित्र!

**विदूषक :** यदि मेरी बात पर विश्वास नहीं है तो इस कुम्भीलक से पूछो। अरे दासीपुत्र कुम्भीलक! इधर आ!

**चेट :** *(पास आकर)* आर्य! वन्दना करता हूँ।

**चारुदत्त :** भद्र! स्वागत है। बताओ, क्या सचमुच वसंतसेना आई है?

**चेट :** हाँ वशंतशेना आई है।

**चारुदत्त :** *(प्रसन्नता से)* भद्र! मैंने प्रिय वचन सुनकर कभी तो उसे खाली नहीं जाने दिया। इसलिए ये पारितोषिक लें। *(उत्तरीय देता है।)*

**चेट :** *(लेकर सन्तोष से प्रणाम करके)* मैं आर्या वशंतशेना शे जाकर कहता हूँ। *(प्रस्थान)*

**विदूषक :** मित्र! जानते हो? वह इस घोर दुर्दिन में क्यों आई है?

**चारुदत्त :** मित्र! समझ नहीं पड़ता।

**विदूषक :** मैं तो समझ गया हूँ। रत्नावली का मूल्य कम है, और सुवर्ण का मूल्य अधिक था। तभी वह सन्तुष्ट नहीं है। कुछ और माँगने आई है।

**चारुदत्त :** *(स्वगत)* यहाँ से वह सन्तुष्ट होकर जाएगी।

**[शुभ्र अभिसारिका-वेश धारण किए उत्कण्ठित वसंतसेना, छत्रधारिणी दासी और विट का प्रवेश]**

**विट :** *(वसंतसेना को देखकर)* सुरत के समय लज्जा करनेवाली, प्रिय पथिकों के स्नेह को बढ़ानेवाली एवं संकेत-स्थल की ओर चंचलता से जाती

हुई यह कमल से रहित लक्ष्मी के समान है, कामदेव का सुकुमार अस्त्र है, कुलवती स्त्रियों के लिए शोक का कारण है और कामरूपी वृक्ष का सुन्दर फूल है। वसंतसेना! देखो! देखो!

विरहिणी स्त्रियों के हृदयों के समान मलिन मेघ पर्वत-शिखर पर गर्जन कर रहे है! उनके निनाद से मयूर सहसा पँखों से आकाश को व्यजन-सा कर रहे हैं। वर्षा के जल से भीगे कीचड़-सने मुखवाले मेंढ़क जल पी रहे हैं। मोर मधुर स्वर से बोल रहे हैं, कदम्ब वृक्ष दीपकों-से फूल रहे हैं। कुल-कलंकित करनेवाले बादलों के द्वारा चन्द्रमा संन्यासी की भाँति ढक गया है। नीच-कुल-जात कुलटा युवती की तरह बिजली एक जगह नहीं ठहर रही है।

**वसंतसेना** : भाव! आपने ठीक कहा। सौत की तरह यह क्रुद्ध रात बार-बार मुझे मना करती है और पथ को रोकती है। कहती है—मूर्खे! मेरे समान निविड़पयोधरा[1] तुम प्रियतम-रमण करोगी तो मुझे क्या लाभ होगा?

**विट** : यही सही। तुम भी ऐसे ही उपालम्भ दो।

**वसंतसेना** : भाव! नारी की स्वाभाविक हिंसा-वृत्ति धारण करनेवाली इस रात्रि की निंदा से क्या लाभ है। देखो! मेघ बरसे या गरजे या वज्र ही क्यों न गिराए, रमण करने को जाती हुई स्त्रियाँ कभी गर्मी-सर्दी नहीं गिनतीं।

**विट** : वसंतसेने! देखो, देखो! वायु-सा चंचल, वेगवान्, बाणों के समान जल बरसानेवाला, युद्ध के नगाड़ों-सा गम्भीर गर्जन करनेवाला और पताका की भाँति बिजली चमकानेवाला मेघ आकाश में मन्द-मलिन चन्द्र-कांति को वैसे ही ढक लेता है जैसे नगर के बीच मन्दपराक्रम शत्रु का विजयी राजा सर्वस्व छीन लेता है।

**वसंतसेना** : ठीक कहते हो; गजराज-से नीले, जल-भरे होने के कारण विशाल उदर वाले, बिजली और बक-पंक्ति से चित्रित, गर्जन करते हुए मेघों से विरहियों के हृदय में शूल-से चुभ रहे हैं! हाय! तब परदेसी विरही पतियों के वध के समय बजनेवाले नगाड़े की तरह ये हताश और मूर्ख बगुले, कटे पर नमक छिड़कने की तरह, 'प्रावृड्' 'प्रावृड्'[1] क्यों चिल्ला रहे हैं!

**विट** : वसंतसेने! ठीक बात है! इसे भी तो देखो! बक-पंक्तिरूपी सफेद पगड़ी

1. स्त्री है पयोधरा—स्तनों वाली, रात है पयोधरा—बादलों वाली।
2. बगुलों की आवाज़ की समानता दिखलानेवाला शब्द, जिसका अर्थ है—घर्षा—प्रावृट् इसीका हिन्दी रूप है—पावस। जैसे वर्षा ऋतु का बरसात।

पहनकर, बिजलीरूपी चमर धारण करके आकाश-मण्डल, मतवाले हाथी की समानता करने का इच्छुक हो रहा है।

**वसंतसेना** : देखो! भाव! देखो! भीगे हुए तमाल के पत्तों जैसे मेघों से आकाश सूर्यविहीन हो रहा है। पानी की धाराओं से बाणों से बिंधे हाथियों की तरह वल्मीक[2] नष्ट हो रहे हैं। सोने की दीपक की सी बिजली आकाशरूपी अट्टालिका में डोल रही है। जैसे बलहीन पति की स्त्री को अन्य पुरुष छीन ले जाता है, वैसे ही मेघ ने चाँदनी को हर लिया है।

**विट** : वसंतसेने, देखो, देखो–आपस में एक-दूसरे पर हमला करनेवाले हाथियों के समान दिखाई देनेवाले बादलों में बिजली ऐसे दिखाई देती है जैसे हाथियों की कमर में रस्सियाँ बँधी हों। और जलधाराओं में बरसते बादल ऐसे दिखाई देते हैं जैसे वे इन्द्र की आज्ञा से चाँदी की रस्सियों के सहारे पृथ्वी को ऊपर उठा रहे हों और देखो–प्रबल वायु की चपेट से चंचल, भैंसे के से काले, चंचल बिजली से युक्त, एवं अन्दर से क्षुब्ध समुद्र की तरह मेघ की मणिमय बाणों की वृष्टिधारा से उत्कट गन्धशालिनी और नए अंकुरों से हरी-हरी धरती विदीर्ण हो रही है।

**वसंतसेना** : भाव! मयूर स्पष्ट ही मेघ को 'आओ-आओ' कहकर मीठे स्वर से पुकार रहे हैं। हँस कमलवन छोड़कर उद्विग्नता से इसे घृणा से देख रहे हैं और बक-पंक्तियाँ चंचल-स्फुरित-सी इससे आलिंगन कर रही हैं। ऐसा है यह मेघ जो दिशाओं को काजल-सा काला करता हुआ घूम रहा है।

**विट** : सचमुच! कमल-समूह रूपी आँखें अब हिलना भी भूल गई हैं, रात और दिन का पता नहीं चलता। बिजली के कारण कभी तो अन्धकार खो जाता है और कभी जब बिजली नहीं रहती तो सबपर छा जाता है। दिशा का मुख ढक गया है। जलधारा के घर में रहनेवाले फैले हुए मेघ के स्थान–आकाश–में बादल का छत्र तानकर यह संसार चुपचाप सो रहा है।

**वसंतसेना** : भाव! जैसे बुरे आदमियों के साथ किए उपकार विलीन हो जाते हैं, वही नक्षत्रों का हाल है। पति से छोड़ी स्त्रियों की तरह दिशाएँ शोभा-हीन हो गई हैं। इन्द्र के वज्र की आग के द्वारा हृदय से सतप्त आकाश मानो पिघलकर पृथ्वी पर जल के रूप में गिर रहा है। नई-नई

---

1. दीमक के बनाए टीले–मिट्टी के ढेर

सम्पत्ति पानेवाले आदमी की तरह बादल कितने रूप धारण कर रहा है! कभी ऊपर उमड़ता है, कभी नीचे फैलता है। कभी बरसता है, कभी गरजता है, और कभी घना अंधियारा कर देता है।

**विट :** आकाश बिजली से भस्म-सा हो रहा है कभी वह सैंकड़ों बक-पंक्तियों के कारण हँस उठता है। कभी इन्द्रधनुष से घनी वर्षा के बाण छोड़ता है, कभी घोर वज्रनाद करके सिंहनाद करता है। कभी वायु से क्रुद्ध होकर वह घूमता है, कभी साँप-सा काला होकर घने बादलों द्वारा काला धुँआ पीने लगता है।

**वसंतसेना :** अरे मेघ! तू बड़ा निर्लज्ज है। मैं प्रियतम के घर जाती हूँ। मुझे गर्जन से डराकर तू बरसते पानी की धारा जैसे हाथों से छूता है! अरे इन्द्र! क्या मैं तुमपर पहले कभी अनुरक्त थी क्या? कि तुम मुझे सिंह की भाँति मेघगर्जन करके रोकते हो? प्रिय की आकांक्षा करके जाती हुई प्रिया का पथ रोकना क्या उचित है? तुमने गौतम की स्त्री अहिल्या के प्रति कामातुर होकर तो झूठ तक बोला था कि मैं गौतम हूँ! तुम तो कामपीड़ा को जानते हो! इस मेघ को क्यों नहीं रोकते? वज्रधर! तुम चाहे सिंह-गर्जन करो, या वर्षापात करो, चाहे असंख्य वज्र क्यों न गिरा दो, पर प्रियतम से मिलने जाती हुई प्रमदाओं को नहीं रोक सकते! बादल गरजते हैं तो गरजने दो, क्योंकि पुरुष तो ममताहीन होते हैं। परन्तु अरी बिजली! क्या तू भी कामातुर प्रमदाओं का कष्ट नहीं जानती?

**विट :** अधिक उपालम्भ रहने दो। यह तो तुम्हारा उपकार कर रही है बिचारी। ऐरावत के वक्षस्थल पर बँधी चपल सोने की रस्सी-सी है यह, मानो पर्वत के शिखर पर कोई सफेद पताका हो। देखो न! इन्द्र के घर में जलते दीपक के उजाले से यह तुम्हारे प्रियतम के घर को दिखा रही है!

**वसंतसेना :** भाव। यह ठीक है। क्या यही वह घर है?

**विट :** तुम सम्पूर्ण कलाओं में निपुण ठहरीं? उपदेश की क्या जरूरत है तुम्हें? फिर भी स्नेह विवश करता है कि कुछ अवश्य कहूँ। देखो, यहाँ प्रवेश करने पर अधिक क्रोध न करना। यदि क्रोध करोगी तो रति नहीं जगेगी या फिर कोप किए बिना काम ही कहाँ जागरित होता है? इसलिए अपने प्रिय को तनिक कुपित कर दो, कुछ तुम हो जाओ। फिर वह मनाए तो तुम प्रसन्न हो जाओ और उसे भी प्रसन्न कर लो। अच्छा, अब किसी के कहूँ। अरे सुनो! आर्य चारुदत्त से निवेदन कर दो कि फूले कदम्ब की गन्ध से सुरभित, मेघों से ढके इस वर्षाकाल

में कामातुरा, प्रसन्न, जल से भीगे केशवाली वसंतसेना प्रियतम के घर आ गई है। बिजली की चमक से डरी हुई प्रियमिलनोत्सुका वह नुपूर में लगी कीचड़ धोती हुई द्वार पर खड़ी है?

**चारुदत्त** : *(सुनकर)* मित्र! देखो तो कौन पुकार रहा है?

**विदूषक** : जैसी आपकी आज्ञा। *(वसंतसेना के पास आकर आदर से)* आपका कल्याण हो!

**वसंतसेना** : आर्य! प्रणाम करती हूँ। आपका स्वागत है। *(विट से)* भाव! इस छत्रधारिणी दासी को आप देखें। यह आपके अधीन रहे।

**विट** : *(स्वगत)* इस कौशल से मैं तो घर लौटने की आज्ञा पा रहा हूँ। *(प्रकट)* अच्छा वसंतसेने! यही होगा। गर्व-भरी माया, छल और झूठ ही जिसकी जन्मभूमि है, धूर्तता ही जिसकी आत्मा है, सुरत की लीला ही जिसका भवन है, रमण का आमोद ही जिसका संचय है, उस वेश्यारूपी हाट की बेचने योग्य वस्तु अपने यौवन का उदारता से लेन-देन करो, और वही उसके मूल्य की सिद्धि बने। *(प्रस्थान)*

**वसंतसेना** : आर्य मैत्रेय! तुम्हारे जुआरी कहाँ हैं?

**विदूषक** : *(स्वगत)* अहा! जुआरी कहने से तो प्रिय मित्र की प्रशंसा हो गई। *(प्रकट)* श्रीमती! वे सूखे बाग में हैं।

**वसंतसेना** : आर्य सूखा बाग क्या होता है?

**विदूषक** : जहाँ न खाया जाता है, न पान[1] किया जाता है।

**[वसंतसेना मुस्कराती है।]**

**विदूषक** : आइए, भीतर चलिए।

**वसंतसेना** : *(धीरे से)* यहाँ अब मुझे क्या कहना चाहिए?

**चेटी** : जुआरी! क्या संध्या सुखमय है न?

**वसंतसेना** : ऐसा कह सकूँगी मैं?

**चेटी** : समय सब कहला लेगा।

**विदूषक** : आप प्रवेश करें।

**वसंतसेना** : *(भीतर प्रवेश कर, पास पहुँचकर फूलों से मारती हुई)* जुआरी! क्या तुम्हारा संध्याकाल सुखमय है?

**चारुदत्त** : *(देखकर)* अरे! वसंतसेना आ गई! *(हर्ष से उठकर)* प्रिये! मेरी हर साँझ जागते बीतती है और सारी रात लम्बी साँसें छोड़ते निकल जाती है। ओ विशाललोचने! आज तुम पास रहोगी तो यह संध्या भी मेरे

---

1. मदिरा-पान समझिए अंगरेज़ी में जिसे कहते हैं–Dry area

सारे शोकों को दूर कर देगी। मैं तुम्हारा अभिनन्दन करता हूँ। आसन लो। बैठो।

**विदूषक** : इधर बैठिए आसन पर।

**[वसंतसेना के बैठने पर सब बैठते हैं।]**

**चारुदत्त** : मित्र, देखो, देखो—कान पर लटकते कदम्ब के फूल से वर्षा की बूँदें एक स्तन पर गिर रही हैं, मानो यह युवराज है जिसका अभिषेक किया जा रहा हो! मैत्रेय! वसंतसेना के दोनों वस्त्र भीग गए हैं! इनके लिए और वस्त्र लाओ!

**विदूषक** : जैसी आपकी आज्ञा।

**चेटी** : आर्य मैत्रेय! रहने दें। मैं ही आर्या की सेवा करूँगी *(साड़ी लाती है, ओढ़नी भी।)*

**विदूषक** : *(धीरे से)* मित्र! मैं श्रीमती से कुछ पूछना चाहता हूँ।

**चारुदत्त** : पूछ लो।

**विदूषक** : *(प्रकट)* चन्द्रमा को ढँककर छानेवाले मेघों के घोर अन्धकार में आप किसलिए आई हैं?

**चेटी** : आर्ये! यह बड़ा भोला ब्राह्मण है।

**वसंतसेना** : नहीं, चतुर कहो, चतुर!

**चेटी** : आर्या यह पूछने ही चली आई हैं कि रत्नावली का मूल्य कितना है।

**विदूषक** : *(धीरे से)* अरे! मैंने पहले ही कहा था कि रत्नावली का मूल्य कम है, आभूषण का अधिक था। यह सन्तुष्ट नहीं है, कुछ और चाहती है।

**चेटी** : ये उस रत्नावली को अपना समझकर भूल से जूए में हार गई। और जूए का सभाध्यक्ष राजदूत न मालूम किधर चला गया।

**विदूषक** : अरे! आप तो हमारी बात को दुहराती हैं।

**चेटी** : जब तक वह सभाध्यक्ष ढूँढ़ा जाता है, तब तक आप इस सुवर्ण आभूषण को रखें।

**[आभूषण दिखाती है। विदूषक सोचता है।]**

**चेटी** : आप इसे बड़ी आँखें गड़ाकर देख रहे हैं? क्या आपने इसे पहले कभी देखा है?

**विदूषक** : श्रीमती! इसकी सुन्दर बनावट की कारीगरी मेरी आँखों को खींच रही है।

**चेटी** : आर्य! आपकी आँखें धोखा खा रही हैं। यह वही स्वर्णाभूषण है।

**विदूषक** : *(सहर्ष)* मित्र! यही है वह आभूषण जिसे हमारे घर से चोर चुरा ले गए थे।

**चारुदत्त** : मित्र! हमने धरोहर के लिए जो छल किया था, वही इन्होंने रत्नावली के लिए किया है। यह सब धोखा है।

**विदूषक** : मित्र! मैं अपने ब्राह्मणत्व की शपथ खाकर कहता हूँ कि यही वह सोने का आभूषण है।

**चारुदत्त** : हमारे लिए यही तो अच्छा है।

**विदूषक** : *(धीरे से)* मैं पूछता हूँ, यह इसे कहाँ से मिला।

**चारुदत्त** : पूछो, कोई हर्ज नहीं।

**विदूषक** : *(चेटी के कान में)* यह बात है!

**चेटी** : *(विदूषक के कान में)* बिल्कुल।

**चारुदत्त** : आप दोनों क्या कानाफूसी कर रहे हैं। हम क्या बाहर के हैं?

**विदूषक** : *(चारुदत्त के कान में)* यह बात है।

**चारुदत्त** : भद्रे! सचमुच क्या यह वही स्वर्णाभूषण है?

**चेटी** : आर्य! वही है।

**चारुदत्त** : भद्रे! मैंने प्रिय वचन को कभी खाली नहीं जाने दिया। इसलिए यह अँगूठी लो।

**[अँगूठी उतारने को होता है, पर वहाँ अँगूठी न होने के कारण लज्जित होता है।]**

**वसंतसेना** : *(स्वगत)* इसीलिए तो मन आपपर रीझ जाता है।

**चारुदत्त** : *(धीरे से)* हाय रे कष्ट! संसार में दरिद्र को जीने से ही क्या लाभ? बदला लेने में असमर्थ आदमी का क्रोध भी बेकार और उसकी कृपा भी बेकार। पँखहीन चिड़िया, सूखा वृक्ष, जलहीन तालाब, और उखाड़े हुए दाँतों वाला साँप--यह सब निर्धन की तरह बेकार जीवित रहते हैं। गरीब तो सूने घर-सा, सूखे कुएँ-सा होता है। जिसे पुराने मित्र भी भूल जाते हैं, उसके तो आनन्द के अवसर भी बेकार ही चले जाते हैं।

**विदूषक** : इतना दुःख करना व्यर्थ है। *(प्रकट हँसी के साथ)* हमारी स्नान की साड़ी तो लौटाइए श्रीमती!

**वसंतसेना** : आर्य चारुदत्त! आपने इस तुच्छ रत्नावली के बराबर मेरा मन समझकर अच्छा नहीं किया।

**चारुदत्त** : *(लज्जा से मुस्कराकर)* वसंतसेने! असली बात कौन मानता कि सुवर्ण के आभूषण को चोरों ने चुरा लिया। सब मेरी निन्दा करके कहते कि चारुदत्त धरोहर खा गया। निर्धनता निर्बल होती है। उसपर सब शंका करने लगते हैं।

**विदूषक** : प्रिय सखी! क्या रात में आप यहीं सोएँगी?

**चेटी** : *(हँसकर)* आर्य मैत्रेय! यह तो भोलेपन की हद है।

**विदूषक** : मित्र! हम यहाँ चैन से बैठे थे पर अब इस मेघ ने हमें यहाँ से भीतर भेजने के लिए बरसना प्रारम्भ किया है।

**चारुदत्त** : तुम ठीक कहते हो! जैसे कमलनाल की सूई पंक के हृदय में उतर जाती है, वैसे ही बादल के हृदय को भेदकर आकाश चन्द्रमा के ऊपर मुसीबत पड़ने से रो रहा है। बलराम के नीले वस्त्र-सा मेघ, सज्जनों के हृदय-सी विमल और अर्जुन के प्रचण्ड बाणों-सी कठोर जलधारा गिराकर इन्द्र की मोतियों की राशि को निकाल-निकालकर नीचे गिरा रहा है। प्रिय! देखो, देखो, मेघ के समागम से प्रणयिनी एवं स्वतन्त्रता से स्वयमेव आई हुई प्यार-भरी बिजली रूपी प्रेमिका, पत्थरों पर कूटे हुए तमाल के पत्तों के समान काले बादल का लेप किए तथा सुगन्धियों में सुवासित और संध्या के शीतल पवन से उपजीवित[1] आकाशरूपी प्रियतम को गाढ़ आलिंगन करती है।

**[वसंतसेना शृंगार भाव को प्रदर्शित करती चारुदत्त का आलिंगन करती है।]**

**चारुदत्त** *(स्पर्श का सुख पाते हुए आलिंगन करते हुए)* अरे मेघ! और गरज, और गरज, क्योंकि तेरे गर्जन से मेरी कामार्त्त देह वसंतसेना के स्पर्श से पुलकित और रागवती होकर कदम्ब के फूलों की तरह विकसित और रोमांचित हो रही है।

**विदूषक** : अरे नीच दुर्दिन! तू बड़ा नीच है कि आर्या वसंतसेना को बिजली से डरा रहा है!

**चारुदत्त** : मित्र! उसकी निन्दा न करो। यह घोर वर्षा करनेवाला दुर्दिन सैकड़ों वर्ष तक रहे और बिजली ऐसे ही चमकती रहे। मुझ जैसे निर्धन को दुर्लभ प्रियतमा वसंतसेना का आलिंगन इसीके कारण तो मिला है! उस मनुष्य का जीवन धन्य है मित्र, जो घर आई कामिनी के वर्षा से भीगे शीतल अंगों को अपने अंगों से आलिंगित करता है। वसंतसेने! प्रिये! हवा के वेग से हिलने के कारण, वेदिका-संचय के चन्दोवे का छोर, जीर्ण होने के कारण बाँधने के खम्भे में टिक नहीं रहा है। यह चित्रित भीत भी चूने के लेप के गल जाने के कारण बरसते पानी से भीतर तक पानी सोख गई है। *(ऊपर देखकर)* अहा!

---

1. पंखा झले जाते हुए।

इन्द्रधनुष! प्रिये! देखो तो! बिजली जैसी जीभ हिलाकर इन्द्रधनुष-सी विशाल भुजाएँ फैलाए, काले घने बादलों जैसी दाढ़ी फहराकर आकाश में मुँह खोलकर जम्भाई ली है। आओ अब भीतर चलें। *(उठकर चलते हैं।)* निरन्तर वीणावादन की तरह ताल पर ही, तालवन में ज़ोर से, वृक्ष-शाखाओं पर गम्भीर, पर्वतों पर कठोर और जल में प्रचण्ड रूप से मूसलाधार वर्षा हो रही है।

**[सबका प्रस्थान]**

**[दुर्दिन नामक पाँचवाँ अंक समाप्त]**

# छठा अंक

**[चेटी का प्रवेश]**

**चेटी :** क्या अभी तक आर्या वसंतसेना नहीं उठीं? अच्छा! चलकर जगा दूँ। *(अभिनयपूर्वक घूमती है।)*

**[शरीर ढँककर सोई हुई वसंतसेना का प्रवेश]**

**चेटी :** *(देखकर)* उठिए! उठिए आर्या! भोर हो गई!

**वसंतसेना :** *(जागकर)* क्या रात ही सवेरा हो गई?

**चेटी :** हमारे लिए तो सवेरा हो गया। आपके लिए अभी रात ही है।

**वसंतसेना :** अरी हमारे जुआरी कहाँ गए?

**चेटी :** आर्ये! वर्धमानक से कहकर आर्य चारुदत्त पुष्पकरण्डक नामक पुराने बाग में गए हैं।

**वसंतसेना :** क्या कह गए हैं?

**चेटी :** रात में बैलगाड़ी ठीक करो, ताकि वसंतसेना उसपर चढ़कर जाए।

**वसंतसेना :** मुझे कहाँ जाना है?

**चेटी :** वहीं आर्ये! जहाँ चारुदत्त हैं।

**वसंतसेना :** *(चेटी से आलिंगन कर)* रात मैं उन्हें ठीक से नहीं देख सकी। आज दिन में अच्छी तरह देखूँगी। क्यों री? क्या मैं यहाँ अन्तःपुर में हूँ?

**चेटी :** केवल अन्तःपुर में ही नहीं बल्कि, आप तो सबके हृदयों में घुस गई हैं?

**वसंतसेना :** क्या मेरे आने से आर्य चारुदत्त के परिवार के लोग दुःखी हैं?

**चेटी :** दुःखी होंगे।

**वसंतसेना :** कब?

**चेटी :** जब आप चली जाएँगी।

**वसंतसेना :** तब तो पहले मैं ही दुःखी होऊँगी। अरी! इस रत्नावली को ले जाकर मेरी बहिन आर्या धूता को दे आ। कहना कि यह दासी वसंतसेना आर्य चारुदत्त के गुणों के वशीभूत है। इसीलिए आपके भी बस में है। यह रत्नावली आर्या धूता के गले में ही रहनी चाहिए।

**चेटी** : आर्ये! और जो आर्य चारुदत्त आर्या धूता पर क्रुद्ध हुए तो?

**वसंतसेना** : नहीं होंगे, तू ले जा।

**चेटी** : *(लेकर)* जैसी आपकी आज्ञा। *(जाती है, फिर प्रवेश करती है।)* आर्या धूता कहती है कि आर्यपुत्र ने प्रसन्न होकर इसे आपको दिया है, अतः मेरा इसे लेना उचित नहीं। आपको जानना चाहिए कि मेरे तो एकमात्र आभूषण आर्यपुत्र हैं।

**[रोहसेन को लेकर रदनिका का प्रवेश]**

**रदनिका** : आओ वत्स! इस गाड़ी से खेलें।

**बालक** : *(करुणा-भरे स्वर से)* रदनिके! मुझे इस मिट्टी की गाड़ी से क्या करना है? मुझे तो सोने की गाड़ी दे।

**रदनिका** : *(दुःख-भरा निश्वास लेकर)* बेटा! हमारे यहाँ सोना कहाँ! पिता जब फिर धनी हो जाएँ तब सोने की गाड़ी से खेलना। तब तक इस गाड़ी से मन बहलाओ। आर्या वसंतसेना के पास चलूँ। *(पास जाकर)* आर्ये! प्रणाम करती हूँ।

**वसंतसेना** : आ! रदनिके! यह किसका बालक है? बिना एक आभूषण पहने भी इसका चन्द्रमा का सा मुख मेरे हृदय को हर्षित कर रहा है।

**रदनिका** : यह आर्य चारुदत्त का पुत्र रोहसेन है।

**वसंतसेना** : *(हाथ फैलाकर)* आ बेटा, आ! मेरी गोद में आ। *(गोद में बिठाकर)* बिलकुल पिता का सा रूप पाया है।

**रदनिके** : न केवल रूप, मेरे विचार से तो शील भी। इसीसे आर्य चारुदत्त अपना मन बहलाते हैं।

**वसंतसेना** : पर यह रोता क्यों हैं?

**रदनिका** : अपने पड़ोसी गृहपति के लड़के की सोने की गाड़ी से यह अभी खेल चुका है। वह उस गाड़ी को ले गया। फिर भी यह माँगने लगा तो मैंने मिट्टी की गाड़ी बनाकर इसे दे दी। पर यह कहता है कि—रदनिके! मुझे इस मिट्टी की गाड़ी से क्या? मुझे वही सोने की गाड़ी दो।

**वसंतसेना** : हाय, हाय! यह भी दूसरे के धन से संतापित हो रहा है? विधाता! कमल के पत्ते पर गिरी पानी की बूँद की तरह तुम मनुष्यों के भाग्य से खेला करते हो! रो मत बेटा! तुम सोने की गाड़ी से ही खेलोगे!

**रोहसेन** : रदनिके! यह कौन है?

**वसंतसेना** : तुम्हारे पिता के गुणों से विजिता दासी।

**रदनिका** : पुत्र! आर्या तुम्हारी माता होती है।

**रोहसेन** : रदनिके! तुम झूठ कहती हो। यदि यह आर्या मेरी माता हैं तो फिर इनके पास आभूषण कैसे हैं?

**वसंतसेना** : पुत्र! कैसे प्यारे-प्यारे मुँह से ऐसी करुण बात कहता है? *(आभूषणों को उतारकर रोती हुई)* लो, अब मैं तुम्हारी माता हो गई। इन गहनों को लो और इनसे सोने की गाड़ी बनवा लो।

**रोहसेन** : नहीं! मैं नहीं लूँगा। तुम तो रो रही हो।

**वसंतसेना** : *(आँसू पोंछकर)* वत्स! नहीं रोऊँगी। तुम खेलो। *(मिट्टी की गाड़ी गहनों से भरकर)* पुत्र! सोने की गाड़ी बनवा लो।

**[बालक को लेकर रदनिका का प्रस्थान]**

**चेट** : *(बैलगाड़ी पर बैठा हुआ प्रवेश करके)* रदनिके! रदनिके! आर्या वसंतसेना से कह दो कि पर्दो से ढकी बैलगाड़ी बगल के द्वार पर खड़ी है।

**रदनिका** : *(प्रवेश कर)* आर्ये! वर्धमानक कहता है कि बगल के द्वार पर गाड़ी आ गई है।

**वसंतसेना** : सखि! क्षण-भर ठहर! तब तक मैं तैयार हो लूँ।

**रदनिका** : *(बाहर जाकर)* वर्धमानक! क्षण-भर ठहरो! आर्या अभी तैयार होकर आती हैं।

**चेट** : अरे रे! मैं भी गाड़ी ढकनेवाला कपड़ा भूल आया हूँ। जल्दी से उसे ले आऊँ। नासिकाएँ नाथ रखी हैं फिर भी बैल भागना चाहते हैं! अच्छी बात है, गाड़ी हाँकते समय इन्हें खूब भगाऊँगा। *(प्रस्थान)*

**वसंतसेना** : सखि! जा गहने-वहने ले आ। मैं शृंगार कर लूँ।

**[बैलगाड़ी पर चढ़ा हुआ स्थावरक चेट आता है।]**

**चेट** : राजा के साले संस्थानक ने मुझे आज्ञा दी है कि स्थावरक! जल्दी गाड़ी लेकर पुष्पकरण्डक नामक पुराने उपवन में आ! मैं वहीं जा रहा हूँ। बैलो! बढ़े चलो! *(घूमकर और देखकर)* क्या गाँव की गाड़ी से रास्ता रुका हुआ है? *(गर्व से)* अरे ए! हटो! हटो! *(सुनकर)* क्या कहते हो? 'यह किसकी गाड़ी है?' यह राजा के साले संस्थानक की गाड़ी है। जल्दी हट जाओ। *(देखकर)* दूसरे जुए के सभाध्यक्ष की तरह मुझे देखकर, जुआरी की तरह भागते हुए वह आदमी अपने को छिपाता, दूसरी तरफ क्यों भाग गया? कौन है यह? अरे मुझे क्या पड़ी है! मुझे तो जल्दी करनी चाहिए! अरे ए गँवारो! हटो, हटो! क्या कहते हो? 'क्षण-भर ठहरो! मुझे गाड़ी घुमा लेने दो!' अरे ए! राजा के साले संस्थानक का वीर मैं भला अपनी गाड़ी हटाकर तुम्हारी गाड़ी निकलने दूँगा? पर यह गरीब अकेला ही है। ऐसा ही करूँगा। आर्य चारुदत्त के बाग के द्वार पर इस गाड़ी को रोकता हूँ। *(गाड़ी खड़ी करके)* अभी आता हूँ। *(प्रस्थान)*

**चेटी** : आर्ये! धुरी की आवाज़ सुनाई दे रही है, बैलगाड़ी आ गई।

**वसंतसेना** : अरी! चल! मेरा मन भी उमड़ रहा है। चल, द्वार दिखा।

**चेटी** : आर्ये! इधर से चलें।

**वसंतसेना** : *(घूमकर)* प्रिये! तू यहीं आराम कर।

**चेटी** : जैसी आपकी आज्ञा। *(प्रस्थान)*

**वसंतसेना** : *(दाहिनी आँख फड़कने का अनुभव करती हुई, बैलगाड़ी पर चढ़कर)* मेरी दाईं आँख क्यों फड़क रही है? चारुदत्त के तो दर्शन से ही सारा अशुभ शकुन दूर हो जाएगा।

**स्थावकर चेट** : *(आकर)* रास्ता रोकनेवाली गाड़ी हट गई। अब चलना चाहिए। *(गाड़ी पर चढ़कर, चलाकर, स्वगत)* गाड़ी में कुछ भारीपन मालूम देता है। या इसलिए कि मैं गाड़ी हटाते-हटाते थक गया हूँ। कहीं इसीसे तो भारीपन नहीं लगता? अब चलूँ। चले चलो बैलो! चले चलो!

**[नेपथ्य में : 'अरे रक्षकगणो! आप लोग अपने-अपने पहरे के स्थान पर तैयार खड़े रहें। आज गोपपुत्र आर्यक बन्दीगृह को तोड़कर, कारागार-रक्षक को मारकर, बन्धन काटकर, कारागार से निकलकर भागा जा रहा है। उसे पकड़ो! पकड़ो!']**

**चेट** : *(स्वगत)* इस नगरी में कुछ आतंक छाया हुआ है। यहाँ से जल्दी से निकल चलना ही ठीक है। *(प्रस्थान)*

**आर्यक** : राजा के भयानक बन्धनरूपी कपट की आपत्ति, उसके दुःख-सागर को पार कर, बन्धन तोड़नेवाले हाथी की तरह, अभी भी पाँवों में लटकी बेड़ियाँ लिए मैं भाग रहा हूँ। किसी सिद्ध ज्योतिषी ने कहा है कि 'आर्यक राजा होगा'। बस इसीसे डरकर मुझे राजा पालक ने बन्दीगृह में डालकर बेड़ियों से जकड़ दिया। प्रिय मित्र शर्विलक ने मुझे इस बन्धन से छुड़ाया है। *(आँसू पोंछकर)* यदि मेरे भाग्य में ही लिखा हुआ है कि मैं राजा होऊँगा तो इसमें मेरा क्या अपराध है? मुझे जंगली हाथी की तरह क्योंकर कारागार में डाला गया? दैवी शक्ति को कौन काट सकता है? लेकिन मुझे राजा से मेल कर लेना चाहिए, क्योंकि बली से विरोध करने से परिणाम अच्छा नहीं होता। पर मैं अभागा जाऊँ भी कहाँ? *(देखकर)* यह किसी सज्जन का घर है। जिसके बगल के दरवाज़े की किवाड़ें खुली हैं। पुराना हो गया है यह घर! तभी जीर्ण-सा है। सामने के बड़े फाटक की सांकल भी नहीं लगी है। निश्चय ही घर का मालिक भी मेरी ही तरह अभागा है, जो गरीबी की मुसीबत से घिरा हुआ ऐसी हीन अवस्था में रहता है। मैं तब तक इसीमें घुस जाऊँ।

**[नेपथ्य में–'बढ़े चलो बैलो! आगे चलो।']**

**आर्यक :** *(सुनकर)* अरे! बैलगाड़ी इधर ही आ रही है। अवश्य ही यह कहीं सामाजिक उत्सव के लिए नहीं जा रही है, जिसपर कोई दुश्चरित्र व्यक्ति बैठा हो, क्योंकि यह गाड़ी बिल्कुल शान्त है। या तो इसमें दुल्हिन जा सकती है, या किसी भले आदमी को ले जाने योग्य है। पवित्र गाड़ी विधाता ने मुझे बाहर ले जाने के लिए ठीक समय पर यहाँ भेज दी है।

**[वर्धमानक चेट का बैलगाड़ी के साथ प्रवेश]**

**वर्धमानक :** आश्चर्य है! मैं गाड़ी ढकने का कपड़ा भी ले आया। रदनिके! आर्या वसंतसेना से कह दो : तैयार गाड़ी खड़ी है, उसपर चढ़कर आर्या पुष्पकरण्डक नामक जीर्णोद्यान में चलें।

**आर्यक :** *(सुनकर)* यह गणिका की गाड़ी है और बाहर जाएगी। इसीपर चढ़ चलूँ।

**[धीरे से चढ़ता है। पाँव की ज़ंजीर धीरे से बजती है।]**

**चेट :** *(सुनकर)* नुपूर का शब्द सुनाई पड़ता है। अतः वसंतसेना आ गई। आर्ये! बैलों की नाक नाथी हुई है, जिससे वे कुपित हो रहे हैं। आप ज़रा पीछे ही दाबे रहें।

**[पीछे की ओर खिसक जाता है]**

**चेट :** पाँव उठाकर गाड़ी पर चढ़ते समय बजते हुए नुपूर की ध्वनि अब बन्द हो गई। गाड़ी भी भारी हो गई। इससे लगता है वसंतसेना अब गाड़ी पर चढ़ गई! चलूँ। चलो! ओ बर्द! बढ़े चलो! *(घूमता है।)*

**वीरक :** *(प्रवेश कर)* अरे हे! जय, जयमान, चंदनक, मङ्गल, पुष्पभद्र, सब प्रधान पुरुषो! आप लोग विश्वास-भरे-से ऐसे निश्चल क्यों पड़े हैं? जो गोपपुत्र आर्यक राजा पालक के बन्दीगृह में था, वह राजा के हृदय और उसकी शृंखलाओं को एकसाथ तोड़कर भाग निकला है। अरे ऐ! तुम सामने की पूर्वी गली के मुँह पर तैयार रहो। तुम उधर पश्चिम की तरफ! तुम दक्षिण! तुम उत्तर के मार्ग को रोको! मैं इसे ऊँचे टीले पर चंदनक के साथ चढ़कर देखता हूँ। चंदनक! तुम इधर आओ!

**[घबराया-सा चंदनक आता है।]**

**चंदनक :** ओ वीरक! विशल्य, भीमङ्गद, दण्डकालक, दण्डशूर आदि वीरो! विश्वास से पूरे मन आओ! आर्यक को पकड़ने की जल्दी कोशिश करो। अभी से उसे ढूँढ़ने में लग जाओ जिससे क्षत्रिय राजा पालक की राजलक्ष्मी गोपपुत्र आर्यक के हाथ में न चली जाए! बाग, सभा, मार्ग, नगर, हाट, घर या जहाँ भी सन्देह हो, उन सब जगहों में शीघ्र

आर्यक को ढूँढ़ो। खोज निकालो उस बेड़ियाँ काटनेवाले को! अरे वीरक तुम आर्यक के कौन-कौन-से चिह्न बताते हो? उसे बन्दीगृह से लेकर कौन भागा? किसकी आठवीं राशि पर सूर्य है? किसकी चौथी राशि पर चन्द्रमा है? किसकी छठी राशि पर शुक्र है? किसकी पाँचवी राशि पर मंगल है? बताओ! किसकी जन्मराशि से छठी राशि पर बृहस्पति है, और किसकी नवीं राशि पर शनि है कि चंदनक के जीते-जी, वह गोपपुत्र आर्यक को बन्दीगृह से छुड़ा ले गया।[1]

**वीरक** : योद्धा चंदनक! मैं तुम्हारे हृदय की कसम खाकर कहता हूँ कि उसे कोई अभी-अभी छुड़ाकर ले गया है। क्योंकि जब वह निकलकर भागा है तब सूर्योदय पूरा नहीं हुआ था।

**चेट** : बढ़ो बैलो! बढ़े चलो।

**चंदनक** : *(देखकर)* वह देखो! उधर! कपड़ों से ढकी एक बैलगाड़ी बीच रास्ते पर जा रही है! जरा ध्यान से सोचकर देखो कि यह किसकी गाड़ी है? और कहाँ जा रही है।

**वीरक** : *(देखकर)* अरे गाड़ीवाले! गाड़ी आगे मत बढ़ाओ! यह किसकी गाड़ी है? इसपर कौन बैठा है? यह गाड़ी कहाँ जाएगी?

**चेट** : यह आर्य चारुदत्त की गाड़ी है। इसपर आर्या वसंतसेना बैठी हैं। चारुदत्त के मनोरजंन के लिए यह पुष्पकरण्डक नामक जीर्णोद्यान में जा रही हैं!

**वीरक** : *(चन्दनक के पास जाकर)* यह गाड़ीवाला कहता है : यह आर्य चारुदत्त की गाड़ी है, इसपर वसंतसेना है और गाड़ी पुष्पकरण्डक जीर्णोद्यान में जा रही है।

**चन्दक** : जाने दो।

**वीरक** : बिना देखे हुए ही?

**चंदनक** : हाँ, हाँ।

**वीरक** : किस विश्वास पर?

**चंदनक** : आर्य चारुदत्त के विश्वास पर।

**वीरक** : आर्य चारुदत्त कौन है? और वसंतसेना कौन है कि बिना जाँच किए ही यह गाड़ी चली जाएगी?

**चदनक** : अरे! तुम आर्य चारुदत्त को नहीं जानते? और वसंतसेना को भी नहीं जानते? यदि तुम इन दोनों को नहीं जानते तो चन्द्रमा और चाँदनी को भी नहीं जानते। विपत्ति में पड़े हुओं का उद्धार करनेवाले,

1. ये ग्रह जब इन राशियों पर होते हैं, तब ज्योतिषशास्त्र के अनुसार मनुष्य का अनिष्ट होता है।

चारों समुद्रों के श्रेष्ठ रत्न, स्वभाव में कमल और चन्द्रमा जैसे आर्य चारुदत्त को कौन नहीं जानता? इस नगरी में दो ही अच्छे व्यक्ति हैं, एक आर्या वसंतसेना, और दूसरे धर्मनिधि चारुदत्त।

वीरक : अरे चंदनक! मैं चारुदत्त और वसंतसेना को अच्छी तरह जानता हूँ, लेकिन राजा का काम आने पर अपने पितरों को भी नहीं पहचानता

आर्यक : *(स्वगत)* यह वीरक मेरा पुराना शत्रु है और चंदनक पुराना मित्र है। एक ही राजकाज में रहकर दोनों के स्वभाव में बड़ा भेद है जैसे चिता की अग्नि और वैवाहिक अग्नि में अन्तर होता है।

चंदनक : तुम राजा के प्रधान, विश्वस्त सेनापति हो। लो, मैंने बैलों को पकड़ लिया। अब तुम देख लो!

वीरक : तुम भी राजा के विश्वस्त सेनापति हो। तुम्हीं जा देखो।

चंदनक : क्या मेरे देख लेने से तुम्हारा देखना हो जाएगा?

वीरक : तुमने देख लिया तो समझो कि राजा पालक ने देख लिया।

चंदनक : अरे! इस गाड़ी के पर्दे को उठाओ!

**[चेट गाड़ी का पर्दा उठाता है।]**

आर्यक : *(स्वगत)* रक्षकगण मुझे देख रहे हैं? हाय! दुर्भाग्य से मेरे पास शस्त्र भी नहीं! तो फिर मैं भीम की भाँति बाहुयुद्ध ही करूँगा! बाहुयुद्ध करते हुए मर जाना अच्छा है, न कि बन्दीगृह में बन्द होकर जीवित रहना। लेकिन यह साहस करने का अवसर नहीं है।

**[चंदनक गाड़ी पर चढ़कर देखता है।]**

आर्यक : मैं शरणागत हूँ।

चंदनक : *(संस्कृत में बोलता है।)* शरणागत को अभय देता हूँ।

आर्यक : जो शरणागत को छोड़ता है, उसे विजयलक्ष्मी छोड़ देती है, उसे उसके मित्र छोड़ देते हैं, यहाँ तक कि उसे उसके बन्धु-बान्धव भी छोड़ जाते हैं। वह सदा उपहास का पात्र बनता है।

चंदनक : गोपपुत्र आर्यक बाज़ से डरे हुए पक्षी की भाँति व्याध के हाथ में पड़ गए हैं। *(सोचकर)* यह निरपराध शरणागत, आर्य चारुदत्त की गाड़ी पर चढ़ा हुआ आर्यक, मेरे प्राणदायक आर्य शर्विलक का मित्र है। दूसरी और राजा की आज्ञा है। इस समय क्या करूँ जो उचित रहे। जो कुछ भी हो, मैंने तो पहले ही इसे अभयदान दे दिया! शरणागत को अभयदान देने में, परोपकार में तत्पर रहने में यदि किसी कारण से मृत्यु भी हो जाए तो उसमें भी प्रशंसा ही होती है, निन्दा नहीं *(भय-सहित उतरकर)* मैंने आर्य को देख लिया *(इतना आधा कहकर सहसा)* नहीं, आर्या वसंतसेना को देख लिया। वह कहती है कि यह

न आपके लिए उचित ही है, न योग्य ही कि मुझे आर्य चारुदत्त से मिलने जाते समय इस प्रकार सड़क पर रोक लिया गया है।

**वीरक** : चंदनक! मुझे सन्देह होता है।

**चन्दकन** : सन्देह!! क्यों?

**वीरक** : तुम घबराए लगते हो! तुम्हारी आवाज साफ ही भर्रा गई है और पहले तुमने कहा कि आर्य को देखा और फिर कहा कि आर्या को देखा?

**चंदनक** : तुम्हें अविश्वास क्यों है? हम दक्षिण के रहनेवाले अस्पष्ट और अशुद्ध बोलते ही हैं। खस, खत्ति, खडा, खडट्टो, विलय, करर्णाट, कर्ण, प्रवारण, द्रविड़, चोल, बर्बर, खेर, खान, मुख, मधुघात आदि म्लेच्छ जातिवाले हम लोग अनेक देश-भाषाओं के जानकार होने के कारण लिंगभेद आदि का विचार न करते हुए 'देखा गया' या 'देखी गई, और 'आर्य' या 'आर्या' आदि शब्दों का स्वेच्छा से प्रयोग किया करते हैं।

**वीरक** : अच्छा, मैं भी देख लेता हूँ, क्योंकि यह राजा की आज्ञा है। मैं राजा का विश्वासपात्र हूँ।

**चंदनक** : तो क्या मैं विश्वासपात्र नहीं रहा?

**वीरक** : पर स्वामी की ऐसी ही आज्ञा है।

**चंदनक** : *(स्वगत)* यदि यह कहा जाए कि गोपपुत्र आर्यक आर्य चारुदत्त की गाड़ी पर चढ़कर जा रहा है तो आर्य चारुदत्त भी राजदण्ड के भागी होते हैं। *(सोचकर)* क्या उपाय है? ठीक है। कर्णाट देशवालों का सा झगड़ा शुरू करता हूँ। *(प्रकट)* अरे वीरक! जब मैंने देख लिया, तब तुम देखनेवाले कौन होते हो?

**वीरक** : तो तुम्हीं कौन होते हो?

**चंदनक** : तुम अपने को बहुत पूजनीय मानते हो वीरक! अपनी जाति की याद करो!

**वीरक** : *(क्रोध से)* क्या है मेरी जाति!

**चंदनक** : नीच जाति का नाम कौन ले!

**वीरक** : बोलना पड़ेगा।

**चंदनक** : नहीं कहूँगा! मैं अपने अच्छे स्वभाव के कारण तुम्हारी जाति जानते हुए भी नहीं बताऊँगा। मन में ही रहने दो। कैथ फोड़कर भी क्या निकलेगा।

**वीरक** : नहीं, नहीं! कहो! कहो!

**[चंदनक इशारा करता है।]**

वीरक : इसका मतलब?

चंदनक : बाएँ हाथ में उस्तरा तेज़ करने की बटिया लिए, दाएँ हाथ में उस्तरा लिए तुम नाई, सेनापति बनने को आ गए हो!

वीरक : अरे चंदनक! तुम भी बड़े माननीय हो न? अपनी जाति की भी कुछ याद है?

चंदनक : चंदन की तरह शुभ्र मुझ चंदनक की क्या जाति है?

वीरक : नीच जाति का कौन नाम ले।

चंदनक : नहीं, बोलो!

**[वीरक इशारा करता है।]**

चंदनक : क्या मतलब?

वीरक : अरे बकबक करनेवाले! तुम्हारी तो बहुत ही नीची जाति है। तुम्हारी माता दुन्दुभी है, पिता ढोल है, और तुम्हारा भाई है करकट बाजा। फिर भी तुम सेनापति हो?

चंदनक : *(क्रोध से)* चंदनक चमार है? अच्छा तो गाड़ी देखो।

वीरक : अरे गाड़ीवाले! गाड़ी रोक! मैं देखूँगा।

**[चेट गाड़ी रोक देता है। वीरक गाड़ी पर चढ़ना चाहता है, किन्तु चंदनक उसके केश पकड़कर उसे धरती पर गिरा के ठोकरें मारता है।]**

वीरक : *(क्रोध से उठकर)* अरे, मैं वीरक, राजा का विश्वस्त सेनापति, राजाज्ञा का पालन कर रहा था, लेकिन तुमने केश पकड़कर मुझे लात मारी है। तो सुनो, न्यायालय में मैं तुम्हें चतुरङ्ग[1] दण्ड न दिलवाऊँ तो मेरा नाम वीरक नहीं!

चंदनक : अरे जा! तू राजा के न्यायालय में ही क्यों न जाए? कुत्ते की तरह तू मेरा क्या बिगाड़ सकता है?

वीरक : अच्छा देखूँगा। *(प्रस्थान)*

चंदनक : *(चारों ओर देखकर)* ओ गाड़ीवान! जो! कोई पूछे तो कहना कि यह गाड़ी चंदनक और वीरक से देखी जा चुकी है। आर्ये वसंतसेने! यह संकेत मैं तुम्हें देता हूँ। *(तलवार देता है।)*

आर्यक : *(तलवार लेकर स्वगत, प्रसन्नता से)* अहो! मुझे शस्त्र मिल गया! और मेरी दाई भुजा फड़क रही है। अब सब मेरे अनुकूल हो गया। मैं अब अच्छी तरह से रक्षित हो गया।

चंदनक : आर्ये! मैं निवेदन करता हूँ कि तुम मुझे विश्वस्त मन से याद रखना।

---

1. चार दण्ड—सिरमुंडाना, बेंत मारना; जुर्माना करना, बहिष्कार करना।

मैं किसी लोभ से ऐसा नहीं कह रहा बल्कि प्रेम के बस में होकर ऐसा कह रहा हूँ।

**आर्यक** : चंदनक! तुम चंदन जैसे शीतल हो। आज तुम दैववश मेरे मित्र बन गए। तुम्हारी याद रहेगी चंदनक! यदि सिद्धों की बात सच निकली!

**चंनदक** : ब्रह्मा, विष्णु, महेश, सूर्य और चन्द्रमा तुम्हें अभय दें। जिस तरह देवी ने शुम्भ-निशुम्भ[1] को मारा था उसी तरह तुम भी अपने शत्रुपक्ष का वध करो।

**[चेट गाड़ी ले जाता है।]**

**चंदनक** : *(नेपथ्य की ओर देखकर)* वह दूसरी जगह जाता हुआ मेरा प्रिय मित्र शर्विलक आर्यक के पीछे ही गया है। और मैंने राजा के विश्वस्त प्रधान सेनापति वीरक को भी क्रुद्ध कर दिया है। तो मैं पुत्र, भाई और सारे परिवार के साथ आर्यक के ही पास जाता हूँ। *(प्रस्थान)*

**[प्रवहण-विपर्यक नामक छठा अंक समप्त]**

# सातवाँ अंक

**[चारुदत्त और विदूषक का प्रवेश]**

**विदूषक :** अहा! देखिए तो! जीर्णोद्यान पुष्पकरण्डक की शोभा कितनी मनोहर है!

**चारुदत्त :** मित्र! वृक्ष वाणिज्य की भाँति शोभित हैं, फूल बेचने की वस्तु की तरह हैं और भ्रमर राजपुरुषों की भाँति राजकीय कर लेते हुए घूम रहे हैं।[1]

**विदूषक :** आइए, इसी शिलाखण्ड पर बैठिए, वैसे यह सुघर तो नहीं।

**चारुदत्त :** *(बैठकर)* मित्र! वर्धमानक बड़ी देर लगा रहा है।

**विदूषक :** मैंने तो कहा था कि वर्धमानक! वसंतसेना को लेकर जल्दी चले आना।

**चारुदत्त :** तब फिर देर का कारण क्या हो सकता है? हो सकता है उसकी गाड़ी क आगे-आगे कोई धीमी-धीमी गति से चलने वाली गाड़ी आ रही हो और वह आगे निकलने के लिए मौका ही देख रहा हो। कहीं पहिया तो नहीं टूट गया, जो उसे बदलने में देरी हो रही है? कहीं रास टूट गई हो तो? बीच पथ पर कुछ लोग लकड़ी काटकर भी तो छोड़ जाते हैं, जिससे रास्ता रुक जाता है। वह कहीं दूसरे रास्ते से आता हो! या चिन्ता छोड़कर वह बैलों को धीरे-धीरे मौज में हाँकता आ रहा हो?

**[छिपकर बैठे हुए आर्यक और चेट का गाड़ी पर प्रवेश]**

**चेट :** बढ़े चलो, बैलो! बढ़े चलो।

**आर्यक :** *(स्वगत)* राजकर्मचारियों की दृष्टि से डरता हुआ मैं, पैरों में पड़ी बेड़ी के कारण आज़ादी से भाग जाने में असमर्थ-सा सज्जन आर्य चारुदत्त की गाड़ी में चढ़ा ऐसे सुरक्षित जा रहा हूँ जैसे मांदा कौए के घोंसले में उसके अनजान में ही कोयल का बच्चा पलता है। नगर से तो काफी दूर आ गए। अब मैं बैलगाड़ी से उतरकर क्यों न इस घने

---

1. व्यापारी की प्रकृति-पर्यवेक्षण।

पेड़ों के जंगल में घुस जाऊँ? या गाड़ी के मालिक से मिलूँ? जंगल में जाना तो बेकार है। लोग कहते है आर्य चारुदत्त शरणागत-वत्सल हैं। उनसे मिलकर ही जाऊँगा। वे मुझे विपत्ति-सागर से निकला हुआ देखकर अत्यन्त प्रसन्न होंगे। ऐसी संकटमयी परिस्थिति पानेवाली मेरी देह साधु चारुदत्त के गुणों के कारण ही बच पाई है।

**चेट** : यही वह उद्यान है। यहीं चलूँ, *(पहुँचकर)* आर्य मैत्रेय!

**विदूषक** : मित्र! शुभ समाचार है। वर्धमानक बुला रहा है। वसंतसेना आ गई लगती है।

**चारुदत्त** : इससे बढ़कर प्रिय क्या है!

**विदूषक** : दासीपुत्र! इतनी देर क्यों लगाई?

**चेट** : आर्य मैत्रेय! गुस्सा न हों। गाड़ी का पर्दा भूल गया था इसलिए आने-जाने में देर हो गई।

**चारुदत्त** : वर्धमानक! गाड़ी को घुमाओ। मित्र मैत्रेय! वसंतसेना को उतारो!

**विदूषक** : क्या उसके पाँव बँधे हुए हैं कि स्वयं नहीं उतर सकती? *(उठकर पर्दा खोलकर)* यहाँ तो वसंतसेना नहीं, वसंतसेन है!

**चारुदत्त** : मित्र! क्या परिहास है! प्रेम की बेला देर नहीं सह सकती। लो, मैं उतारता हूँ *(उठता है।)*

**आर्यक** : *(देखकर)* अरे! यही गाड़ी के स्वामी हैं! केवल सुनने में ही अच्छे नहीं, देखने में भी सुन्दर हैं। अब मैं निडर हो गया।

**चारुदत्त** : *(गाड़ी पर चढ़कर)* अरे! ये कौन हैं? इनकी भुजाएँ हाथी की सूण्ड-सी है, कन्धा सिंह का सा विशाल और स्थूल है, वक्षस्थल अत्यन्त प्रशस्त और लाल ताँबे-सी बड़ी-बड़ी आँखें। कैसी सुन्दर आकृति है! कोई महान् आत्मा है! पर इनके रूप के प्रतिकूल यह एक पाँव में बेड़ी कैसी? आप कौन हैं?

**आर्यक** : मैं शरणागत हूँ, मैं गोप-पुत्र आर्यक हूँ।

**चारुदत्त** : क्या वही, जिसे राजा पालक ने घर से पकड़कर बन्दीगृह में डाल दिया था?

**आर्यक** : हाँ वही।

**चारुदत्त** : दैव ही तुम्हें मेरे सामने लाया है। मैं अपने प्राण त्याग दूँगा किन्तु शरणागत की रक्षा अवश्य करूँगा।

**[आर्यक प्रसन्नता प्रकट करता है।]**

**चारुदत्त** : वर्धमानक! इनके पैर की बेड़ी दूर करो।

**चेट** : जैसी आपकी आज्ञा *(बेड़ी काटकर)* आर्य! यह लीजिए।

**आर्यक** : किन्तु तुमने मुझे प्रेम की और भी कठिन बेड़ी से जकड़ दिया।

**विदूषक :** बेड़ी गई, ये भी बन्धनमुक्त हुए। अब हम फिर घूमना शुरू करें प्रतीक्षा में!

**चारुदत्त :** चुप रहो। क्या कहते हो?

**आर्यक :** सखे चारुदत्त! मैं भी कौतुक से ही इस गाड़ी पर चढ़ गया था। इसके लिए क्षमा करेंगे!

**चारुदत्त :** आप इस पर प्रेम से चढ़ें। यह तो मेरा शृंगार बन गया।

**आर्यक :** आपसे आज्ञा लेकर जाना चाहता हूँ।

**चारुदत्त :** अवश्य।

**आर्यक :** अच्छा उतरता हूँ।

**चारुदत्त :** नहीं मित्र। उतरिए नहीं। अभी-अभी आपके पाँव से बेड़ी हटी है, आप इस कारण जल्दी नहीं चल सकेंगे। इस पथ पर राजपुरुष अधिक घूमते हैं, अतः आप यदि गाड़ी में रहेंगे तो कोई शंका भी न करेगा। आप गाड़ी पर चढ़ते हुए ही जाएँ।

**आर्यक :** जैसा आप कहें।

**चारुदत्त :** अपने परिवार के पास सकुशल जाइए।

**आर्यक :** मैं तो अपना परिवार आपमें ही पा गया।

**चारुदत्त :** समय मिले तो मेरी भी याद करिएगा!

**आर्यक :** अपनी आत्मा को भी कोई भूलता है?

**चारुदत्त :** मार्ग में जाते समय देवगण आपकी रक्षा करें!

**आर्यक :** मैं तो आपसे ही संरक्षित हो चुका हूँ।

**चारुदत्त :** आप अपने भाग्य से रक्षित हुए हैं।

**आर्यक :** मित्र! उस भाग्य में भी कारण तो आप ही हैं!

**चारुदत्त :** आपको राजाा पालक पकड़ने में लगा है। अभी आपकी रक्षा सम्भव नहीं है। आप यहाँ से शीघ्र चले जाएँ।

**आर्यक :** अच्छी बात है। फिर आपके दर्शन हों, यही इच्छा है। *(प्रस्थान)*

**चारुदत्त :** इस तरह राजा पालक का घोर अनर्थ करके यहाँ तनिक भी रुकना ठीक नहीं है। मैत्रेय! इस बेड़ी को पुराने कुएँ में गिरा दो। कहीं अपनी दूत-रूपी आँख से राजा इसे देख न ले। *(दाईं आँख के फड़कने का स्पन्दन अनुभव करके)* मैत्रेय! मित्र! मैं वसंतसेना को देखने को उत्सुक हो रहा हूँ। उसे बिना देखे मेरी दाई आँख इस समय फड़क रही है। अकारण ही भयभीत होकर इस समय मेरा हृदय पीड़ित हो रहा है। चलो। *(घूमकर)* क्यों! सामने ही अमङ्गल-स्वरूप इस मुण्डित बौद्ध भिक्षु का दर्शन हुआ? *(सोचकर)* वह उधर से जा रहा है, हम इधर से जाएँ *(प्रस्थान)*

**[आर्यक-अपहरण नामक सातवाँ अंक समाप्त]**

# आठवाँ अंक

**[गीला चीवर[1] हाथ में लिए भिक्षु का प्रवेश]**

**भिक्षु :** पुरुषो! धर्म का उपार्जन करो! पेट पर संयम रखो, ध्यानरूपी नगाड़े की तरह सदा जागते रहो। इन्द्रियाँ भयानक चोर हैं। वे चिरसंचित धर्म को हर लेती हैं। धर्म के अतिरिक्त सब कुछ क्षणभंगुर है। इसीलिए मैं एकमात्र धर्म की शरण में आ गया हूँ। पञ्च ज्ञानेन्द्रियाँ चोर हैं, उनका निग्रह करके, अविद्या का विनाश करके आत्मा की रक्षा करनेवाला और अविद्या के विनाश से शिथिल हुए पापों का विध्वंस करनेवाला मनुष्य अवश्य स्वर्ग में जाता है। जिसने सिर मुँडाया, दाढ़ी मुंडा ली, पर मन को नहीं मुंडाया, उसने कुछ भी नहीं मुंडाया। जिसका मन शुद्ध है, उसका तो सिर अपने-आप साफ है। यह चीवर गन्दे जल में भीग गया है। इसे राजा के साले के उद्यान में जाकर साफ तालाब में धो लूँ। जल्दी से लौट आऊँगा।

**[जाकर तालाब में जल्दी-जल्दी धोता है। नेपथ्य से–'ठहर रे दुष्ट श्रमण! ठहर!']**

**भिक्षु :** *(देखकर भय से)* आश्चर्य है। स्वयं राजा का साला संस्थानक आ पहुँचा। एक भिक्षु अपराध करे तो यह किसी भी भिक्षु को देखकर गाय की तरह नाक पर मार-मारकर निकाल बाहर करता है। अब मैं निस्सहाय किसकी शरण में जाऊँ? अब तो बुद्धिमान राजा ही मेरी रक्षा करेंगे।

**[तलवार लिए विट के साथ शकार का प्रवेश]**

**शकार :** ठहर जा दुष्ट श्रमणक[2]! ठहर! मदिरालय में गए मद्यपी के रक्त-मूलक की तरह मैं तेरे मश्तक को अभी तोड़ता हूँ। *(मारता है।)*

---

1. बौद्ध भिक्षुओं के पहनने का चोगा-सा कपड़ा–रंग पीला-सा!
2. 'क' प्रत्यय लगाने से इज्जत घटती है, जैसे 'पुत्र' में 'क' लगाने से 'पुत्रक'–हरा-मज़ादा। 'भिक्षु' में 'क' लगाने से 'भिक्षुक'–भिखारी। ऐसे ही 'श्रमण' में 'क' लगाने से 'श्रमणक'–यानी ओछा साधु।

**विट :** हे काणेलीपुत्र! बैरागी चीवरधारी भिक्षु को मारना ठीक नहीं! इससे लाभ भी क्या! आप इस सुन्दर उद्यान में मन बहलाएँ! बे-घर-बारों के लिए आश्रय बने इन सुन्दर वृक्षों में जो कारीगरी से काट-छाँट की गई है, इसे देखें, यह दुर्जनों के मन के समान और नए राजा की तरह बिना शासन किए ही अच्छे फल देने वाला है।

**भिक्षु :** मैं आपकी वन्दना करता हूँ। उपासक प्रसन्न हों।

**शकार :** भाव! देखो, देखो! गाली देता है!

**विट :** क्या कहता है?

**शकार :** मुझे उपाशक[1] कहता है। मैं क्या नाई हूँ?

**विट :** बुद्ध का उपाशक कहकर वह आपकी प्रशंसा करता है।

**शकार :** ऐ श्रमणक! शुनो!

**भिक्षु :** तुम धन्य हो! तुम पुण्यवान् हो!

**शकार :** भाव! यह मुझे धन्य-पुण्य[2] कहता है। क्या मैं श्रावक हूँ, जुआरी हूँ, या कुम्हार हूँ।

**चेट :** काणेलीपुत्र! तुम धन्य हो, तुम पुण्यात्मा हो—यह कहकर वह तुम्हारी प्रशंसा करता है।

**शकार :** भाव! तो यहाँ किसलिए आया है?

**भिक्षु :** इस चीवर को धोने।

**शकार :** अरे दुष्ट श्रमण! मेरी बहिन के पति राजा पालक ने शब उद्यानों में श्रेष्ठ पुष्पकरण्डक उद्यान मुझे दिया है, जिशमें कुत्ते और शियार पानी पीते हैं। मैं प्रधान होते हुए भी, मनुष्य होते हुए भी, इशमें श्नान नहीं करता। उश श्वच्छ पुष्पकर जल में तुम पुराने कुलथी के चूर्ण से रंगे इश गन्दे चीवर को धोते हो! मैं तुम्हें इशलिए एक बेंत मारने की आज्ञा देता हूँ।

**विट :** काणेलीपुत्र! मुझे तो लगता है, यह अभी नया ही बौद्ध संन्यासी हुआ है।

**शकार :** आप कैशे जानते हैं?

**विट :** इसमें जानने को क्या है! केश मुँड़ाने पर भी आज भी इसके ललाट की चमक गृहस्थों की सी उज्ज्वल है। बहुत थोड़े दिन हुए हैं तभी

---

1. 'उपासक' का रूढ़ अर्थ है 'पुजारी'; किन्तु यहाँ शकार ने 'नाई' ग्रहण किया है। उप़पास, आसक—बैठने वाला, अर्थात बाल काटते समय जो पास बैठे।
2. सूझ और कला से उपार्जित आजीविका वाला होने से 'धन्य' एवं कल्याणकर जीविका-वाला होने से 'पुण्य' यह आशय ग्रहण कर शकार ने ये वचन कहे हैं।

चीवर का निशान भी कन्धे पर नहीं पड़ा है। न इसे वस्त्र रंगने का अभ्यास है, न धारण करने का। दूर तक गुप्त अंगों को ढककर रखता है। इसका उपरला वस्त्र भी बड़ा होने के कारण शिथिल हो-हो जा रहा है और कन्धे पर ठहर नहीं पा रहा है।

**भिक्षु** : उपासक! यह सत्य है। मैं अभी हाल में ही प्रव्रजित[1] हुआ हूँ।

**शकार** : तो क्या तुम जन्म शे ही प्रव्रजित नहीं हुए हो? *(मारता है।)*

**भिक्षु** : बुद्ध को नमस्कार है।

**विट** : इस तपस्वी को मारने से क्या लाभ? छोड़ो। जाने दो।

**शकार** : अरे ठहरो। मैं इशके जाने के बारे में ज़रा तय कर लूँ।

**विट** : किसके साथ?

**शकार** : अपने हृदय से।

**विट** : हन्त! अभी गया नहीं?

**शकार** : पुत्रक! हृदय! राजन्! पुत्रक! क्या यह श्रमण चला जाए? या ठहरे? *(स्वगत)* न जाए, न ठहरे। *(प्रकट)* भाव! मैंने हृदय से पूछ लिया। मेरा हृदय कहता है...

**विट** : क्या कहता है?

**शकार** : न ये जाए, न ये टहरे। न उच्छ्वास ले, न शांश ले! यह यहीं तुरन्त गिरकर मर जाए।

**भिक्षु** : बुद्ध को नमस्कार! मैं शरणागत हूँ। रक्षा करो।

**विट** : जाओ!

**शकार** : एक शर्त पर।

**विट** : क्या शर्त है?

**शकार** : इश तरह कीचड़ फेंके कि पानी गन्दा न हो, या पानी इकट्ठा करके कीचड़ में फेंके।

**विट** : हाय री मूर्खता! उलटी बुद्धिवाले, पत्थर के से कठोर हृदय वाले माँस से लदे वृक्षों के कारण ही इस पृथ्वी पर इतना भार बढ़ गया है।

**[भिक्षुक इशारे (अंगभंगी) से गाली देता है।]**

**शकार** : क्या कहता है?

**विट** : आपकी प्रशंसा करता है।

**शकार** : शुनो! शुनो! एक बार फिर शुनो!

**[वैसा ही फिर करके भिक्षु का प्रस्थान]**

---

1. प्रव्रज्या–भिक्षुत्व ग्रहण करना।

**विट :** काणेलीपुत्र! उपवन की शोभा देखो। राजाज्ञा से रक्षित, मालियों से रक्षित फल और फूलों से सुशोभित, वायु के न होने से शान्त, लताओं से आलिंगित ये वृक्ष कई पत्नियों वाले पुरुषों की भाँति सुखभोग कर रहे हैं।

**शकार :** आप शच कहते हैं। तरह-तरह के पुष्पों के गिरने शे पृथ्वी कैशी रंग-बिरंगी हो गई? कुशुमों के भार शे वृक्ष विनम्र हो गए हैं। पेड़ों की फुनगियां लम्बी-शी हो गई हैं और बन्दर कटहल के शमान लटक रहे हैं!

**विट :** काणेलीपुत्र! इस प्रस्तर-खण्ड पर बैठो।

**शकार :** लो बैठ गया। *(विट के साथ बैठता है।)* भाव! आज भी वशंतशेना की श्मृति आती है। जैशे दुष्ट वचन हृदय शे नहीं निकलते वैशे ही वह भी नहीं निकलती।

**विट :** *(स्वगत)* इतना अपमान हो जाने पर भी उसे याद करता है! सच है। स्त्रियों से अपमानित दुष्टों का काम और भी बढ़ जाता है। अवश्य ऐसे में सत्पुरुषों का काम घटता ही नहीं, लुप्त हो जाता है।

**शकार :** भाव! श्थावरक चेट शे कहें कितनी देर हो गई कि बैलगाड़ी लेकर जल्दी आ जाना; वह अभी तक नहीं आया। मैं बड़ी देर से भूखा हूँ। दोपहर तक तो पैरों शे चल भी नहीं शकूँगा। देखो न! शूर्य आकाश शे बीच में पहुँच गया है। ऐशा है जैशे बन्दर गुश्शे में होता है कि देखा भी नहीं जा शकता। कितना तीव्र है! भूमि शौ पुत्रों की मृत्यु शे शंतप्त गाँधारी जैशी हो गई है।

**विट :** ठीक कहते हैं। गायें घास छोड़कर छाया में ऊँघ रही हैं। प्यास से आर्त वनपशु सरोवर का जल पी रहे हैं। मनुष्य धूप से डरकर नगरी के रास्ते पर भी नहीं चल रहे। मुझे लगता है, धूप के कारण गाड़ी कहीं छाया में रुकी खड़ी है।

**शकार :** भाव! शूर्य की किरणें मेरे मश्तक पर गिर रही हैं। चिड़ियाँ वृक्षों की शाखाओं में चुप बैठी हैं। लोग-बाग घरों में बैठकर गर्म शाँशें छोड़ते हुए गर्मी को दूर कर रहे हैं! भाव! चेट अभी तक नहीं आ रहा है। तो मन बहलाने को कुछ गाता हूँ। *(गाता है। गाकर)* भाव! भाव! जो मैंने गाया, शो शुना?

**विट :** क्या बात है! आप तो गायक ही हैं!! गन्धर्व ही हैं!

**शकार :** क्या मैं गन्धर्व नहीं हो शकता? हींग में शाफ करके मैंने जीरा, मोथा, बच की गाँठ, गुड़ शे मिली शोंठ—इन शबके मेल शे बने गन्धयोग का शेवन किया है। तो भला मेरे श्वर में मिठाश क्यों नहीं आएगी?

भाव! मैं फिर गाता हूँ। *(गाता है। गाकर)* भाव! भाव! शुना तुमने! मैंने अभी जो गाया?

**विट** : क्या कहते हैं आप भी! वाह! भला गन्धर्व ही जो ठहरे!

**शकार** : भला गन्धर्व मैं क्यों नहीं हो शकता? मैंने हींग शे शोधा हुआ मशालेदार, तेल और घी में बघारा हुआ कोयल का माँश खाया है। फिर मेरा श्वर मिठाश लिए हुए किशलिए नहीं होगा? पर भाव! चेट तो अभी तक नहीं आया!

**विट** : आप स्वस्थ हों! चेट अब आता ही होगा।

**[गाड़ी पर चढ़ी वसंतसेना के साथ चेट का प्रवेश]**

**चेट** : मैं डरा हुआ हूँ। दोपहर का सूरज! कहीं राजा का साला संस्थानक मुझपर क्रुद्ध न हो जाए। अच्छा जल्दी हाँकू। बढ़े चलो बैलो, बढ़े चलो!

**वसंतसेना** : हाय, हाय! यह तो वर्धमानक की आवाज़ नहीं मालूम पड़ी! यह क्या बात है? क्या वर्धमानक गाड़ी हाँककर थक गया था जो आर्य चारुदत्त ने और कोई गाड़ी और दूसरा ही गाड़ीवान भेजा है? मेरी दाई आँख फड़क रही है। मेरा हृदय काँप रहा है। दिशाएँ सूनी हो रही हैं। हाय! सब कुछ उलटा क्यों दीख रहा है?

**शकार** : *(गाड़ी की आवाज़ सुनकर)* भाव! भाव! गाड़ी आ गई!

**विट** : आपको कैसे पता चला?

**शकार** : देखते नहीं हो! बूढ़े शूअर की तरह का शा घुर-घुर शब्द हो रहा है।

**विट** : *(देखकर)* ठीक कहा। गाड़ी आ गई।

**शकार** : पुत्रक[1]! श्थावरक! चेट! तुम आ गए!

**चेट** : जी हाँ।

**शकार** : गाड़ी भी आ गई?

**चेट** : और क्या?

**शकार** : बैल भी आ गए?

**चेट** : और नहीं तो?

**शकार** : तुम भी आ गए?

**चेट** : *(हँसकर)* हाँ स्वामी! मैं भी आ गया।

**शकार** : तब गाड़ी ले आओ।

**चेट** : किधर से?

---

1. पुत्रक--अपमानजनक सम्बोधन

**शकार** : इधर, इश चहारदीवारी पर शे ही।

**चेट** : स्वामी! बैल मर जाएँगे, गाड़ी टूट जाएगी और मैं भी चल बसूँगा।

**शकार** : अरे मैं राजा का शाला हूँ। बैल मर जाएँगे तो दूशरे ले लूँगा, गाड़ी टूट जाएगी तो और ले लूँगा, तुम मर जाओगे, तो और गाड़ीवान रख लूँगा।

**चेट** : सब कुछ मिल जाएगा, पर मुझ जैसा अपना आदमी कहीं मिलेगा?

**शकार** : शब कुछ विनष्ट हो जाने दो। तुम इशी टीले पर से चलो।

**चेट** : बिलकुल टूट-फूट जा री गाड़ी! स्वामी के साथ यह गाड़ी टूट-फूट जाए, दूसरी बन जाएगी। मैं स्वामी से निवेदन करता हूँ। *(प्रवेश कर)* अरे, गाड़ी क्यों नहीं टूटी? स्वामी! गाड़ी तो आ गई।

**शकार** : बैल नहीं टूटे? रश्शियाँ नहीं मरीं? तुम भी नहीं मरे?

**चेट** : हाँ, सब बच गए।

**शकार** : भाव! आएँ! गाड़ी देखें! भाव! तुम मेरे गुरु हो, परमगुरु कहे जाते हो।[1] तुम आदरणीय हो, अन्तरंग हो, माननीय हो। अतः तुम्हीं इश गाड़ी पर पहले चढ़ो।

**विट** : यही सही। *(गाड़ी पर चढ़ता है।)*

**शकार** : ऐ ठहरो! गाड़ी क्या तुम्हारे बाप की है जो मुझशे पहले तुम गाड़ी पर चढ़ते हो? मैं गाड़ी का मालिक हूँ। मैं इश पर पहले चढ़ूँगा।

**विट** : आपने ही तो कहा था।

**शकार** : मैंने ही कहा था कि आप पहले चढ़ें, तब भी आपको कहना चाहिए था कि 'श्वामी! पहले आप चढ़ें।'

**विट** : चढ़िए! आप ही चढ़िए।

**शकार** : अच्छा मैं ही चढ़ता हूँ पुत्रक! स्थावरक! चेट! गाड़ी घुमाओ।

**चेट** : *(घुमाकर)* मालिक! चढ़िए।

**शकार** : *(चढ़कर देखकर, भयभीत-सा उतरकर विट के कन्धे से लगकर)* भाव! भाव! मर गया! भर गया! गाड़ी में राक्षशी है या चोर है। अगर राक्षशी है तो हम दोनों को लूट लेगी और चोर है तो हम दोनों को खा जाएगा।

**विट** : डरो मत! बैलगाड़ी पर राक्षसी कैसे आ सकती है! दुपहर की धूप से तुम्हारी आँखें चौंधिया गई हैं, तभी कपड़े पहने स्थावरक को देखकर तुम्हें भ्रम हो गया है।

**शकार** : पुत्रक! स्थावरक! चेट! क्या तुम ज़ीवित हो?

---

1. पुत्रक–अपमानजनक सम्बोधन

**चेट** : क्यों नहीं?

**शकार** : भाव! गाड़ी में तो एक श्त्री बैठी है। आप देखिए।

**विट** : स्त्री! मार्ग में वर्षा के जल से तड़ित आँखवाले बैल की तरह मैं सिर नीचा करके जल्दी चलता हूँ। मैं भले आदमियों में ससम्मान रहना चाहता हूँ। मेरी आँखें कुलस्त्रियों को देखने में नीचे झुक जाती हैं। मैं देखने में असमर्थ हूँ।

**वसंतसेना** : *(विस्मय से स्वगत)* राजा का साला! मेरी आँखों का काँटा मिल गया! मैं कितनी अभागिनी हूँ। इस समय तो मैं ऊसर भूमि में डाले गए मुट्ठी-भर बीजों-सी हो गई हूँ। क्या करूँ?

**शकार** : यह भयभीत बूढ़ा चेट गाड़ी भी नहीं देखता। भाव! यह गाड़ी देखो!

**विट** : इसमें क्या दोष है। लो, देखता हूँ।

**शकार** : क्यों? शियार उड़ रहे हैं? कौए भाग रहे हैं? इशशे पहले कि यह मुझे आँखों शे खाए, और दाँतों से देखे, मैं भाग जाता हूँ।

**विट** : *(वसंतसेना को देखकर दुख से स्वगत)* अरे! यह हरिणी इस बाघ का पीछा क्यों कर रही है? हाय रे कष्ट! नदी की रेत पर शरद् काल के चन्द्रमा के समान उज्ज्वल हँस को छोड़कर यह हँसिनी कौए के पास आ गई है? *(धीरे से)* वसंतसेने! यह ठीक नहीं है, यह तुम्हारे लिए उचित नहीं है। पहले मानपूर्वक तुमने शकार को अनादृत किया, फिर धन के लोभ से माता के कहने पर...

**वसंतसेना** : न *(सिर हिलाती है।)*

**विट** : वेश्याभाव के कारण अनुदार स्वभाव से शकार के पास आई हो? मैं तो तुमसे पहले ही कह चुका हूँ कि तुम रसिक और अरसिक नायक से समान व्यवहार करो।

**वसंतसेना** : गाड़ी के अदल-बदल जाने से मैं यहाँ आ पहुँची हूँ। मैं आपकी शरणागत हूँ। मेरी रक्षा करिए।

**विट** : डरो नहीं! डरो नहीं! मैं शकार को धोखा देता हूँ *(शकार के पास जाकर)* काणेलीपुत्र! इस पर तो सचमुच राक्षसी बैठी है!

**शकार** : भाव! भाव! यदि राक्शशी है तो उशने आपको लूटा क्यों नहीं? चोर है तो उशने आपको खा क्यों नहीं लिया?

**विट** : ऐसे अनुमान लड़ाने से लाभ क्या है? यदि उद्यान ही उद्यान चलकर हम उज्जयिनी पहुँच जाएँ तो हानि ही क्या है?

**शकार** : ऐशा करने शे क्या होगा?

**विट** : हमारा व्यायाम हो जाएगा और गाड़ीवान और बैलों की थकावट दूर हो जाएगी।

**शकार** : ऐशा की करिए। श्थावरक! चेट! गाड़ी ले चलो। नहीं ठहरो! ठहरो! देवगण और ब्राह्मणों के आगे मैं पैदल चलूँ? नहीं, नहीं, नहीं, मैं गाड़ी पर ही चलूँगा। तभी तो लोग मुझे दूर शे ही देखकर कहेंगे कि राजश्यालक भट्टारक[1] आ रहे हैं।

**विट** : *(स्वगत)* विष को औषधि बनाना अत्यन्त कठिन है। अच्छी बात है। *(प्रकट)* काणेलीपुत्र? यह वसंतसेना आपसे रमण करने को गुप्त रूप से आई है।

**वसंतसेना** : पाप शान्त हो! पाप शान्त हो!

**शकार** : *(प्रसन्नता से)* भाव! भाव! मैं प्रधान पुरुष! मैं मनुष्य वाशुदेव! मेरे पाश?

**विट** : हाँ, आप ही के पास।

**शकार** : अपूर्व लक्ष्मी मिल गई। मैंने उश शमय इशे गुश्शा कर दिया था, शो इश शमय मैं इशके चरणों पर गिरकर इशे प्रशन्न करता हूँ।

**विट** : बिलकुल ठीक।

**शकार** : चरणों पर गिरता हूँ। *(वसंतसेना के पास जाकर)* हे माता! अम्बिके! मेरी प्रार्थना शुनो! हे विशाललोचने! मैं तुम्हारे चरणों पर गिरता हूँ। हे हाथों में दश नखवाली! हे शुद्ध दाँतवाली! मैं तुम्हें हाथ जोड़ता हूँ। शुन्दर शरीरवाली! कामातुर होकर मैंने पहले जो तुम्हारा अपमान किया था, मैं उशकी अब क्षमा माँग रहा हूँ। मैं तुम्हारा शेवक हूँ।

**वसंतसेना** : *(क्रोध से)* दूर हटो! तुम अनार्य शब्द कहते हो *(ठोकर मारती है।)*

**शकार** : *(क्रोध से)* जिश मश्तक का अम्बिका ने प्रेम शे चुम्बन किया, जो कभी देवताओं के शामने भी नहीं झुका, उशी को तुमने लात देकर अपमानित किया! जैशे वन में शियार किशी लोथ को पैरों शे गिराता है! अरे श्थावरक! चेट! तू इश वशंतशेना को कहाँ शे लाया?

**चेट** : स्वामी! गाँव की गाड़ियों से रास्ता रुका हुआ था उस समय मैंने अपनी गाड़ी चारुदत्त के उद्यान में खड़ी की और उतरकर जब तक पहिया घुमाया, यह इसे और ही गाड़ी समझकर इस पर चढ़ गई, ऐसा मेरा विचार है।

**शकार** : क्या यह गाड़ी बदल जाने शे आई है? मुझशे भोग करने नहीं आई? तब मेरी गाड़ी शे उतर! जल्दी उतर! तू उश दरिद्र व्यापारी चारुदत्त शे रमण करने जा रही है! और मेरे बैलों पर बोझ दे रही है? उतर! जल्दी उतर गर्भदाशी! उतर! तुरन्त उतर!

---

1. उच्चपद, अर्थात प्रभु

**वसंतसेना** : मैं उनके पास जाती हूँ—यह कहकर तुमने मुझे सचमुच अलंकृत कर दिया है! अब कुछ भी हो, मुझे कोई चिन्ता नहीं है।

**शकार** : तेरे दश नख कमल जैशे हैं। तू प्रिय वाक्यों की भाँति इन हाथों शे चोट करने की लोभिन है। शुन्दरी! आ! तेरे केश पकड़कर मैं तुझे गाड़ी शे ऐशे नीचे खींचता हूँ जैशे बालि की श्त्री तारा को जटायु ने खींचा था।

**विट** : गुणवती स्त्रियों के केश पकड़कर नहीं खींचना चाहिए, न उद्यान की लताओं की कोंपल ही तोड़नी चाहिए। आप हटिए, मैं वसंतसेना को उतारता हूँ। वसंतसेना! उतरो!

**[वसंतसेना उतरकर एक ओर खड़ी हो जाती है।]**

**शकार** : *(स्वगत)* उश दिन जो मेरे अपमान शे क्रोध की आग शुलग उठी थी, वही अब लात खाकर भड़क उठी है। इश वशंतशेना को मैं मारूँगा। अच्छा ठीक है। *(प्रकट)* भाव! भाव! यदि लम्बे तागों शे बुना उत्तरीय चाहते हो, यदि 'चुक्कू चुहू-चुहू' का माँश खाना चाहते हो और मुझे प्रशन्न करना चाहते हो तो...

**विट** : क्या करना होगा?

**शकार** : मेरा प्रिय करो।

**विट** : अकार्य को छोड़कर, सब करूँगा।

**शकार** : भाव! अकार्य की तो गन्ध भी नहीं मिलेगी। वह कोई राक्षशी नहीं है...

**विट** : तो बताओ।

**शकार** : वशंतशेना को मारो।

**विट** : *(कान बन्द करके)* यदि मैं बाला, स्त्री, उज्जयिनी-विभूषण और गणिका-प्रतिकूल कुल-कामिनी जैसी इस प्रेमवती निरपराध वसंतसेना को मारूँगा तो परलोक-रूपी नदी को कैसे पार करूँगा!

**शकार** : मैं तुम्हें नाव दूँगा। फिर यह भी तो शोचो कि इश एकान्त उपवन में यदि तुम इशे मारोगे तो तुम्हें देखेगा कौन?

**विट** : पाप-पुण्य की साक्षी दसों दिशाएँ तो देखती हैं। वनदेवता, चन्द्रमा, तीव्र किरणोंवाला सूर्य, धर्म, वायु, आकाश, अन्तरात्मा और यह भूमि तो मुझे देख रही है।

**शकार** : तो कपड़ा बीच में टाँगकर परदा बनाकर मारो।

**विट** : मूर्ख! तुम्हारा बहुत पतन हो गया है।

**शकार** : यह बूड्ढा शूअर अधर्म शे डरता है। अच्छा, मैं श्थावरक चेट शे कहता हूँ। पुत्रक! श्थावरक! चेट! मैं तुम्हें शुवर्ण का कंकण दूँगा।

**चेट** : मैं पहन लूँगा।

**शकार** : मैं तुम्हें शोने का पीढ़ा बनवा दूँगा।

**चेट** : मैं उसपर बैठ जाऊँगा।

**शकार** : मैं तुम्हें शब बचा हुआ भोजन दे दूँगा।

**चेट** : मैं खा जाऊँगा।

**शकार** : मैं तुम्हें शारे चेटों का प्रधान बना दूँगा।

**चेट** : स्वामी! मैं बन जाऊँगा।

**शकार** : तो मेरी बात मान लो।

**चेट** : स्वामी! मैं अकाज को छोड़कर सब करूँगा।

**शकार** : अकाज की तो गन्ध भी नहीं।

**चेट** : तो कहें स्वामी।

**शकार** : इश वशंतशेना को मारो।

**चेट** : प्रसन्न हों स्वामी! यह वसंतसेना भूल के कारण गाड़ी बदल जाने से मुझ मूर्ख द्वारा लाई गई है।

**शकार** : अरे चेट, मैं तुमशे भी कार्य नहीं करा शकता?

**चेट** : स्वामी मेरे शरीर पर समर्थ हैं, चरित्र पर नहीं। प्रसन्न हों स्वामी, प्रसन्न हों। मैं डरता हूँ।

**शकार** : तुम चेट होकर किशशे डरते हो?

**चेट** : स्वामी! परलोक से।

**शकार** : क्या है वह परलोक?

**चेट** : भट्टारक! पाप और पुण्य का परिणाम।

**शकार** : पुण्य का परिणाम क्या है?

**चेट** : जैसे आप तरह-तरह के गहने पहनते हैं!

**शकार** : पाप का नतीजा कैशा है?

**चेट** : जैसा मैं हूँ, पराए अन्न पर पलनेवाला। इसलिए मैं बुरा काम नहीं करूँगा।

**शकार** : तो, नहीं मारेगा?

**चेट** : मुझे मारिए स्वामी! पर मैं बुरा काम नहीं करूँगा। पूर्वजन्म के पापों के फल से तो जन्म से घृणित दास बना हूँ। अब वसंतसेना को मारकर और पाप नहीं कमाऊँगा। मैं बुरा काम नहीं कर सकता।

**वसंतसेना** : भाव! मैं तुम्हारी शरणागत हूँ।

**विट** : काणोलीपुत्र! क्षमा कर दो। क्षमा स्थावरक! तुम धन्य हो! सबसे अपमानित होनेवाला दास भी परलोक के फल की इच्छा करता है, किन्तु इसका स्वामी नहीं करता। जो सुकार्य न करके बुरे काम करते

हैं, वे शीघ्र ही नष्ट क्यों नहीं हो जाते? विधाता भी छिद्रान्वेषी एवं प्रतिकूलगामी है, जो उसने इसे नौकर बनाया और तुम्हें मालिक। अब यह तुम्हारे वैभव का उपभोग नहीं कर पाता और तुम इसकी आज्ञा नहीं मानते।[1]

**शकार :** *(स्वगत)* यह बुड्ढ़ा शूअर विट अधर्म शे डरता है और जन्म शे ही श्थावरक परलोक शे डरता है। किन्तु प्रधान पुरुष मैं राजा का शाला हूँ! मैं किशशे भयभीत होऊँ? *(प्रकट)* अरे! नीच दाशं? चेट! तुम जाओ! किशी छिपने लायक निकुञ्ज में एकान्त में चुपचाप ठहरो।

**चेट :** जैसी प्रभु की आज्ञा! *(वसंतसेना के पास जाकर)* आर्ये! मुझमें इतनी ही सामर्थ्य है।

**शकार :** *(कमर में वस्त्र लपेटते हुए)* ठहर वशंतशेना! मैं मारूँगा तुझे! ठहर जा!

**विट :** *(गला पकड़कर)* मेरे सामने मारोगे?

**शकार :** *(पृथ्वी पर गिर पड़ता है)* भाव! श्वामी को मारते हो? *(मूर्च्छित-सा हो जाता है। फिर होश में आकर)* हर शमय मैंने तुम्हें माँश-घी खिलाकर पाला, पुष्ट किया। आज काम आ जाने पर तुम हमारे शत्रु क्यों हो गए? *(सोचकर)* अच्छा। मैंने उपाय सोच लिया। शिर हिलाकर वृद्ध शियार ने शंकेत दे दिया। तब इशे पीशकर ही वशंतशेना को मारूँगा। यही ठीक है। *(प्रकट)* भाव! मैंने तुमशे जो कहा है कि वशंतशेना को श्वयं मारता हूँ, उशका अभिप्राय तो मात्र तुमशे यह कार्य श्वीकार करवाना था, अन्यथा मुझ जैशा गल्लर्क-तुल्य उच्चकुलोद्भव व्यक्ति ऐशा नीच कार्य कैशे कर शकता है।

**विट :** उच्चता के लिए अच्छे वंश में पैदा होना काफी नहीं है। श्रेष्ठता का कारण तो स्वभाव है। बबूल आदि निम्न कोटि के वृक्ष अच्छी भूमि पर पैदा होकर भी खूब बढ़ते-फैलते हैं।

**शकार :** भाव! वशंतशेना तुम्हारे शामने लज्जित होती है, मुझे श्वीकार नहीं करती। तुम जाओ! श्थावरक चेट मुझशे डरकर भागा जाता है। उशे पकड़कर लाओ। जाओ भाव!

**विट :** *(स्वगत)* उदारता के कारण वसंतसेना इस मूर्ख को हमारे सामने स्वीकार नहीं करती। मैं तनिक एकान्त करूँ। निर्जन में ही विश्वासपूर्ण होने पर दोनों में काम का संचार होगा। *(प्रकट)* अच्छी बात है।

---

1. अर्थात् अपने-अपने गुण-दोषों के अनुसार चेट को मालिक होकर धनोपभोग करना चाहिए था और तुम्हें (शकार को) चेट का आज्ञापालक सेवक होना चाहिए था, किन्तु दैववश ऐसा है नहीं।

**वसंतसेना** : *(आँचल फैलाकर)* मैं शरणागत हूँ।

**विट** : डरो मत वसंतसेना, डरो मत! काणेलीपुत्र शकार! वसंतसेना तुम्हारे हाथ एक धरोहर है। समझे?

**शकार** : अच्छा। यह मेरे पाश धरोहर के रूप में रहे।

**विट** : सच?

**शकार** : शच।

**विट** : *(कुछ दूर जाकर)* मेरे जाने पर यह पापी इसे मार डालेगा। छिपकर इसके काम देखूँ। *(निर्जन में छिप जाता है।)*

**शकार** : अच्छा, मारूँगा। लेकिन कहीं छल से यह धूर्त ब्राह्मण बुड्ढा शियार छिपकर न देख रहा हो! तो मैं भी धूर्तता करता हूँ। *(फूल चुनकर अपने अंग सजाता है।)* बाले! बाले! वशंतशेने! आओ!

**विट** : अरे, कामी है! अहा! मैं निवृत्त हुआ। निश्चिन्त हुआ। अब चलूँ *(प्रस्थान)*

**शकार** : शोने के गहने देता हूँ। प्रिय वाणी बोलता हूँ, पगड़ी-शहित तुम्हारे चरणों पर झुकता हूँ। फिर भी हे शुन्दर दन्तपंक्तिवाली! तुम मुझे नहीं चाहतीं! क्या शेवकों के प्रति श्वामी का यह कष्ट-भरा व्यवहार ठीक है?

**वसंतसेना** : इसमें क्या सन्देह है! *(सिर नीचा कर)* हे नीच! तुम तो अपने व्यवहार से अधम हो! तुम मूर्ख हो। क्या मुझे धन से जीतना चाहते हो! सुन्दर चरित्र और निर्मल रूपवाले कमल को छोड़कर क्या भौंरे कहीं और जाते हैं? अच्छे कुलवाले सदाचारी पुरुष गरीब भी हों तो यत्नपूर्वक उनकी सेवा करनी चाहिए। वेश्या के लिए तो प्रणय तभी ठीक है जब समान गुणवाला पुरुष मिले। मैं आम्रवृक्ष की सेवा करके क्या पलाश को पसन्द कर सकती हूँ।

**शकार** : दाशीपुत्री! तू निर्धन चारुदत्त को आम का पेड़ और मुझे पलाश कहती है? किंशुक भी नहीं कहा मुझे? मुझे गाली देकर तू आज भी उशीकी याद करती है?

**वसंतसेना** : जो हृदय में बैठा हो, क्या उसीकी याद नहीं की जाती?

**शकार** : तेरे मन में बैठे चारुदत्त और तुझको एकशाथ ही पीशकर चूरन बनाता हूँ। दरिद्र चारुदत्त को चाहती है? ठहर! ठहर तो शही!

**वसंतसेना** : कहो! कहो! फिर कहो! ये अक्षर ही पूजनीय हैं!

**शकार** : दाशीपुत्र दरिद्र चारुदत्त तेरी रक्षा करे।

**वसंतसेना** : यदि मुझे देखेंगे तो अवश्य बचाएँगे!

**शकार** : क्या वह चारुदत्त इन्द्र है, या बालि का पुत्र महेन्द्र है? या रम्भा

का पुत्र कालनेमि है? शुबन्धु है या राजा रुद्र है? द्रोण का पुत्र जटायु है या चाणक्य? धुन्धुमार है कि त्रिशंकु! ये शब भी तेरी रक्षा नहीं कर शकते। जिश तरह भारत-युग में चाणक्य ने शीता को मारा था, और जटायु ने द्रौपदी को मारा था, वैशे ही मैं भी तुझे मारूँगा।

**वसंतसेना** : हा माता! तुम कहाँ हो! हा आर्य चारुदत्त! यहाँ मैं अधूरे मनोरथ लिए मरती हूँ। मैं चिल्लाकर रोऊँ। पर यह तो मेरे लिए लज्जा का विषय होगा। आर्य चारुदत्त को नमस्कार।

**शकार** : अब भी यह गर्भदाशी उश पापी का नाम ले रही है! *(गला दबाते हुए)* श्मरण कर उशका गर्भदाशी! श्मरण कर!।

**वसंतसेना** : आर्य चारुदत्त को नमस्कार है...

**शकार** : मर जा गर्भदाशी। मर! *(गला घोंटकर मारता है। वशंतसेना मूर्च्छित और निश्चेष्ट होकर गिर जाती है।)*

**शकार** : *(प्रसन्नता से)* पापों की खान, दुर्व्यवहार की निवाश-भूमि, जीर्णोद्यान में आए चारुदत्त शे रमण करने आई इश अनुरागिणी वशंतशेना को शमय के फेर शे पाकर मैं जान शे मारकर क्या अपनी भुजाओं को दिखाऊँ! यह मेरे श्वाश लेने-मात्र शे उशी प्रकार मर जाएगी जैशे भारत-युग में शीता मरी थी। मैं इतना प्रेम करता हूँ, फिर भी यह मुझे नहीं चाहती? मेरी भुजाओं ने इशे भयभीत किया, शूने पुष्पकरण्डक जीर्णोद्यान में यह डराई गई। वह मेरा भाई, मेरा पिता, और द्रौपदी-शी मेरी माता वंचित ही रह गई जिशने अपने पुत्र की ऐशी वीरता नहीं देखी! अच्छा, अब वह वृद्ध श्रृगाल विट आएगा। दूर हटकर बैठ जाऊँ। *(दूर हट जाता है।)*

**विट** : *(चेट के साथ आकर)* स्थावरक चेट को मैं समझाकर ले आया हूँ। काणेलीपुत्र शकार को देखूँ। *(घूमकर और देखकर)* अरे रास्ते में पैरों पर पड़ी है! इस अधम ने तो स्त्री को मार डाला! ओ पापी! तूने यह नीचे कार्य क्यों किया? तुझ पापी के इस अधःपतन और स्त्री-वध को देखने से हम भी पतित हो गए! सचमुच! अकारण ही इस वसंतसेना के प्रति मेरा मन शंका से भर गया था। देवगण हर प्रकार से कल्याण करेंगे। *(शकार के पास जाकर)* काणेलीपुत्र! मैं स्थावरक चेट को समझकर ले आया हूँ।

**शकार** : भाव! तुम्हारा श्वागत है। पुत्रक! श्थावरक! चेट! तुम्हारा भी श्वागत है।

**चेट** : अच्छा।

**विट** : मेरी धरोहर लाओ।

**शकार** : कैशी?

**विट** : वसंतसेना।

**शकार** : वह तो गई।

**विट** : कहाँ?

**शकार** : आपके पीछे-पीछे!

**विट** : *(सोचकर)* उधर तो वह नहीं गई।

**शकार** : तुम किधर गए थे?

**विट** : पूर्व की ओर।

**शकार** : तो वह दक्षिण की ओर गई है।

**विट** : मैं तो दक्षिण की ओर गया था।

**शकार** : तो वह उत्तर की ओर गई है।

**विट** : घबराकर क्या कह रहे हैं! आपकी अन्तरात्मा अशुद्ध हो रही है, इस लिए सच-सच कहिए।

**शकार** : तुम्हारे माथे को अपने पाँवों से छूकर कशम खाकर कहता हूँ, हृदंय को थामकर शुनो—मैंने वशंतशेना को मार डाला।

**विट** : *(दुःख-सहित)* सचमुच मार डाला!

**शकार** : यदि मेरी बात पर विश्वास नहीं करते तो पहले राजा के शाले शंश्थानक की वीरता देखो! *(पड़ी हुई वसंतसेना को दिखाता है।)*

**विट** : हाय! मैं अभागा तो मर गया। *(मूर्च्छित होकर गिरता है।)*

**शकार** : अरे, अरे, भाव! मरा!

**चेट** : भाव! धैर्य धारण करिए! धैर्य रखिए! बिना सोचे उसे गाड़ी पर लाकर पहले तो मैंने ही उसे मार डाला।

**विट** : *(धैर्य धारण करके, करुणा-भरे स्वर में)* हा वसंतसेना! दाक्षिण्य की नदी लुप्त हो गई। रति स्वदेश को लौट गई। हाय! अलंकारों की शोभा! ओ रे सुन्दर मुखवाली! लीला-विलास के रस को जगानेवाली! सौजन्य की नदी! हासपुलिने! आज कामदेव की हाट लुट गई। *(रोता हुआ)* दारुण कष्ट है, दारुण वेदना है। ऐसा काम करने से तुम्हारा क्या लाभ हुआ! पापी! तुमने निर्दोष उज्जयिनी की लक्ष्मी को मार डाला *(स्वगत)* अरे! कहीं यह पापी इस नीच कार्य को मुझपर न रख दे। तो मैं यहाँ से चलूँ।

**[शकार आकर विट को पकड़ता है।]**

**विट** : पापी! मुझे मत छू! तेरा प्रयत्न बेकार है। मैं जाता हूँ।

**शकार** : अरे श्वयं ही वशंतशेना को मारकर और मुझपर कलंक लगाकर तू कहाँ भाग जाता है! इश शमय मैं ऐशा अनाथ हो गया!

**विट** : तू अधः पतित है।

**शकार** : शौ के बराबर धन दूँगा। शुवर्णमुद्रा दूँगा। बीश कौड़ी शहित कार्षापण[1] दूँगा। वशंतशेना को मारने का मेरा दोष किशी अन्य शाधारण मनुष्य पर लगा दो।

**विट** : तुम्हें धिक्कार है! यह तुमपर ही रहेगा।

**चेट** : पाप शान्त हो।

**[शकार हँसता है।]**

**विट** : बेकार हँसी छोड़ो। मेरी तुमसे अब प्रीति नहीं निभेगी। ऐसी मित्रता को धिक्कार है, जिससे अपमान एवं दुर्जनता की दुर्गन्ध आती है। तुमसे मेरा मिलन कभी न हो। बिना डोरी के टूटे धनुष की भाँति तुम्हें मैं छोड़कर जाता हूँ।

**शकार** : भाव! प्रशन्न हो! प्रशन्न हो! आओ! इश कमलवाले शरोवर में प्रवेश करके क्रीड़ा करें।

**विट** : तुम्हारे साथ रहने पर लोक ही नहीं, स्वयं मैं भी ऐसी हालत में अपने को पापी समझूँगा। स्त्री के हत्यारे, तुझको जब नगर की स्त्रियाँ कनखियों से देखेंगी तब मैं क्या प्रसन्न होकर तेरा स्वागत करूँगा? *(करुणा-सहित)* वसंतसेना! सुन्दरि! अगले जन्म में भी तू वेश्या न होना। चरित्र-गुणों से युक्त वसंतसेना! तुम किसी निर्मल कुल में जन्म लेना।

**शकार** : मेरे पुष्पकरण्डक नामक जीर्णोद्यान में तुमने वशंतशेना को मारा है, अब कहाँ भागे जाते हो? आओ! मेरी बहिन के पति राजा पालक के शामने अपने दोष का उत्तर दो। *(पकड़ता है।)*

**विट** : *(तलवार खींचकर)* अरे, ठहर नीच!

**शकार** : *(डर से हटकर)* अरे, तुम तो डर गए? तो जाओ।

**विट** : *(स्वगत)* अब यहाँ ठहरना ठीक नहीं। अच्छा, जहाँ आर्य शर्विलक, चन्दनक आदि गए हैं, वहीं मैं भी जाऊँ। *(प्रस्थान)*

**शकार** : मर जाओ! अरे श्थावरक! पुत्रक! मैंने कैशा काम किया?

**चेट** : स्वामी, बहुत बुरा किया।

**शकार** : अरे चेट! क्या कहता है, मैंने बुरा काम किया? अच्छा, हो शकता है। *(अपने अनेक गहने उतारकर)* ले ये आभूषण मैंने तुझे दिए। जब तक मैं तुझे शजाऊँ तब तक तू मेरे लिए कोई और ही बन जा।

**चेट** : ये आभूषण तो आप ही के शरीर में अच्छे लगते हैं। मैं इनका क्या करूँगा?

---

1. एक सिक्का

**शकार** : तब जा! इन बैलों को लेकर मेरे महल की नई बनी वीथी में चलकर ठहर! तब तक मैं भी आता हूँ।

**चेट** : जैसी प्रभु की आज्ञा। *(प्रस्थान)*

**शकार** : आत्मरक्षा के लिए विट तो भाग गया; चेट को भी महल की नई वीथी में बेड़ी डालकर रख दूँगा। यों रहश्य गुप्त रह जाएगा। तब चलूँ। इशे तो देख लूँ। मर भी गई या नहीं? या फिर मारूँ? यह तो पूरी तरह शे मर गई है। अच्छा इश वश्त्र से ढँक दूँ। पर इश वश्त्र पर तो नाम लिखा है, कोई आर्य पुरुष पहचान जाएगा। अच्छा! वायु शे इकट्ठे हुए इन शूखे पत्तों से ढँक दूँ। *(पत्तों से ढँककर, सोचकर)* यही ठीक है। अब न्यायाधीश के पाश जाकर अभियोग लिखवा दूँ कि धन के लोभ शे आर्य चारुदत्त ने मेरे पुष्पकरण्डक जीर्णोद्यान में वशंतशेना को ले जाकर मार डाला। निर्मल नगरी में चारुदत्त के विनाश के लिए दारुण पशुहत्या की भाँति मैं यह नया छल करता हूँ। अब चलना चाहिए। *(चलकर और भय से देखकर)* अरे भयानक! जिश-जिश राश्ते शे जाता हूँ यह दुष्ट भिक्षु भी चीवर लिए उधर शे ही आता है। मैंने इशकी नाक छेदकर इशको निकलवाया है, इशलिए यह मेरा शत्रु कहीं यह न कह दे कि इशीने मारा है। तब किधर जाऊँ? *(देखकर)* अच्छा इश अधगिरी चहारदीवारी को लाँघ के निकल जाऊँ! जिश प्रकार लंका नगरी जाते शमय शीघ्रता में हनुमान आकाश, पाताल, पृथ्वी और महेन्द्र पर्वत के शिखर पर चढ़कर गया था, उशी प्रकार मैं भी इश चहारदीवारी पर चढ़कर जाता हूँ।

**संवाहक भिक्षु** : *(बिना परदा गिरे प्रवेश करके)* मैंने चीवर धो लिया। क्या इसे वृक्ष की शाखा पर सुखाऊँ? पर वहाँ बन्दर इसे फाड़ डालेंगे। तो क्या धरती पर सुखाऊँ? यहाँ धूलि लग जाएगी। तब फैलाकर कहाँ सुखाऊँ? *(देखकर)* ठीक है। हवा के झोंके से सूखे पत्तों का ढेर इकट्ठा हो गया है, इसपर फैला दूँ। *(फैलाकर)* बुद्ध को प्रणाम है। *(बैठता है।)* धार्मिक अक्षरों को दुहरा लूँ। जिसने पाँचों इन्द्रियों का दमन कर लिया है, वही श्रेष्ठ है। अथवा मुझे तब तक स्वर्ग से कोई लाभ नहीं, जब तक मैं उस बुद्धोपासिका के उपकार को नहीं चुका देता, जिसने दस सुवर्ण देकर मुझे जुआरियों से छुड़ाया था। मैं तो समझता हूँ, उसने मुझे तभी से खरीद लिया। *(देखकर)* पत्तों में से कौन साँस ले रहा है? अथवा वायु और सूखे पत्ते चीवर के पानी से भीग गए हैं, तभी फैल रहे हैं, जैसे पक्षी फुदक रहे हों।

**[होश में आकर वसंतसेना हाथ हिलाती है।]**

**भिक्षु** : अरे! रे! सुन्दर गहने पहने स्त्री का हाथ निकलता है? ऐं! वह दूसरा भी निकला! *(सोचकर)* मैं इस हाथ को पहचानता-सा हूँ। अरे सच! यह वही हाथ है, जिसने मुझे जुआरियों से अभयदान दिया था। अच्छा, देखूँ। *(अभिनयपूर्वक पत्ते हटाकर देखकर, पहचानकर)* यही बुद्धोपासिका है।

**[वसंतसेना पानी के लिए इशारा करती है।]**

**भिक्षु** : जल माँगती है। बावड़ी तो दूर है। अब यहाँ मैं क्या करूँ? अच्छा, इस चीवर को इसपर निचोड़ दूँ। *(निचोड़ता है।)*

**[वसंतसेना चैतन्य होकर उठती है। भिक्षु वस्त्र से हवा करता है।]**

**वसंतसेना** : आर्य आप कौन हैं?

**भिक्षु** : बुद्धोपासिका! क्या तुम मुझे नहीं पहचानतीं? मुझे तुमने दस सुवर्ण में खरीदा है।

**वसंतसेना** : याद आता है। पर जैसे आप कहते हैं, वैसे नहीं। उपहास करना व्यर्थ है।

**भिक्षु** : बुद्धोपासिके! यह दशा कैसे?

**वसंतसेना** : *(दुःख से)* वेश्याओं के अनुरूप ही है।

**भिक्षु** : इस वृक्ष के पास की लता का सहारा लेकर बैठो बुद्धोपासिके! उठो! उठो! *(लता को झुकाता है। वसंतसेना लता पकड़कर उठती है।)*

**भिक्षु** : इस विहार में मेरी धर्म की बहिन रहती है। धैर्य धारण करके उस उपासिका के घर चलो। धीरे-धीरे चलो बुद्धोपासिके! *(घूमता है, फिर देखकर)* शीघ्र चलो आर्ये, शीघ्र चलो! यह युवती स्त्री है, और यह शुद्ध भिक्षु। मेरा धर्म ही यह है। जो किसी की वस्तु नहीं लेता, झूठ और बुरे वचन नहीं कहता, जो इन्द्रियों को वश में किए है, उस शुद्ध-पवित्र मनुष्य का राजकुल कर ही क्या सकता है? उसके हाथ में तो परलोक भी स्थिर ही है। *(प्रस्थान)*

**[वसन्तसेना-मोटन (अर्थात् गला घोंटना) नामक आठवाँ अंक समाप्त]**

# नवाँ अंक

**[शोधनक प्रवेश करता है।]**

**शोधनक :** मुझे न्यायालय के कार्यकर्ताओं ने आज्ञा दी है कि मैं न्याय-मण्डप में जाकर आसनों को सुसज्जित करूँ। तो चलूँ। *(घूमकर और देखकर)* यही न्याय-मण्डप है। इसमें प्रवेश करूँ। *(भीतर जाकर, सफाई करके, आसन रखकर)* मैंने सफाई कर दी। और आसन भी ठीक रख दिए। अब न्याय-विचारकों से जाकर निवेदन करूँ। *(घूमकर और देखकर)* राजा का दुष्ट और खल साला इधर ही क्यों आ रहा है? मैं इसकी नज़र बचाकर निकल चलूँ।

**[एकान्त में खड़ा हो जाता है। शुभ्र वस्त्र पहने शकार का प्रवेश]**

**शकार :** मैं उपवन में युवती श्त्रियों के शाथ गन्धर्व के शमान श्नान कर चुका हूँ। कभी मैंने उनके केश बाँधे, कभी जूड़ा बनाया और योंही लटकते रहने दिया; क्षण में उन्हें बिखरा दिया और क्षण में ही मैंने उनकी वेणी गूँथ दी। यों मैं राजा का शाला चित्र-विचित्र रूप धारण करता हूँ। कमल-नाल में घुशे कीड़े की तरह छेद खोजते शमय मैंने खूब बड़ा छेद बना दिया![1] इश महान अपराध को किशपर थोपूँ? *(याद करके)* अहा! याद आया। इश नीच कृत्य को चारुदत्त पर लगा दूँ। वह गरीब है, उशपर शब कुछ लागू हो शकता है। पहले न्याय-मण्डप में जाकर अभियोग लिखवा दूँ कि उशने गला घोंटके वशंतशेना को मार डाला। तो वहीं चलूँ। *(घूमकर, देखकर)* आ गया न्याय-मण्डप। इशमें चलूँ। *(प्रवेश करके देखकर)* आशन तो लगाए जा चुके हैं। जब तक यहाँ के कार्यकर्ता आएँ मैं ज़रा इश दूबवाले आँगन में बैठकर उनकी बाट जोह लूँ। *(बैठता है।)*

**शोधनक :** *(दूसरी ओर घूमकर, देखकर)* न्यायकर्मचारी आ रहे हैं। पास चलूँ। *(प्रस्थान)*

---

1. अर्थात वसंतसेना की हत्या कर दी।

[श्रेष्ठि कायस्थ आदि से घिरे न्यायाधीश का प्रवेश]

**न्यायाधीश** : अरे श्रेष्ठि कायस्थ!

**श्रेष्ठि कायस्थ** : आर्य! आज्ञा दें!

**न्यायाधीश** : न्याय के पराधीन होने के कारण वादी-प्रतिवादी के मन की बात जान लेना हम लोगों के लिए कितना कठिन है! वे लोग सचाई और न्याय से हीन, किन्तु तर्कपूर्ण, अभियोग पेश करते हैं। रागाभिभूत होकर अपने दोषों को नहीं देखते। फलतः दोनों पक्षों से परिवर्धित दोष ही राजा तक पहुँच पाता है। संक्षेप में, न्यायाधीश को निन्दा ही हाथ आती है, उसकी कीर्ति तो दूर ही बनी रहती है। सज्जन भी तो यहाँ अपने दोष नहीं बताते। वे भी तर्कसम्मत दोषों का[1] उदाहरण प्रस्तुत करते हैं। वे दोनों पक्षों के दोषों से लिप्त होकर पाप करते हैं। अतः वे भी नष्ट हो जाते हैं, पर संक्षेप में, न्यायाधीश को निन्दा ही हाथ लगती है--उसकी कीर्ति तो दूर ही बनी रहती है। न्यायाधीश को धर्मशास्त्र, नीतिशास्त्र जानना चाहिए। उसे वादी-प्रतिवादी के कपट व्यवहार को समझने में दक्ष होना चाहिए। उसे क्रोध-रहित होना ही ठीक है। वह खूब बोलने में समर्थ हो, मित्र, शत्रु, पुत्र और स्वजनों को एक दृष्टि से देखे। उचित रूप से सबके अभियोगों को सुन-समझकर निर्णय दे। निर्बलों को पालनेवाले, धूर्तों को दण्ड देनेवाले, धर्म में ही सारा लोभ लगाए रखनेवाले न्यायाधीश को असली बात जाँचने में और राजा का कोप दूर करने में लगा रहना चाहिए।

**श्रेष्ठि कायस्थ** : आपमें भी यदि दोष बताया जाता है तो चन्द्रमा को भी अन्धेरा ही कहा जाएगा।

**न्यायाधीश** : भद्र शोधनक! न्याय-मण्डप का मार्ग दिखाओ!

**शोधनक** : आइए-आइए, न्यायाधीश महोदय! आइए।

[सब चलते हैं]

**शोधनक** : आ गया। आप लोग प्रवेश करें।

[सबका प्रवेश]

**न्यायाधीश** : भद्र शोधनक! बाहर जाकर पता लगाओ कि आज विचार-प्रार्थी कौन-कौन हैं?

**शोधनक** : जैसी आपकी आज्ञा। *(बाहर निकलकर)* सज्जनो! न्यायकर्ता पूछते हैं कि आज कौन-कौन न्याय के प्रार्थी बनकर आए हैं?

---

1. गलत निर्णयों का

**शकार** : *(प्रसन्नता से)* उपशिथत हैं न्यायाधीश! *(अहंकार से बढ़कर)* मैं उपशिथत हूँ कार्यार्थी बनकर, श्रेष्ठि पुरुष, मनुष्य वाशुदेव, राजा का शाला! राज्य का शाला!

**शोधनक** : *(घबराया-सा)* हाय रे! सबसे पहले राजा का साला ही कार्यार्थी है? अच्छा आर्य! क्षण-भर ठहरिए! मैं न्यायाधिकारियों से निवेदन करके आता हूँ। *(जाकर)* आर्यगण! राजा का साला कार्यार्थी बनकर न्याय के लिए उपस्थित है।

**न्यायाधीश** : सबसे पहले वही है? जैसे सूर्योदय के समय यदि ग्रहण पड़े तो वह किसी बड़े आदमी की मौत की सूचना देता है, वैसा ही, लगता है, आज न्याय-विचार में भी व्याकुलता छा जाएगी। भद्र! बाहर जाकर कहो कि जाओ! आज तुम्हारे अभियोग पर विचार नहीं होगा।

**शोधनक** : जैसी आर्य की आज्ञा। *(बाहर शकार के पास जाकर)* आर्य! न्यायाधिकारी कहते हैं कि आज आपके अभियोग पर विचार नहीं होगा।

**शकार** : *(क्रोध से)* क्यों नहीं होगा? नहीं होगा तो बहिन के पति राजा पालक शे कहकर, बहिन और माता को शूचना देकर, इश न्यायाधीश को निकलवाकर इशके श्थान पर किशी और को नियुक्त करवाऊँगा। *(जाना चाहता है।)*

**शोधनक** : आर्य! राष्ट्र के साले! क्षण-भर रुकिए, मैं अभी न्यायाधिकारियों से कहकर आता हूँ। *(भीतर जाकर)* राजा का साला कहता है, आर्य! कि वह राजा से कहकर न्यायाधीश बदलवा देगा। यह क्रुद्ध है।

**न्यायाधीश** : यह मूर्ख सब कुछ कर सकता है। भद्र! कह दो कि आओ, तुम्हारे अभियोग पर विचार होगा।

**शोधनक** : *(शकार के पास जाकर)* आर्य! न्यायाधिकारी कहते हैं कि आइए, विचार होगा। चलिए।

**शकार** : पहले कहते हैं—नहीं होगा। अब कहते हैं—होगा। न्यायाधीश डर गए हैं जो कुछ मैं कहूँगा उशी पर विश्वाश करवा लूँगा। चलूँ। *(प्रवेश कर पास जाकर)* हम लोगों को शुख मिले तो तुम लोगों को भी दूँगा, अन्यथा नहीं दूँगा।

**न्यायाधीश** : *(स्वगत)* इस कार्यार्थी की ऐसी निर्भीकता! *(प्रकट)* बैठ जाइए!

**शकार** : अरे! यह तो अपनी भूमि है। जहाँ इच्छा होगी वहीं बैठूँगा। *(श्रेष्ठि से)* यहाँ बैठूंगा *(शोधनक से)* नहीं, यहाँ बैठूँगा *(न्यायाधीश के*

*सिर पर हाथ रखकर)* यहाँ बैठूँगा। *(भूमि पर बैठ जाता है।)*

**न्यायाधीश** : आप कार्यार्थी हैं?

**शकार** : नहीं तो क्या?

**न्यायाधीश** : कहिए, क्या कार्य है?

**शकार** : कान में कहूँगा। मैं विशाल गल्लर्ककुल में जो जन्मा हूँ! मेरे पिता राजा के शशुर हैं, राजा श्वयं मेरे पिता के जमाई हैं, मैं राजा का शाला हूँ, राजा मेरी बहन के पति हैं!

**न्यायाधीश** : सब जानते हैं। कुल की प्रशंसा करने से क्या लाभ? शील ही सबसे मुख्य वस्तु होती हैं अच्छे खेत में कंटीले पेड़ भी खूब फैलते हैं। आप अपना कार्य उपस्थित करिए!

**शकार** : कहता हूँ। मैं अपराध करूँ तब भी राजा मुझे दण्ड नहीं दे शकते। मेरी बहिन के पति राजा ने प्रशन्न होकर मुझे विहार और रक्षा करने को शर्वप्रधान जीर्णोद्यान पुष्पकरण्डक दिया है। वहाँ नित्य देखभाल करने, दुष्टों का दमन करने, बेकार के वृक्ष उखड़वाने को, शिंचाई और घाश कटवाने को मैं जाया करता हूँ। मैंने शंयोग शे वहाँ एक श्त्री का शरीर पड़ा देखा—नहीं नहीं देखा।

**न्यायाधीश** : जानते हैं वह कौन स्त्री मरी पड़ी थी।

**शकार** : ओ न्यायाधिकारियो! क्या मैं उशे नहीं जानूँगा जो उज्जयिनी नगर का शृंगार थी, शौ-शौ आभूषण पहनती थी! किशी कपूत ने क्षणभंगुर धन के लिए शूने पुष्पकरण्डक जीर्णोद्यान में प्रवेश करके, भुजाओं में भींचकर वशंतशेना को मार डाला! मैंने नहीं...*(इतना कहकर ही मुँह को ढक लेता है।)*

**न्यायाधीश** : अरे! यह नगररक्षकों की असावधानी है। ऐ श्रेष्ठि! कायस्थ! सबसे पहले इस विचारणीय शब्द को लिख लीजिए—मैंने नहीं!

**कायस्थ** : जैसी आर्य की आज्ञा *(लिखकर)* आर्य! लिख लिया।

**शकार** : *(स्वगत)* हाय, हाय! दूशरे के अन्न पर पलने वाले आदमी की तरह मैंने घबराहट में आज अपनी ही आत्मा को नष्ट कर दिया। अच्छा! देखा जाएगा।

*(प्रकट)* हे न्यायकर्ताओ! कहता हूँ कि मैंने ही देखा है। तुम लोग कोलाहल क्यों करते हो? *(पैर से लिखे हुए को मिटाता है।)*

**न्यायाधीश** : तुम्हें कैसे पता कि धन के लिए भुजाओं में भींचकर मारा?

**शकार** : आभूषण-विहीन होने शे, गले में हारशूत्रावली न रहने शे, और हर जगह का गहना उतरा होने शे।

**श्रेष्ठि कायस्थ** : यह हो सकता है।

**शकार** : *(स्वगत)* अहा! भाग्य शे मैं फिर जी उठा।

**श्रेष्ठि कायस्थ** : तब इस विवाद के निर्णय के लिए किस मनुष्य की अपेक्षा है?

**न्यायाधीश** : इस विवाद-निर्णय में दुविधा है।

**श्रेष्ठि कायस्थ** : कैसी दुविधा?

**न्यायाधीश** : वाक्यानुसार और अर्थानुसार! जो वाक्यानुसार है उसमें कार्यार्थी के वाक्य से सब निकलता है, और अर्थानुसार न्यायाधीश अपनी बुद्धि से निर्णय करता है।

**श्रेष्ठि कायस्थ** : तब तो इस विवाद-निर्णय के लिए वसंतसेना की माता की अपेक्षा है।

**न्यायाधीश** : यह बात है! शोधनक! बिना किसी घबराहट को फैलाए, वसंतसेना की माता को बुलाओ।

**शोधनक** : अच्छा!

*(जाकर, वसंतसेना की माँ के साथ लौटकर)* आइए, आइए, आर्या!

**वृद्धा** : मेरी पुत्री मित्र के घर अपने यौवन का सुख अनुभव करने गई है। और यह चिरंजीव मुझसे कहता है कि चलो! न्यायाधीश बुलाते हैं! मैं तो मूर्च्छित हुई जा रही हूँ, हृदय काँप रहा है। आर्य! न्याय-मण्डप का रास्ता मुझे बताइए।

**शोधनक** : इस ओर से चलिए, आइए।

**[दोनों चलते हैं।]**

**शोधनक** : यही न्याय-मण्डप है। इसमें प्रवेश करिए।

**[दोनों प्रवेश करते हैं।]**

**वृद्धा** : *(आकर)* श्रेष्ठों का मंगल हो।

**न्यायाधीश** : भद्रे! स्वागत है। बैठिए।

**वृद्धा** : अच्छा (बैठ जाती है।)

**शकार** : *(अहंकार से)* आ गई बुड्ढी कुटनी। आ गई।

**न्यायाधीश** : तुम वसंतसेना की माता हो?

**वृद्धा** : हाँ।

**न्यायाधीश** : इस समय वसंतसेना कहाँ गई है?

**वृद्धा** : मित्र के घर।

**न्यायाधीश** : उसके मित्र का नाम क्या है?

**वृद्धा** : *(स्वगत)* हाय! हाय! यह तो बड़ी लज्जा की बात है। *(प्रकट)* यह तो साधारण जनता का प्रश्न हो सकता है, न्यायाधीश का नहीं।

**न्यायाधीश** : लज्जा मत करो। मैं एक खास बहस को तय करने के लिए पूछ रहा हूँ।

**श्रेष्ठि कायस्थ** : न्याय-व्यवहार पूछ रहा है। इसमें कोई दोष नहीं है, बोलो।

**वृद्धा** : न्याय-व्यवहार के लिए बताऊँ? श्रेष्ठजन सुनें। वह श्रेष्ठि विनयदत्त के नाती, सागरदत्त के पुत्र, स्वनामधन्य आर्य चारुदत्त के घर गई है, जो श्रेष्ठिचत्वर में रहते हैं। मेरी पुत्री उन्हीं के पास अपने यौवन का सुख प्राप्त करने गई है।

**शकार** : आप लोगों ने शुन लिया? इन शब्दों को लिख लीजिए। मेरा विवाद चारुदत्त के शाथ है।

**श्रेष्ठि कायस्थ** : चारुदत्त मित्र है, इसमें कोई दोष नहीं है।

**न्यायाधीश** : यह विवाद-निर्णय चारुदत्त की अपेक्षा करता है।

**श्रेष्ठि कायस्थ** : यह ठीक है।

**न्यायाधीश** : धनदत्त! व्यवहार का प्रथम पाद लिखिए कि वसंतसेना आर्य चारुदत्त के घर गई। क्या हम लोग आर्य चारुदत्त को भी बुलाएँ?—या फिर विवाद ही उन्हें बुलाता है। भद्र शोधनक! जाओ! आर्य चारुदत्त को विनम्र होकर धीरे-धीरे बिना किसी घबराहट के आदरपूर्वक बुलाओ। कहना कि न्यायाधीश विवाद-निर्णय के लिए आपको बुलाते हैं।

**शोधनक** : जैसी आर्य की आज्ञा। *(प्रस्थान, फिर चारुदत्त के साथ प्रवेश)* चलें। आर्य, आएँ!

**चारुदत्त** : *(सोचकर)* राजा मेरे कुल और स्वभाव से परिचित हैं। फिर भी बुलाया है? वास्तव में यह गरीबी ही सन्देह पैदा कर रही है। गरीबी में हर तरह की शंका होती है। *(मन में तर्क करते हुए)* बन्दीगृह से बन्धन तोड़कर भागा हुआ आर्यक मेरे घर के पास आया, और मैंने अपनी ही गाड़ी पर बिठाकर उसे दूर भेज दिया! क्या स्वयं राजा ने यह देख लिया, या किसी चर ने राजा तक यह समाचार पहुँचा दिया जोकि मैं न्यायालय में अपराधी की तरह लाया गया हूँ? तर्क-वितर्क से क्या लाभ? न्यायालय में ही चलूँ *(प्रकट)* भद्र शोधनक! मार्ग दिखाओ!

**शोधनक** : आइए आर्य! आइए!

**[चलते हैं।]**

**चारुदत्त** : *(शंका से भरा हुआ)* और क्या बात हो सकती है? कौआ कठोर शब्द से बोल रहा है। न्यायालय के नौकर बार-बार बुला रहे हैं। मेरी बाईं आँख हठात् फड़क रही है, ये बिना कारण के अपशकुन मुझे व्याकुल कर रहे हैं।

**शोधनक** : आर्य! धीरे-धीरे बिना चिन्ता के इस रास्ते से चले आइए!

**चारुदत्त :** *(घूमकर और देखकर)* सूर्य की ओर मुख करके सूखे पेड़ पर बैठा यह कौआ अपनी बाईं आँख मेरी ओर कर रहा है। इसमें कोई सन्देह नहीं! *(फिर दूसरी ओर देखकर)* अरे! यह सर्प है! काजल-सा काला और नीला है इसका शरीर! जीभ बाहर लपलपा रही है। और मेरी ओर आँखें गड़ाए है। चार उजले दाँत दिखाई पड़ रहे हैं। वायु से भरा हुआ इसका पेट टेढ़ा-मेढ़ा हो रहा है। यह विशाल नागराज मेरे रास्ते में आ पड़ा है। और क्रोध-भरा मेरी ओर आ रहा है! पृथ्वी सूखी है, फिसलनी नहीं, फिर भी मेरे पाँव लड़खड़ा रहे हैं। मेरी बाँहें भी बार-बार काँप रही हैं और यह पक्षी भी निरन्तर मेरे विरुद्ध-सा बोल रहा है। यह अपशकुन मेरी भयानक मृत्यु की सूचना दे रहे हैं। इसमें तो कोई सन्देह नहीं। देवगण मेरा कल्याण करें।

**शोधनक :** आइए आर्य! आइए। यह न्याय-मण्डप है, प्रवेश करें।

**चारुदत्त :** *(भीतर जाकर, चारों ओर देखकर)* वाह! न्याय-मण्डप की कैसी अपूर्व शोभा है! राज-काज में लगे मन्त्री जल जैसे हैं; दूतगण तरंग और शंखों से चंचल हैं। एक किनारे खड़े गुप्तचर मगर और घड़ियाल जैसे हैं। हाथी-घोड़े भयंकर जल-जन्तुओं के से लगते हैं। तरह-तरह से बोलते वादी-प्रतिवादी कंक पक्षी जैसे हैं, और लेखक कायस्थ कुटिल सर्प-से लग रहे हैं। यहाँ नीति ही टूटा हुआ कगारा है। इस प्रकार यह न्यायालय हिंसापूर्ण समुद्र-सा दिखाई देता है। अच्छा। *(प्रवेश करते हुए सिर पर चोट लगने का सा अभिनय करता हुआ, सोचता-सा)* अरे! फिर बाईं आँख फड़की, कौआ बोला। साँप आ गया बीच में। अब देवगण ही कल्याण करें। चलूँ। *(प्रवेश करता है।)*

**न्यायाधीश :** यही चारुदत्त है? ऊँची नाक, कानों तक फैले विशाल लोचन! ऐसा आदमी दोष लगाने लायक नहीं हो सकता। हाथी, गाय, घोड़ा और मनुष्य, इनके रूप से इनके चरित्र का पता लगता है।

**चारुदत्त :** न्यायकर्ताओं का कल्याण हो! आप सकुशल तो हैं?

**न्यायाधीश :** *(कुछ सकपकाकर)* आपका स्वागत है आर्य! भद्र शोधनक! आर्य के लिए आसन लाओ।

**शोधनक :** *(आसन लाकर)* लीजिए। आप बैठें।

**[चारुदत्त बैठता है।]**

**शकार :** *(क्रोध से)* आ गए श्त्रीघातक! आ गए! अरे न्याय-निर्णय है! धर्म-निर्णय है!!—तो इश श्त्रीघातक को आशन दिया जा रहा है?

*(अहंकार से)* अच्छा दीजिए! दीजिए!

**न्यायाधीश** : आर्य चारुदत्त! इस आर्या की पुत्री से आपका रमण, प्रणय या प्रेम का सम्बन्ध है?

**चारुदत्त** : किसकी?

**न्यायाधीश** : इसकी *(इशारे से वसंतसेना की माँ को दिखाता है।)*

**चारुदत्त** : *(उठकर)* आर्या का अभिवादन करता हूँ।

**वृद्धा** : वत्स! चिरंजीव हो! *(स्वगत)* यही वह चारुदत्त है! मेरी पुत्री ने योग्य पुरुष को यौवन अर्पित किया है।

**न्यायाधीश** : आर्य! गणिका आपकी मित्र है?

**[चारुदत्त लज्जित होता है।]**

**शकार** : ओ झूठे! लज्जा और कायरता शे अपने चरित्र की रक्षा करना चाहते हो? धन के कारण श्वयं श्त्री-हत्या करके उशे अब छिपाना चाहते हो? यह शाधुजनों के लिए उचित नहीं है।

**श्रेष्ठि कायस्थ** : आर्य चारुदत्त! बताइए। लज्जा न करें। यह व्यवहार का स्थान है।

**चारुदत्त** : *(झेंपता हुआ)* हे न्यायाधिकारीगण! यह मैं कैसे कहूँ कि गणिका मेरी मित्र है। इस विषय में केवल यौवन अपराधी है, चरित्र नहीं।

**न्यायाधीश** : यह व्यवहार बड़ा विघ्नपूर्ण है। इसलिए मन की लज्जा दूर करो और सच-सच कहो। धैर्य धारण करके चुप रह जाना ठीक नहीं है, यहाँ कपट-भरी बातें काम नहीं देतीं। लज्जा हो चुकी। यह प्रश्न तुमसे न्याय-निर्णय करता है।

**चारुदत्त** : अधिकारीगण! मेरा विवाद-निर्णय किससे है?

**शकार** : *(दर्प से)* अरे! मेरे शाथ है, मेरे!

**चारुदत्त** : यह तो अत्यन्त दुस्सह है।

**शकार** : अरे श्त्री-हत्या करने वाले! शैंकड़ों शोने के शुन्दर-शुन्दर आभूषण पहनी वशंतशेना को मारकर अब कपट और धूर्तता करके उशे छिपाना चाहता है?

**चारुदत्त** : क्या बे-सिर-पैर की बकते हो?

**न्यायाधीश** : आर्य चारुदत्त! बस बहुत हुआ। सत्य कहिए। क्या गणिका आपकी मित्र थी।

**चारुदत्त** : हाँ।

**न्यायाधीश** : आर्य! वसंतसेना कहाँ है?

**चारुदत्त** : घर गई।

**श्रेष्ठि कायस्थ** : कैसे गई? कब गई? किसके साथ गई?

**चारुदत्त :** *(स्वगत)* क्या यह कह दूँ कि वह गुप्त रूप से गई है?

**श्रेष्ठि कायस्थ :** कहिए आर्य!

**चारुदत्त :** घर गई, और क्या कहूँ?

**शकार :** मेरे पुष्पकरण्डक जीर्णोद्यान में ले जाकर धन के कारण बाहुओं में भींचकर उशे मार डाला और अब कहता है कि वह घर चली गई?

**चारुदत्त :** ओ अनर्गल प्रलाप करनेवाले! आकाश में मेघ-से सुनहले चातक की तरह तुम्हारी चोंच नहीं भीगी है। हेमन्त के कमल की तरह तुम्हारा मुँह झूठ बोलने से मलिन हो रहा है।

**न्यायाधीश :** *(धीरे से)* हिमालय को उठाने के समान, सागर को लाँघने को समान, वायु को वस्त्र में बाँधने के समान चारुदत्त पर यह दोष लगाना असम्भव है। *(प्रकट)* आर्य चारुदत्त इस अकार्य को कैसे कर सकते हैं? ऊँची नाक, विशाल लोचन की भव्य आकृति देखकर ही चरित्र का पता चलता है।

**शकार :** कैशा पक्षपात हो रहा है!

**न्यायाधीश :** धिक् मूर्ख! अधम व्यक्ति होते हुए भी तुम वेदार्थ बोलते हो, फिर भी तुम्हारी जीभ नहीं गिर पड़ती? दुपहर का तेज़ सूरज देखते हो और आँखें नहीं चौंधिया जातीं? धधकती आग में हाथ देते हो और फिर भी वह भस्म नहीं हो जाता? चारुदत्त पर झूठा अभियोग लगाकर अपना चरित्र दूषित करते हो, फिर भी पृथ्वी तुम्हारी देह को नहीं निगल जाती? आर्य चारुदत्त ऐसा बुरा काम कैसे कर सकेगा? उसके कारण समुद्र में से हीरे निकल गए, केवल जल-भरा रह गया है। जिसने इतना दान किया कि स्वयं के लिए कुछ भी बाकी नहीं रखा, वह कल्याण का अनुपम वासस्थल महात्मा चारुदत्त, जो शत्रु तक का धन नहीं लेता, धन के लिए ऐसा पाप करेगा?

**शकार :** कैशा पक्षपात हो रहा है?

**वृद्धा :** हाय! इसने तो उस दिन धरोहर रखे सुवर्ण आभूषण के रात में चोरी चले जाने पर उसके बदले अत्यन्त अमूल्य रत्नावली दे दी थी! वह क्या क्षणभंगुर वैभव के लिए ऐसा बुरा काम कर सकता है? हा बेटी! आ जा मेरी बेटी! *(रोती है।)*

**न्यायाधीश :** आर्य चारुदत्त! क्या वह पैदल गई थी? या गाड़ी पर गई थी?

**चारुदत्त :** वह मेरे सामने नहीं गई। मैं नहीं बता सकता।

**वीरक :** *(क्रोध-सहित प्रवेश कर)* चंदनक ने लात मार दी है, मैं उसका घोर शत्रु हूँ। उससे बदला लूँगा। यही सोचते रात बीतकर सवेरा

हो गया। अब न्याय-मण्डप में चलूँ *(प्रवेश कर)* आप सभ्यगण! सकुशल तो हैं?

**न्यायाधीश** : ओह, नगर-रक्षक वीरक! वीरक, तुम्हारे आने का कारण?

**वीरक** : आर्यक बन्धन तोड़कर भाग निकला। उसे खोजते-खोजते देखा, पर्दो से ढँकी एक गाड़ी जा रही थी। कहीं वही न हो, यह देखने को मैं चंदनक के बाद उस गाड़ी को देखना चाहता था कि चंदनक ने मुझे लातें मारीं। मैं न्याय के लिए आया हूँ।

**न्यायाधीश** : किसकी थी वह गाड़ी भद्र?

**वीरक** : इस आर्य चारुदत्त की। वसंतसेना उसपर बैठी थी, गाड़ीवान ने कहा था कि पुष्पकरण्डक जीर्णोद्यान में विलास करने जा रही है।

**शकार** : आप लोगों ने शुन लिया न?

**न्यायाधीश** : चाँदनीवाला यह चन्द्रमा राहु की चपेट में आ गया है। शुद्ध जल किनारे के गिरने से गन्दला हो रहा है। वीरक! तुम्हारा न्याय पीछे होगा। न्यायालय के द्वार पर जो घोड़ा है, उसपर चढ़कर पुष्पकरण्डक जीर्णोद्यान में जाकर देखो, वहाँ कोई मरी स्त्री पड़ी है या नहीं?

**वीरक** : जैसी आर्य की आज्ञा। *(प्रस्थान। पुनः प्रवेश कर)* वहाँ से हो आया। स्त्री की देह भी देखी, किन्तु उसे जन्तु खा रहे थे।

**श्रेष्ठि कायस्थ** : तुमने कैसे जाना कि वह स्त्री की देह थी?

**वीरक** : उसके अविशिष्ट बालों और हाथ-पाँवों से।

**न्यायाधीश** : अरे! लोक-व्यवहार कितना विषम है। इसे धिक्कार है! जितनी ही सूक्ष्मता से देखता हूँ उतना ही संकट बढ़ता लगता है। नीति से सोचता हूँ तो मेरी बुद्धि कीचड़ में फँसे बैल-सी सकते-से में पड़ गई है।

**चारुदत्त** : *(स्वगत)* जैसे कली के खिलते ही उसका रस पीने कई भौंरे उसपर एक साथ आ टूटते हैं, वैसे ही आपत्ति के समय मनुष्य की एक भूल पर अनेक विपत्तियाँ आ एकत्र होती हैं।

**न्यायाधीश** : आर्य चारुदत्त! सच-सच कहो।

**चारुदत्त** : क्या इस संसार में दूसरे के गुणों से जलनेवाले, बुरी आत्मा वाले, काम से अन्धे, परहानिरत, दुर्जनतावश दूसरों पर दोष लगानेवाले की बात माननी चाहिए? क्या ऐसा व्यक्ति अविचारणीय नहीं होता? मैं तो फूल लेने के लिए प्रफुल्लित लता को भी नहीं झुकाता, वही मैं, भौंरे जैसे नीले केशवाली के लम्बे केश खींचकर रोती हुई कामिनी को कैसे मार सकता हूँ।

**शकार** : न्यायाधिकारियों! क्या आप पक्षपात शे मामले का निर्णय कर रहे

हैं? अभी तक यह जवाब देने में हताश चारुदत्त आशन पर बैठा हुआ है?

न्यायाधीश : भद्र! शोधनक! यही करो!

**[शोधनक चारुदत्त को आसन से उतारता है।]**

चारुदत्त : विचार करो, अधिकारियों, विचार करो।

**[आसन से उतर भूमि पर बैठ जाता है।]**

शकार : *(स्वगत, हर्ष से नाचकर)* अहा! मैंने अपना पाप दूशरे पर थोप दिया। जहाँ चारुदत्त बैठता, वहाँ मैं बैठा हूँ और उशपर हँशता हूँ। *(हँसकर)* चारुदत्त! देखो, मुझें देखो! अब कहो—वशंतशेना को मैंने मारा है।

चारुदत्त : अरे अधिकारियों! *(निःश्वास लेकर)* दुष्ट का क्या ठिकाना! मैत्रेय! इस आपत्ति से मैं कैसे मर रहा हूँ। हा धूते! तुम पवित्र ब्राह्मण-कुल में जन्मी! हा रोहसेन! तू मेरी विपत्ति नहीं देख रहा! तू व्यर्थ ही झूठे खेल में मग्न होकर प्रसन्न होता है! और मैत्रेय नहीं लौटा? उसे मैंने वसन्तसेना के पास इसलिए भेजा है कि वह उसका हालचाल ले आए, और साथ ही, वसन्तसेना जो रोहसेन को शकटिका के निर्माण के लिए अलंकार दे गई थी, उसे लौटा आए।

**[आभूषण लिए विदूषक का प्रवेश]**

विदूषक : मुझे अलंकारों को लेकर आर्य चारुदत्त ने वसंतसेना के पास भेजा है, कि सब लौटा आऊँ। चलूँ। *(घूमकर और आकाश की ओर देखकर)* क्या कहा? क्या कहा? विद्वान रेभिल! तुम इतने व्यस्त क्यों हो? *(सुनकर)* क्या कहते हो? प्रिय मित्र चारुदत्त को न्यायालय में बुलाया गया है? तब कोई बड़ी बात होगी। *(सोचकर)* वसंतसेना के पास फिर जाऊँगा। पहले न्याय-मण्डप चलूँ *(घूमकर और देखकर)* यही तो है। चलूँ भीतर *(प्रवेश कर)* अधिकारीगण सकुशल तो हैं। मेरे प्रिय सखा कहाँ हैं?

न्यायाधीश : यहाँ बैठे हैं।

विदूषक : मित्र! तुम्हारा कल्याण हो।

चारुदत्त : होगा!

विदूषक : आप सकुशल तो हैं?

चारुदत्त : होंगे।

विदूषक : क्या बात है? ऐसे उद्विग्न क्यों हैं? यहाँ क्यों बुलाए गए हैं?

चारुदत्त : मित्र! मुझ कठोर परलोक को न जानने वाले ने वसंतसेना को ...*(शकार की ओर दिखाकर)* इसीसे पूछ।

**विदूषक** : क्या? क्या?

**चारुदत्त** : *(कान में)* समझे?

**विदूषक** : कौन कहता है यह?

**चारुदत्त** : *(शकार की ओर इशारा करता है।)* यह क्षुद्र तो प्रकट कारण है। वैसे वास्तव में दैव ही यह कह रहा है।

**विदूषक** : *(धीरे से)* यह कौन नहीं कहता कि वह घर गई है?

**चारुदत्त** : कहूँ तो भी दरिद्र की सुनता कौन है?

**विदूषक** : आर्यो! जिसने गरीबों के लिए घर बनवाए, बौद्ध-विहार, उद्यान, देवमन्दिर, सरोवर, कुएँ और यज्ञ-स्तम्भ बनवाकर उज्जयिनी नगरी को सुन्दर बनवाया, वह गरीब क्या क्षणभंगुर धन के लोभ में पड़कर ऐसा बुरा काम कर सकता है? *(क्रोध से)* ओ काणेलीपुत्र! राजा के साले संस्थानक! नीच, उच्छृंखल! जनता को दूषित करनेवाले सोने के गहनों से सजे बन्दर! कह! मेरे सामने कह। जो मेरा मित्र माधवीलता के फूल तोड़ते हुए भी लता को इसलिए नहीं झुकाता कि कहीं पत्ते न टूट जाएँ, वह दोनों लोकों के विरुद्ध ऐसा काम कैसे कर सकता है! ठहर कुटनी के पुत्र! आ तेरे हृदय के समान कुटिल इस काठ के डण्डे से तेरे सिर को टुकड़े-टुकड़े करता हूँ।

शकार : *(क्रोध से)* शुनिए-शुनिए आर्यगण! मेरा विवाद यदि चारुदत्त शे है तो यह कौए के पाँव जैसे माथेवाला क्यों मेरे शिर के टुकड़े-टुकड़े करना चाहता है! दाशीपुत्र! ऐशा मत बोल! दुष्ट ब्राह्मण!

**[विदूषक डण्डा लेकर 'ठहर अभी बताता हूँ' कहता है कि शकार क्रोध से उठकर उसे मारता है। विदूषक भी उसे मारता है। आपस में मारपीट करते-करते विदूषक की काँख से सोने के गहने गिर पड़ते हैं।]**

शकार : *(उन्हें उठाकर भय से)* देखें, देखें! आर्यगण! ये उशी तपश्विनी के आभूषण हैं। *(चारुदत्त को दिखाकर)* इन्हीं क्षणभंगुर गहनों के कारण वह मारी गई।

**[सारे अधिकारियों के सिर नीचे हो जाते हैं।]**

चारुदत्त : *(धीरे से)* भाग्य के दोष से, विपत्तिग्रस्त अधिकारियों से घिरे हुए मेरे लिए ये अलंकार तो बस आफत कर देंगे।

विदूषक : सच बात क्यों नहीं कह देते?

चारुदत्त : मित्र! राजा के न्यायाधिकारियों की आँखें असली बात देखने में असमर्थ हैं। यहाँ तो कहना ही अपनी दीनता प्रकट करना है। लाभ क्या? फिर भी निंदनीय मृत्यु ही मिलेगी।

**न्यायाधीश** : कष्ट! घोर कष्ट! मंगल विरुद्ध था, अब क्षीण बृहस्पति के बगल में यह दूसरा धूमकेतु उग आया।[1]

**श्रेष्ठि कायस्थ** : *(वसंतसेना की माता से)* आप गौर से देखिए, ये गहने आपके हैं या नहीं?

**वृद्धा** : *(देखकर)* हैं वैसे ही, पर वह नहीं हैं।

**शकार** : अरी बूढ़ी कुटनी! आँख शे कहा, मुँह शे छिपाती है?

**वृद्धा** : चल हट! दूर रह।

**श्रेष्ठि कायस्थ** : सावधान होकर बताओ! यही हैं या नहीं?

**वृद्धा** : आर्य! शिल्पी का कौशल आँखों को बाँधता है, पर ये तो वे नहीं हैं।

**न्यायाधीश** : भद्रे! इन अलंकारों को पहचानती हो?

**वृद्धा** : बताती हूँ कि पहचाने-से लगते हैं, शायद वैसे ही बनवाए गए हैं।

**न्यायाधीश** : श्रेष्ठि! देखो! गहनों की तो नकल बन सकती है। शिल्पी बिलकुल वैसे ही बना लेते हैं। ऐसी घटनाएँ तो हम पहले भी देख चुके हैं!

**श्रेष्ठि कायस्थ** : ये आर्य चारुदत्त के अलंकार हैं?

**चारुदत्त** : नहीं, बिलकुल नहीं।

**श्रेष्ठि कायस्थ** : तब किसके हैं?

**चारुदत्त** : इन वृद्धा की पुत्री के।

**श्रेष्ठि कायस्थ** : उससे ये अलग कैसे हुए?

**चारुदत्त** : ऐसे ही...हाँ, ऐसे ही ये चले गए।

**श्रेष्ठि कायस्थ** : आर्य चारुदत्त! यहाँ सब बोलना चाहिए। देखो, सत्य से सुख मिलता है, सत्य बोलनेवाला पतित नहीं होता। सार अक्षर दो हैं 'सत्य'। इन्हें झूठ से न मिलाओ।

**चारुदत्त** : वही गहने हैं या नहीं, मैं नहीं जानता, पर यह जानता हूँ कि मेरे घर से आए हैं।

**शकार** : पहले तो बाग में ले जाकर उशे मार डाला और कपट करके धूर्तता शे उशे अब छिपाते हो?

**न्यायाधीश** : आर्य चारुदत्त! सच बोलो! अब तुम्हारे कोमल शरीर पर कठोर बेंत, हमारे मनोरथ के साथ ही गिरेंगे।[2]

**चारुदत्त** : मैं निष्कलंक कुल में जन्मा हूँ मुझमें पाप नहीं है और अगर सम्भव

---

1. पहले लाश मिली, फिर गहने
2. यहाँ सहोक्ति अलंकार है। 'सहार्थस्यबलादेंक यत्र स्यात् वाचक द्वयोः' (साहित्य दर्पण)

है, तो फिर मुझ पापी के जीने से भी क्या लाभ है। *(स्वगत)* मुझे वसंतसेना के बिना जीना ही व्यर्थ लगता है। *(प्रकट)* मैं और कुछ नहीं कहना चाहता। शकार यही कहेगा कि मैंने वसंतसेना को मारा है, मैं कठोर हूँ, मैं लोक-परलोक नहीं जानता।

**शकार** : मारा है! अरे, अब तू कह कि मैंने मार डाला।

**चारुदत्त** : तुमने तो कह ही दिया।

**शकार** : शुनिए! शुनिए! इशीने मारा है, अब यह शन्देह भी इशने दूर कर दिया। इश दरिद्र चारुदत्त को शारीरिक दण्ड दीजिए।

**न्यायाधीश** : शोधनक! शकार ठीक कहते हैं। राजपुरुषों! चारुदत्त को पकड़ लो।

**[राजपुरुष पकड़ते हैं।]**

**वृद्धा** : प्रसन्न हों! आर्यश्रेष्ठ प्रसन्न हों! चोरों के चुराए भूषण के लिए इन्होंने अमूल्य रत्नावली दी थी। मेरी बेटी मारी गई तो मारी गई, यह चिरंजीव जीवित रहे। वादी-प्रतिवादी की बात है। मैं वादिनी हूँ। इन्हें छोड़ दो।

**शकार** : चल, दूर हट गर्भदाशी! जा, जा! तुझे इशशे क्या?

**न्यायाधीश** : आर्या! जाओ! हे राजपुरुषों! इसे निकाल दो!

**वृद्धा** : हा वत्स! हाय पुत्र! *(रोती हुई निकाल दी जाती है)*

**शकार** : *(स्वगत)* मैंने अपने मन की कर ली। अब चलूँ। *(प्रस्थान)*

**न्यायाधीश** : आर्य चारुदत्त! हम लोग निर्णय के अधिकारी हैं। आगे राजा की इच्छा। शोधनक! फिर भी राजा पालक को इसकी सूचना दे दो। मनु के अनुसार पापी ब्राह्मण भी मारा नहीं जा सकता। सम्पूर्ण वैभव के साथ इसे राज्य से निकाल दो।

**शोधनक** : जैसी आर्य की आज्ञा *(प्रस्थान। फिर गीली आँखों से लौटकर)* आर्यगण! मैं राजा के पास हो आया। वे कहते हैं कि जिस क्षणभंगुर आभूषण के पीछे वसंतसेना मारी गई, हत्यारे के गले में उसीको बाँधकर, नगाड़ा पीटकर, दक्षिण श्मशान में ले जाकर उसे सूली पर चढ़ा दो! जो कोई भी ऐसा बुरा काम करेगा, वह ऐसे ही घृणित दण्ड से शिक्षा ग्रहण करेगा।

**चारुदत्त** : राजा पालक अविचारक है। मन्त्रियों के कारण ही राजा व्यवहार में ऐसा करके अन्त में बुरी अवस्था को प्राप्त होते हैं। ऐसे ही अनिष्टकारक सफेद कौए-से राजा के शासन की गलतियों से हज़ारों निष्पाप व्यक्ति मारे गए हैं और मारे जा रहे हैं। मित्र मैत्रेय! जाओ। मेरी ओर से मेरी माता को अच्छी तरह से अभिवादन करो। मेरे पुत्र रोहसेन का भी पालन करना।

**विदूषक** : जड़ ही कट जाए तो वृक्ष कैसे पलेगा?

**चारुदत्त** : ऐसा न कहो। मनुष्य के परलोक जाने पर बेटा ही उसकी जगह भरता है, वही प्रतिमूर्ति है। मुझपर जो तुम्हारा प्रेम है उसे रोहसेन पर न्योछावर कर देना।

**विदूषक** : मित्र! तुम्हारा प्रिय मित्र होकर, तुमसे बिछुड़कर मैं कैसे जिऊँगा?

**चारुदत्त** : रोहसेन को मुझे दिखा देना!

**विदूषक** : अच्छी बात है।

**न्यायाधीश** : भद्र शोधनक! इस ब्राह्मण को हटाओ!

**[शोधनक हटाता है।]**

**न्यायाधीश** : कौन है? कौन है वहाँ? चाण्डालों को आदेश दे दो।

**[चारुदत्त को छोड़कर सब राजपुरुषों का प्रस्थान]**

**शोधनक** : इधर आइए आर्य?

**चारुदत्त** : *(करुण स्वर से)* मैत्रेय! मित्र! यह आज क्या है? *(आकाश की ओर देखकर)* मेरे शरीर पर चाण्डालों का आरा चलेगा, यह जानकर मैंने प्रार्थना की कि मुझे विष खिलाकर मार डालो, जल में डुबो दो, यन्त्र या अग्नि से प्राण ले लो। किन्तु शत्रु शकार के कहने से तुम मुझ ब्राह्मण को ऐसे मार रहे हो? पुत्र और पौत्र के साथ तुम भी निश्चय नरक में गिरोगे! आ रहा हूँ।

**[सबका प्रस्थान]**

**[व्यवहार (मुकदमा) नामक नवाँ अंक समाप्त]**

# दसवाँ अंक

[दो चाण्डालों के साथ चारुदत्त का प्रवेश]

**दोनों चाण्डाल :** आप इस मरघट में आने का कारण क्यों नहीं सोचते? हम दोनों हत्या और बन्धन बाँधने में चतुर हैं। हम सहसा ही मारने और सूली पर चढ़ाने में निपुण हैं। हटिए सज्जनगण! हटिए! यह चारुदत्त करवीर फूलों की माला पहने मारक चाण्डालों से पकड़ा हुआ, ऐसे क्षीण हुआ जा रहा है जैसे तेल कम हो जाने पर दीपक धीरे-धीरे बुझने लगता है।

**चारुदत्त :** *(दुःख से)* आँसू से भीगी हुई, धूल से रूखे अंगोंवाली, श्मशान के फूलों से ढँकी लाल चन्दन से अनुलिप्त, वध के बाद पड़ी हुई मेरी देह को बलि की तरह खाने के लिए कौए कायं-कायं करते हुए प्रतीक्षा कर रहे हैं।

**दोनों चाण्डाल :** हट जाइए सज्जनों, हट जाइए! ऐ सज्जनों! काल के परशुओं को धारण करनेवाले चाण्डालों से मारे जाते हुए साधुजन रूपी पक्षियों के आधार इस सज्जन रूपी वृक्ष चारुदत्त को आप लोग क्यों देखते हैं? आओ रे चारुदत्त, आओ!

**चारुदत्त :** पुरुषों के भाग्य का परिवर्तन कौन सोच सकता है? मैं ही कैसी हालत में पहुँच गया हूँ? सारे शरीर पर लाल चन्दन के हाथ के छापे मारे गए हैं। तिल, चावल और कुंकुम लगा है। मैं पुरुष नहीं, पशु बना दिया गया हूँ। *(आगे देखकर)* अहो, मनुष्यों का वैषम्य विचित्र है! *(करुणा से)* नगरवासी इसकी निन्दा करते हैं कि मेरा वध-रूप अपमान हो रहा है! उनकी आँखें भर-भर आ रही हैं। मेरी रक्षा करने में असमर्थ वे कहते हैं—तुम्हें स्वर्ग मिले।

**चाण्डाल :** दूर हटिए सज्जनों! दूर हटिए! देखते क्या हैं? विसर्जन के लिए ले जाया जाता इन्द्रध्वज, गौ का प्रसव, नक्षत्र का गिरना और सज्जन की आपत्ति—इन चारों दृश्यों को नहीं देखना चाहिए।

**एक व्यक्ति :** अरे हाय-हाय! देखो, देखो। विधाता के खेल से उज्जयिनी के प्रमुख

पुरुष चारुदत्त को वध के लिए ले जाते देखकर क्या आकाश रो रहा है? या बिना बादल के बिजली गिर रही है?

**दूसरा :** अरे गोह! न आकाश रो रहा है, न बिना बादल के बिजली गिर रही है यह तो स्त्रियों की आँखों से आँसू उमड़ रहे हैं। और चारुदत्त को वध के लिए ले जाते देखकर रोते हुए लोगों की आँखों से इतने आँसू गिरे हैं कि पथ की धूलि भी नहीं उड़ती।

**चारुदत्त :** *(देखकर करुणा से)* महलों की खिड़कियों से मुख निकालकर स्त्रियाँ पनाले की तरह आँसू गिराती 'हाय चारुदत्त! हाय!' कह रही हैं।

**एक चाण्डाल :** आओ रे चारुदत्त! आओ—भई यह घोषणा करने का स्थान है। नगाड़ा बजाओ और राजनिर्णय को सुना दो।

**दोनों चाण्डाल :** सुनिए आर्यगण! सुनिए! यह सार्थवाह विनयदत्त का नाती, सागरदत्त का पुत्र आर्य चारुदत्त है। इन दुष्कृती ने क्षणभंगुर धन के लिए गणिका वसंतसेना को पुष्पकरण्डक उद्यान में ले जाकर गला घोंटकर मार डाला। यह गहनों के साथ पकड़ा गया और इसने स्वीकार भी कर लिया। इसलिए राजा पालक ने इसे मारने की आज्ञा दी है। यदि कोई और भी ऐसा लोक-विरुद्ध काम करता है, तो राजा उसे भी इसी प्रकार अनुशासित करते हैं।

**चारुदत्त :** *(सदुःख स्वगत)* हमारा जो श्रेष्ठ कुल पहले अनेक यज्ञानुष्ठानों से पवित्र हो चुका है और सभा तथा निमन्त्रित मनुष्यों से भरे यज्ञमन्दिरों की वेदध्वनियों से गूँज चुका है, वही मेरा कुल मेरे मरने के समय इन पापी अयोग्य चाण्डालों द्वारा घोषणा-स्थल में आज पुकारा जा रहा है। *(ऊपर देखकर, कानों को मूँदकर)* हाय प्रिये! वसंतसेना! चन्द्रमा की उज्ज्वल रश्मियों-सी उज्ज्वल दाँतों वाली! सुन्दर कोंपलों जैसे होंठों वाली! प्रिये! अमृत का पान करके अब मैं अपयश का कैसा विष पी रहा हूँ! कैसा असहाय हूँ!!

**दोनों चाण्डाल :** किनारे हो जाइए सज्जनगण! किनारे हो जाइए! गुणों की निधि सज्जनों के दुःख को पार करने में पुल के समान रहने वाले चारुदत्त आज अलंकारहीन करके इस नगरी से बहुत दूर हटाए जा रहे हैं। संसार में सुखी और धनियों की तो सभी शुभ कामना करते हैं। पर विपत्ति में पड़े मनुष्यों का प्रिय करनेवाला शायद ही कोई हो।

**चारुदत्त :** *(चारों ओर देखकर)* मेरे मित्र भी वस्त्र से मुँह ढँककर मुझसे दूर हटे जा रहे हैं। जब धन होता है तब पराए भी बन्धु बन जाते हैं, पर विपत्ति में मित्र भी बन्धु नहीं रहते।

**चाण्डाल :** जनता हट गई। राजमार्ग सूना हो गया। अब चारुदत्त को वध करते समय लगाए जाने वाले चिह्नों से युक्त करके ले आओ।

**चारुदत्त :** *(निःश्वास लेकर)* मैत्रेय! आज यह क्या हो गया?

**[नेपथ्य में : 'हा तात! हा प्रिय मित्र!']**

**चारुदत्त :** *(सुनकर करुणा से)* स्वजाति-श्रेष्ठ![1] मैं तुमसे कुछ दान लेना चाहता हूँ।

**चाण्डाल :** क्या, क्या हमारे हाथ से दान स्वीकार करोगे?

**चारुदत्त :** पाप शान्त हो! पालक की तरह चाण्डाल अविचारी और दुराचारी नहीं हैं। मैं परलोक के लिए पुत्र का मुख देना चाहता हूँ।

**चाण्डाल :** ऐसा ही करिए।

**[नेपथ्य में : 'हे तात! हे पिता!']**

**चारुदत्त :** *(सुनकर सकरुण स्वर से)* स्वजाति-श्रेष्ठ! मैं तुमसे कुछ दान लेना चाहता हूँ।

**चाण्डाल :** नगरवासियों! ज़रा पीछे हटो। राह दो। आर्य चारुदत्त अपने पुत्र का मुख देख लें! *(नेपथ्य की ओर मुख करके)* आर्य! इधर से। आ बालक! आ!

**[बालक को लेकर विदूषक का प्रवेश]**

**विदूषक :** जल्दी करो! जल्दी करो वत्स! तुम्हारे पिता को वे मारने के लिए ले जा रहे हैं।

**बालक :** हा पिता! हा तात!

**विदूषक :** हाय प्रिय मित्र! अब तुम्हें कहाँ देखूँगा?

**चारुदत्त :** *(पुत्र और मित्र को देखकर)* हा पुत्र! हाय मैत्रेय! *(करुणा से)* हाय! दारुण पीड़ा है! मैं परलोक में सदा के लिए प्यासा रहूँगा! पुत्र का दिया पितृजल मेरी प्यास कैसे बुझा सकेगा! मैं इस पुत्र को क्या दूँ? *(अपने अंगों पर आँख दौड़कर, जनेऊ देखकर)* अभी यह तो है। बिना सुवर्ण और मोती का बना ब्राह्मणों का यह परम अलंकार है जिसके द्वारा देवता और पितरों का अंश दिया जाता है। *(यज्ञोपवीत देता है।)*

**एक चाण्डाल :** चल रे चारुदत्त, चल!

**दूसरा चाण्डाल :** अरे! तुम बिना किसी सम्मान के आर्य चारुदत्त का नाम पुकार रहे हो! उन्नति और अवनति में तो दिन और रात चलते ही हैं। वे कभी नहीं रुकते। बन्धन-मुक्त जवान मस्त हथिनी की तरह

---

1. अपनी जाति में मुख्य--चाण्डाल से कहा है।

दैव स्वछन्द गति से चलता है। भाग्य की गति बड़ी दुर्निवार है! झूठा दोष लगने के कारण आर्य चारुदत्त का कुल-नाम क्या प्रणाम करके माथे पर धारण कर लेने के योग्य नहीं है? राहुग्रस्त क्या जनता से पूज्य नहीं होता?

**बालक** : अरे रे चाण्डालो! मेरे पिता को कहाँ ले जा रहे हो?

**चारुदत्त** : *(पुत्र से)* कण्ठ में करवीर-माला, कन्धे में शूल और हृदय में शोक धारण किए मैं यज्ञ के बकरे की तरह कटने को वध्यस्थान में इन चाण्डालों के पीछे-पीछे जा रहा हूँ।

**चाण्डाल** : बालक! हम लोग चाण्डाल-कुल में जन्म लेकर भी चाण्डाल नहीं हैं! जो अच्छे आदमियों को कष्ट देते हैं, वे लोग ही पापी और चाण्डाल हैं।

**बालक** : तब मेरे पिता को कौन मार रहा है?

**चाण्डाल** : चिरंजीव! यह अपराध तो राजा की आज्ञा से हो रहा है, हमारे कारण नहीं।

**बालक** : मुझे मार डालो और पिता को छोड़ दो!

**चाण्डाल** : चिरंजीव! तुम दीर्घायु हो! तुम धन्य हो!

**चारुदत्त** : *(रोते हुए पुत्र को गले लगाकर)* यह पुत्र-स्नेह तो धनी-निर्धन सबके लिए, समान रूप से, चन्दन तथा खस से भिन्न, हृदय का लेप है। ये तो मुझे मारने ले जा रहे हैं!

**विदूषक** : भ्रदमुखो! प्रिय मित्र चारुदत्त को छोड़ दो और बदले में मुझे मार दो!

**चारुदत्त** : पाप शान्त हो! *(देखकर स्वगत)* आज समझ रहा हूँ। धन के सब मित्र है। *(प्रकट)* ये महल के वातायनों से देखती हुई स्त्रियाँ कितनी रो रही हैं!

**चाण्डाल** : दूर हटिए! दूर हट जाइए! रस्सी टूट जाने पर जैसे सोने का कलसा गिरता है, वैसे झूठे कलंक के कारण जीवन की आशा खोए साधु पुरुष चारुदत्त जा रहे हैं! क्या देखते हो?

**चारुदत्त** : *(करुणा-भरे स्वर से)* चन्द्रमा की उज्ज्वल किरणों-सी वसंतसेने!

**दूसरा चाण्डाल** : अरे, फिर घोषणा कर दो।

**चाण्डाल** : सुनो सज्जनो! हम साधु चारुदत्त को वध करने ले जा रहे हैं! इनपर स्त्री-हत्या का दोष लगाया गया है!

**चारुदत्त** : शकार के अभियोग की विपत्ति के कारण दरिद्रता तो कुछ नहीं, मैं 'स्त्री-घात' करनेवाली हीन जाति में पहुँच गया हूँ। और इसका फल है जीवन का अन्त! यह घोषणा मेरे हृदय को पीड़ित कर

रही है। मैंने वसंतसेना को मारा है—मुझे यह सुनना पड़ेगा!

**[प्रासाद पर स्थित वृद्ध स्थावरक का प्रवेश]**

**स्थावरक :** *(घोषणा सुनकर विकलता से)* क्या चारुदत्त कलंकित करके मारे जा रहे है! मुझे स्वामी शकार ने बेड़ी से जकड़ डाला है। अच्छा, चिल्लाऊँ। सुनिए आर्यगण! सुनिए! मेरी गाड़ी में भूल से वसंतसेना के बैठ जाने पर मैं अभागा उसे जीर्णोद्यान पुष्पकरण्डक में ले गया। शकार ने उसे गला घोंटकर मार डाला, क्योंकि वह उसे नहीं चाहती थी। चारुदत्त ने उसे नहीं मारा है। अरे! दूर होने से कोई मेरी बात नहीं सुनता! मैं क्या करूँ! मैं क्या करूँ? महल पर से कूद पड़ूँ? *(सोचकर)* इससे शायद आर्य चारुदत्त मरने से बच जाएँ। इस आलिंद की पुरानी खिड़की से कूदूँ! मेरा मरना उचित है न कि सज्जन रूपी पक्षियों के आश्रय आर्य चारुदत्त रूपी वृक्ष का। यदि मैं यों मरूँगा तो मुझे स्वर्ग मिलेगा। *(कूदकर)* हा! हा! मैं मरा नहीं! मेरी बेड़ी टूट गई? तब घोषणा-स्थान ढूँढूँ। *(देखकर, वहाँ जाकर)* अरे चाण्डाल! रास्ता दो, रास्ता!

**दोनों चाण्डाल :** अब कौन रास्ता ढूँढ़ रहा है?

**चेट :** सुनिए! मेरी गाड़ी में भूल से वसंतसेना के बैठ जाने पर मैं अभागा उसे जीर्णोद्यान पुष्पकरण्डक में ले गया था। शकार ने उसे प्रेम न करते देख गला घोंटकर मारा है, चारुदत्त ने नहीं।

**चारुदत्त :** अरे! मेरे काल के बन्धन में फँसे रहने पर बिना वर्षा के सूखे धान के लिए द्रोण[1] की भाँति यह कौन आ गया? सुना आपने? सुना आप लोगों ने? मैं मौत से नहीं डरा हूँ। डरा हूँ कि मेरा नाम कलंकित हो गया है। यदि मैं बिना कलंक मरता तो मुझे पुत्र-जन्म का सा सुख मिलता। अकारण शत्रु बने उस दुर्बुद्धि नीच शकार ने, विष-बुझे दूषित बाण की तरह, मुझे दूषित कर दिया है।

**दोनों चाण्डाल :** स्थावरक! क्या सच कहते हो!

**चेट :** बिलकुल सच! मैं कहीं इस दुर्घटना के बारे में किसी से कह न दूँ, इसी डर से शकार ने मुझे बेड़ी डालकर महल की नई वीथि में डाल दिया था।

**शकार :** *(प्रवेश करके हर्ष से)* घर में, शालि चावल का भात, माँश मिलाकर तीखे और खट्टे शाग के शाथ, दाल मिलाकर, अच्छी मछली और

---

1. मेघ का नाम

खूब गुड़ मिलाकर खाया है। *(कान लगाकर सुनकर)* जैशे पत्थर पर गिरकर काँशे का बर्तन खंन-खन करता है, वैशे ही यह चाण्डालों का घोषणा-श्वर लगता है। वध के शमय की ऊँची आवाज़ और नगाड़े का गर्जन शुनाई दे रहा है। लगता है दरिद्र चारुदत्त वधश्थान पर ले जाया जा रहा है। देखूँ, क्योंकि शत्रु-विनाश शे मेरे हृदय को अत्यन्त शन्तोष होतां है। कहते हैं, जो मरते शत्रु को देखता है उशे दूशरे जन्म में आँख का रोग नहीं होता। मैंने विषवृक्ष की गाँठ के छेद में घुशे कीड़े की तरह छेद खोजते शमय गरीब चारुदत्त का शत्यानाश ही कर दिया। अपने महल की नई वीथि की छत पर चढ़कर अपना पराक्रम देखूँ। *(चढ़कर और देखकर)* अरे! इश नंगे चारुदत्त को वध के लिए ले जाते शमय इतनी भीड़! इतना कोलाहल! जब हम जैशे श्रेष्ठ पुरुष वध के लिए ले जाए जाएँगे तब न जाने कितनी भीड़ होगी! *(देखकर)* चारुदत्त नए बैल-शा शजाकर दक्षिण दिशा की ओर ले जाया जा रहा है। मेरे प्रशाद की नवीन वीथि के पाश घोषणा क्यों हुई और शमाप्त क्यों हो गई? *(देखकर)* अरे? श्थावरक चेट यहाँ नहीं है? कहीं वह वहाँ गुप्त भेद न खोल दे! उशे खोजूँ। *(उतरकर जाता है)*

**चेट** : *(देखकर)* प्रभुओं यह आ गया वह! देखिए वह आ गया!

**दोनों चाण्डाल** : हटो, मार्ग दो, द्वार बन्द कर लो। और चुप हो जाओ; क्योंकि दुर्जन, तीखे सींगवाला दुष्ट बैल शकार इधर आ रहा है।

**शकार** : अरे, अरे! राह दो। राह दो। *(पास जाकर)* पुत्रक! श्थावरक! चेट! आओ चलें।

**चेट** : अरे अनार्य! वसंतसेना की हत्या करके तू तृप्त नहीं हुआ जो अब याचकों के कल्पवृक्षं आर्य चारुदत्त को भी मार डालना चाहता है।

**शकार** : मैं रत्नकुम्भ के शमान श्रेष्ठ हूँ। मैं श्त्री को नहीं मारता।

**सब** : वसंतसेना को तुमने मारा है, चारुदत्त ने नहीं!

**शकार** : ऐशा कौन कह शकता है?

**सब** : *(चेट को दिखाकर)* यह भला आदमी।

**शकार** : *(धीरे से डरते हुए)* हा धिक्! हाय रे! क्या मैंने श्थावरक चेट को ठीक से नहीं बाँधा था? यह तो मेरे दुष्कार्य का शाक्षी है। *(सोचकर)* अच्छा! *(प्रकट)* यह झूठ बात है। शज्जनों! इश चेट ने शोने की चोरी की। मैंने इशे पकड़ा, पीड़ित किया, पीटा और बाँधा भी है। अब यह मेरा शत्रु होकर ऐशा कहता है। क्या यह शच है? *(गुप्त रूप से चेट को कंकण देकर मन्द स्वर से)* पुत्रक! श्थावरक! इशे लेकर मुझे निर्दोष प्रमाणित कर दे!

**चेट :** *(कंकण लेकर)* देखिए, देखिए, स्वामियो! यह सोना देकर मुझसे अन्यथा कहलवाना चाहता है।

**शकार :** *(कंकण छीनकर)* यही वह शुवर्ण है, जिशके पीछे मैंने इशे बाँधा था! *(क्रोध से)* अरे चाण्डालो! मैंने इशे शोने के खज़ाने में नियुक्त किया था और वहाँ चोरी करने पर मैंने इशे खूब पीटा। यदि मेरी बात पर भरोशा न हो तो इशकी पीठ खोलकर देखिए।

**दोनों चाण्डाल :** *(देखकर)* ठीक कहते हैं आप। चोट से संतप्त होकर चेट झूठ कह रहा है।

**चेट :** हाय! दास होना इतना अधम है कि उसपर कोई विश्वास भी नहीं करता! *(करुणा से)* आर्य चारुदत्त! मुझमें बस इतनी ही सामर्थ्य थी!

**चारुदत्त :** *(करुणा-भरे स्वर से)* अरे विपत्ति-सागर में गिरे सज्जनों पर दया करनेवाले, अकारण आनेवाले बन्धु, धर्मशील स्थावरक! उठो मेरा उद्धार करने के लिए आपके इतने कठिन प्रयत्न करने के बाद भी यदि दैव-विरुद्ध है तो इसमें आपका क्या दोष? आपने तो बन्धु का सारा कार्य कर दिया!

**चाण्डाल :** स्वामी! इसे निकालिए मारकर यहाँ से।

**शकार :** निकल यहाँ शे। *(निकालता है।)* अरे चाण्डालो! विलम्ब क्यों करते हो? इश चारुदत्त का वध करो।

**दोनों चाण्डाल :** बहुत जल्दी है तो आप ही मारिए न?

**रोहसेन :** अरे चाण्डालो! मुझे मार डालो। पिता को छोड़ दो!

**शकार :** पुत्र के शाथ इशे मारो।

**चारुदत्त :** यह मूर्ख सभी तरह के अनर्थ कर सकता है। जा बेटा! माँ के पास जा!

**रोहसेन :** मैं जाकर करूँगा क्या?

**चारुदत्त :** पुत्र! माँ को लेकर आज ही तपोवन चले जाना। पुत्र! पिता के दोष से कहीं तुम भी अकालमृत्यु के गाल में न चले जाओ। मित्र! इसे ले जाओ।

**विदूषक :** मित्र! इतना तो तुम जानते ही हो कि तुम्हारे बिना मैं किस तरह जिऊँगा।

**चारुदत्त :** मित्र! जिसका जीवन अपने हाथ में हैं, उसे प्राण नहीं त्यागना चाहिए।

**विदूषक :** *(स्वगत)* यह अनुचित है, फिर भी प्रिय मित्र के बिना जीना मेरे लिए असम्भव लगता है। मैं यह बालक ब्राह्मणी को देकर, प्रिय

मित्र के रास्ते ही जाऊँगा *(प्रकट)* मित्र! मैं बालक को लेकर जाता हूँ।

**शकार** : अरे! मैं कहता हूँ चारुदत्त को पुत्र के शाथ मारो।

**[चारुदत्त भयभीत होता है।]**

**दोनों चाण्डाल** : यह राजाज्ञा हमें नहीं मिली। बालक! तुम जाओ। निकलो! *(निकालते हुए)* यह तीसरा घोषणा का स्थान है। नगाड़ा बचाओ।

**[फिर घोषणा करता है।]**

**दोनों चाण्डाल** : स्त्री-हत्या के दोषी चारुदत्त को वध करने ले जाया जा रहा है!

**शकार** : *(स्वगत)* ये नगरवाशी इश बात[1] पर विश्वाश कैशे नहीं करते? *(प्रकट)* ब्राह्मण चारुदत्त! ये पुरवाशी विश्वाश नहीं करते इशलिए तुम क़हो कि तुमने ही वशंतशेना की हत्या की है।

**[चारुदत्त चुप रहता है।]**

**शकार** : अरे चाण्डाल गोह! ब्राह्मण चारुदत्त नहीं बोलता। इशे इश डण्डे शे नगाड़े की तरह पीट-पीटकर बुलवाओ।

**चाण्डाल** : *(मारने की तैयारी करके)* बोल चारुदत्त! बोल!

**चारुदत्त** : *(सकरुण)* न मैं इस विपत्ति-सागर में डूबने से डरता हूँ, न मुझे दुःख ही है। मुझे अपयश की अग्नि ही भस्म कर रही है, जोकि मुझे सबके सामने कहना पड़ेगा कि मैंने प्रियतमा वसंतसेना को मारा है।

**शकार** : मारो इशे, मारो! वरना बोले।

**चारुदत्त** : हे नगरवासियों! मैंने ही वसंतसेना को मारा है।

**शकार** : तुमने वशंतशेना को मारा है?

**चारुदत्त** : हाँ।

**एक चाण्डाल** : आज वध की तुम्हारी बारी है।

**दूसरा चाण्डाल** : नहीं। तुम्हारी है।

**एक चाण्डाल** : तो आओ हिसाब लगा लें। *(गिनते हैं।)* यदि मेरी बारी है तो क्षण-भर ठहर जाओ।

**दूसरा चाण्डाल** : क्यों?

**एक चाण्डाल** : स्वर्ग जाते समय मेरे पिता ने कहा था कि पुत्र वीरक! यदि वध की बारी तुम्हारी हो तो वध्य पुरुष को सहसा मत मार डालना।

**दूसरा चाण्डाल** : क्यों भला!

**एक चाण्डाल** : कभी-कभी कोई भला आदमी धन देकर वध्य को छुड़ा लेता है। कभी राजा के पुत्र पैदा हो जाता है, जिसकी प्रसन्नता में उत्सव

---

1. यह बात कि चारुदत्त ने वसंतसेना को मारा है।

होता है और सभी मारे जानेवाले छोड़ दिए जाते हैं। कभी हाथी छूट जाता है तो भगदड़ में वध्य पुरुष भी भाग निकलता है। कभी-कभी राज्य-परिवर्तन हो जाता है, जिससे सब बन्दी छूट जाते हैं।

**शकार** : ऐ! ऐ! राज्य-परिवर्तन कैशा?

**चाण्डाल** : अरे, हम गिन रहे हैं कि आज वध करने की किसकी बारी है।

**शकार** : अरे! चारुदत्त का वध शीघ्र करो। *(यह कह चेट को पकड़कर एकान्त में खड़ा होता है।)*

**चाण्डाल** : आर्य चारुदत्त! यह अपराध राजा की आज्ञा से हो रहा है। हम चाण्डाल इसके उत्तरदायी नहीं हैं। जो याद करना हो याद कर लो।

**चारुदत्त** : मेरे भाग्य के दोषवश राजपुरुष के वाक्यों से कलंकित होने पर भी मेरे धर्म में यदि कुछ प्रभाव रहा हो तो वसंतसेना इन्द्र के भवन से, या वह जहाँ भी हो, मेरे कलंक को हटाने आए। बोलो, मुझे कहाँ चलना है!

**चाण्डाल** : *(आगे देखकर)* यह दक्षिण श्मशान दिखाई दे रहा है, जिसे देखकर वध्य पुरुष जल्दी ही मर जाते हैं, देखो शरीर ऊपर उठाकर सियार शूल पर आधी लटकी देह को खाने के लिए खींच-फाड़ कर रहे हैं; लाश का मुँह खुला है, दाँत दीख रहे हैं; ऐसा लगता है जैसे भयानक हास्य हो।

**चारुदत्त** : हास्य! मैं अभागा मारा गया। *(आवेश से बैठ जाता है।)*

**शकार** : मैं अभी नहीं जाऊँगा। चारुदत्त को मरते देख लूँ। *(घूमकर और देखकर)* बैठ क्यों गया?

**चाण्डाल** : क्या डर गए चारुदत्त?

**चारुदत्त** : *(सहसा उठकर)* मूर्ख, मैं मृत्यु से नहीं, कलंक से डरता हूँ।

**चाण्डाल** : आर्य चारुदत्त! आकाश में रहनेवाले चन्द्रमा और सूर्य पर भी विपत्ति आती है। फिर पैदा होनेवाले पशु-पक्षी और मृत्यु से डरनेवाले मनुष्यों की तो बात क्या है। संसार में कोई उठकर गिरता है, कोई गिरकर उठता है। और फिर पताका के उठने-गिरने की तरह लाश भी शूल पर उठती-गिरती दिखाई देती है। इसे समझकर आत्मा को धैर्य दो। *(दूसरे चाण्डाल से)* यह चौथा घोषणा-स्थान है। आओ घोषणा करें।

**[फिर दोनों घोषणा करते हैं।]**

स्त्री-हत्या के कारण आर्य चारुदत्त का वध किया जाएगा!

**चारुदत्त** : हा प्रिये! हाय वसंतसेने! तुम चन्द्रकिरण-सी निर्मल थीं!

**[आकुल वसंतसेना और भिक्षु का प्रवेश]**

**भिक्षु** : निर्जन स्थान में परिश्रान्त वसंतसेना की परिचर्या करके मैंने उसे ठीक कर दिया। अब इसे ले जाते हुए मैं अनुगृहीत हो गया। उपासिके! तुम्हें कहाँ ले जाऊँ।

**वसंतसेना** : आर्य चारुदत्त के घर। जैसे कुमुदिनी को चन्द्रमा भाता है, वे मुझे अच्छे लगते हैं।

**भिक्षु** : *(स्वगत)* किधर से चलूँ? *(सोचकर)* राजमार्ग से ही चलें। उपासिके! यह राजपथ है। *(सुनकर)* यह घोर कोलाहल क्यों सुनाई दे रहा है?

**वसंतसेना** : *(आगे देखकर)* यह आगे इतनी भीड़ क्यों है? आर्य! पता लगाइए क्या बात है! अत्यन्त भार से दबी धरती की तरह भीड़ के कारण उज्जयिनी एक ओर को उठ गई है!

**चाण्डाल** : यह पाँचवाँ घोषणा-स्थान है। नगाड़ा बजाकर घोषणा करो। सुनो! सुनो! वसंतसेना की हत्या करने के कारण आर्य चारुदत्त का राजाज्ञा से आज वध किया जा रहा है! अरे चारुदत्त! प्रहार की प्रतीक्षा करो। डरो मत! शीघ्र ही सब समाप्त हो जाएगा!

**चारुदत्त** : भगवती देवी!

**भिक्षु** : *(सुनकर घबराकर)* उपासिके! तुम्हें चारुदत्त ने मारा है, इसलिए चारुदत्त मारने के लिए ले जाए रहे हैं।

**वसंतसेना** : *(घबराकर)* क्या मुझ अभागिनी के कारण आर्य चारुदत्त मारे जा रहे हैं? जल्दी चलो। जल्दी!

**भिक्षु** : जल्दी करो, बुद्धोपासिका! आर्य चारुदत्त का जीवन बचाने के लिए जल्दी करो! सज्जनो! रास्ता दो, रास्ता!

**वसंतसेना** : रास्ता दो, रास्ता; हटो हटो!

**चाण्डाल** : आर्य चारुदत्त! आप राजा की आज्ञा से मारे जा रहे हैं, जो कुछ याद करना हो कर लें।

**चारुदत्त** : अब क्या है? धर्म में यदि प्रभाव हो तो वसंतसेना मुझे कलंक से बचाए!

**चाण्डाल** : *(तलवार खींचकर)* आर्य चारुदत्त! ऊपर वक्ष और नीचे पीठ करके सीधे लेट जाओ। तलवार के एक ही वार से हम तुम्हें स्वर्ग पहुँचा देंगे।

**[चारुदत्त लेट जाता है। चाण्डाल प्रहार करना चाहता है, पर हाथ से तलवार गिर पड़ती है।]**

**चाण्डाल** : हाय! यह क्या? क्रोध से खिंची, मुट्ठी में भींची हुई यह वज्र सी कठोर और भीषण तलवार पृथ्वी पर क्यों गिर गई? लगता है चारुदत्त की मृत्यु नहीं होगी। सह्यनिवासिनी देवी! प्रसन्न हो! प्रसन्न हो! चारुदत्त मृत्यु के मुख से छूट जाए! यह चाण्डाल-कुल आज इसी तरह तुमसे अनुगृहीत हो जाए।

**दूसरा चाण्डाल** : हन राजा की आज्ञा के अनुसार कार्य करें।

**एक चाण्डाल** : यही सही।

**[दोनों चाण्डाल चारुदत्त को सूली पर चढ़ाना चाहते हैं]**

**चारुदत्त** : यदि धर्म में प्रभाव हो तो वसंतसेना मुझे कलंक से बचाए।

**भिक्षु और वसंतसेना** : *(देखकर)* सज्जनो! ऐसा न करो! ऐसा न करो! सज्जनो! मैं ही वह अभागिन हूँ जिसके कारण वे मारे जा रहे हैं!

**चाण्डाल** : *(देखकर)* केश कन्धों पर खुले हैं, हाथ उठाए 'ऐसा न करो, ऐसा न करो', कहती हुई यह कौन जल्दी-जल्दी इधर आ रही है?

**वसंतसेना** : आर्य चारुदत्त! यह क्या हुआ? *(उसके हृदय पर गिर जाती है।)*

**भिक्षु** : आर्य चारुदत्त! क्या हो गया यह? *(चरणों पर गिर जाता है।)*

**चाण्डाल** : *(भय से पास आकर)* कौन? वसंतसेना? भाग्य से ही हमने सज्जन चारुदत्त को नहीं मारा।

**भिक्षु** : *(उठाकर)* अरे चारुदत्त जीवित हैं!

**चाण्डाल** : सौ वर्ष तक जिएं।

**वसंतसेना** : *(प्रसन्नता से)* हाय, मैं जी गई! हाय, मैं जी उठी!

**चाण्डाल** : तब हम दोनों इसकी सूचना यज्ञशाला में गए राजा को दे आएँ। *(प्रस्थान)*

**शकार** : *(वसंतसेना को देखकर डर से)* हाय! यह गर्भदाशी कैशे जी उठी? मेरा तो दम निकल रहा है। अच्छा। भाग चलना ही ठीक है। (भागता है।)

**चाण्डाल** : *(आकर)* हम लोगों को राजा की ओर से आज्ञा मिली है कि जिसने वसंतसेना को मारा हो उसी को मारो। चलो राजा के साले को खोजें।

**[दोनों का प्रस्थान]**

**चारुदत्त** : *(आश्चर्य से)* मुझपर प्रहार करने को हथियार तक उठाया गया। मैं मौत के मुँह में चला गया था। बिना वर्षा के सूखे धान पर द्रोण-वृष्टि-सी यह कौन आ गई? *(देखकर)* क्या दूसरी वंसतसेना है? या वही स्वर्ग से उतर आई है? या मेरा भ्रान्त मन इस स्त्री को वसंतसेना समझ रहा है? या वह नहीं मरी, वही सामने खड़ी

है? या यह मेरी रक्षा करने स्वर्ग से आई है? या यह उसीसे मिलती-जुलती कोई दूसरी स्त्री तो नहीं?

**वसंतसेना** : *(गीली आँखों से उठकर चरणों पर गिरकर)* आर्य चारुदत्त! मैं वही पापिनी वसंतसेना हूँ, जिसकें कारण आप इस बुरी हालत में पहुँचे।

**[नेपथ्य में : 'आश्चर्य है, अद्भुत! वसंतसेना जीवित है!'–सब यही कहते हैं।]**

**चारुदत्त** : *(सुनकर, सहसा उठकर स्पर्श-सुख अनुभव करके आँखें मूँदे, प्रसन्नता से गद्‌गद स्वर से)* प्रिये! तुम वसंतसेना हो?

**वसंतसेना** : हाँ, मैं वही हताभागिनी हूँ!

**चारुदत्त** : *(देखकर प्रसन्नता से)* क्या तुम वही वसंतसेना हो? *(हर्ष से)* मैं मृत्यु के मुख में था। आँसुओं से स्तनों को भिगोती संजीवनी बूटी की तरह तुम कहाँ से आ पहुँचीं? प्रिये! वसंतसेने! तुम्हारे लिए ही यह देह जा रही थी, तुम्हीं ने बचा ली! प्रिय-मिलन में कितना सुख है! मरकर कौन जी सका है फिर? और देखो प्रिय! भार्या की प्राप्ति के समय जैसे वर को भूषित किया जाता है, वैसे ही यह लाल वरवस्त्र है तथा यह माला है। इसके अतिरिक्त ये वध के समय की नगाड़ों की ध्वनियाँ विवाह के नगाड़ों की ध्वनियों के समान हो रही हैं।

**वसंतसेना** : अत्यन्त उदारता के कारण आर्य ने यह क्या कर डाला।

**चारुदत्त** : प्रिये, 'मैंने तुम्हें मार डाला'–यह कहकर पुराने वैर के कारण प्रभावशाली किन्तु नारकीय शकार ने थोड़ा-सा मुझे भी कलंकित कर दिया है।

**वसंतसेना** : *(दोनों कान बन्द कर)* ऐसा नहीं हो सकता! राजा के साले उसी शकार ने मुझे मारा था।

**चारुदत्त** : *(भिक्षु को देखकर)* यह कौन है?

**वसंतसेना** : उस दुष्ट शकार ने मुझे मारा और इस साधु पुरुष ने मेरी रक्षा की।

**चारुदत्त** : अकारण की बन्धु बननेवाले आप कौन हैं?

**भिक्षु** : आर्य! आप मुझे नहीं पहचानते हैं? मैं आपके पाँव दबानेवाला संवाहक हूँ। जुआरियों ने जब मुझे पकड़ा तो इसी उपासिका वसंतसेना ने मुझे आपका आत्मीय समझकर अपना गहना देकर मुझे खरीद लिया। उसी जुए के वैराग्य से मैं श्रमण हो गया। आर्य की गाड़ी बदल जाने से ये पुष्प-करण्डक जीर्णोद्यान में पहुँच गई और वहाँ उस दुष्ट शकार ने जब देखा कि ये उसे नहीं चाहतीं तो जबरन गला घोंटकर इन्हें मारा। यह मैंने स्वयं देखा।

**[नेपथ्य में कोलाहल : 'दक्ष यज्ञ-विनाशक वृषभध्वज महादेव की जय! शत्रु-विनाशक क्रौञ्च पर्वत त्रिदारणकारी कार्तिकेय की जय! प्रधान शत्रु पालक को मारनेवाले आर्यक ऐसी सम्पूर्ण पृथ्वी को जीतकर जयी हों! शुभ्र कैलाश जिसकी पताका है उस विशाल पृथ्वी पर जयशील हों!']**

**शर्विलक** : *(सहसा प्रवेश कर)* मैं, दुष्ट राजा पालक को मारकर, आर्यक का राज्याभिषेक कर, उसकी आज्ञा का पालन करके दुःख में पड़े चारुदत्त का उद्धार करूँगा। सिद्धों ने ठीक कहा था। भाग्य का उत्कर्ष हुआ। सेना और मन्त्रियों से रहित उस दुष्ट पालक का वध करके, नगरवासियों को धैर्य धारण कराके, इन्द्र के राज्य की भाँति संसार का श्रेष्ठ राज्य, शत्रु पालक का सारा राज्य, आर्यक ने प्राप्त कर लिया! *(आगे देखकर)* आर्य चारुदत्त को यहीं होना चाहिए! यहीं भीड़ है! राजा आर्यक का राज्य-प्रारम्भ आर्य चारुदत्त की जीवन-रक्षा से सफल हो जाए! *(शीघ्र पहुँचकर)* घातको! हटो! *(देखकर हर्ष से)* क्या वसंतसेना और आर्य चारुदत्त जीवित हैं? हमारे स्वामी आर्यक की इच्छा पूर्ण हो गई। सौभाग्य से गुण[1] से बँधी नैया की तरह सुशीला प्रियतमा वसंतसेना ने आपत्तिरूपी महासागर से चारुदत्त को पार करा दिया। राहु-ग्रहण से मुक्त चन्द्र की भाँति, प्रिया के साथ चारुदत्त को बहुत दिन बाद देख रहा हूँ। मैं महापापी! कैसे इनके पास चलूँ? सरलता सर्वत्र फ़बती है। *(सामने आकर हाथ जोड़कर)* आर्य चारुदत्त!

**चारुदत्त** : आप कौन हैं?

**शर्विलक** : जिसने आपके घर में सेंध लगाकर धरोहर चुरा ली थी। मैं वही महापाप करनेवाला आपका शरणागत हूँ।

**चारुदत्त** : मित्र! ऐसा क्यों कहते हो! यह तो मेरे लिए प्रेम प्रमाणित हुआ! *(गले लगाता है।)*

**शर्विलक** : सज्जन आर्यक ने कुल और मान की रक्षा करते हुए, यज्ञशाला में बैठे दुष्ट पालक को पशु की तरह मार डाला।

**चारुदत्त** : अरे क्या?

**शर्विलक** : कुछ दिन पहले जो आपकी गाड़ी में चढ़कर आपकी शरण गया था, उसी आर्यक ने अपनी यज्ञभूमि में पशु की तरह पालक को मार डाला।

---

1. 'गुण' का अर्थ 'विशेषता' (सद्‌गुण) तो है ही, एक अर्थ 'रस्सी' भी है। यहाँ दोनों अर्थ अभीष्ट हैं।

**चारुदत्त** : शर्विलक! वही आर्यक, जिसे अकारण ही घर से निकालकर पालक ने बाँधकर कारागार में डाल दिया था? वही जिसे आपने छुड़ाया था?

**शर्विलक** : हाँ, वही।

**चारुदत्त** : बड़ी अच्छी खबर है।

**शर्विलक** : उज्जयिनी में राज्य पाते ही मित्र आर्यक ने वेणा नदी के किनारे बसी कुशावती नगरी का राज्य आपको दिया है। मित्र के पहले प्रेम को स्वीकार करिए। *(घूमकर)* अरे! राजा के साले धूर्त शकार को पकड़ लाओ।

**[नेपथ्य में : जैसी शर्विलक की आज्ञा।]**

**शर्विलक** : आर्य! राजा आर्यक ने आपसे कहा है कि यह राज्य मैंने आपके गुणों के कारण पाया है, आप ही इसका उपभोग करिए।

**चारुदत्त** : मेरे गुणों के कारण?

**[नेपथ्य में : अरे! राजा के साले शकार! आ! आ! अब अपनी दुष्टता का फल भोग!']**

**[भुजाएँ पीछे बाँधकर शकार को शर्विलक के अनुचर लाते हैं।]**

**शकार** : हाय! भय शे मैं उच्छृंखल गधे-शा दूर भाग गया। पर कटखने कुत्ते की तरह बाँधकर फिर ले आया गया हूँ। *(दिशाओं की ओर देखकर)* चारों ओर शे यही आवाज़ आ रही है कि राजा के शाले को बाँधो! हाय मैं निश्शहाय किशकी शरण में जाऊँ? *(सोचकर)* विपत्तियों में रक्षा करने वाले उशी चारुदत्त का शरणागत होता हूँ। *(पहुँचकर)* आर्य चारुदत्त! रक्षा करो! रक्षा करो! *(चरणों पर गिरता है।)*

**[नेपथ्य में : 'आर्य चारुदत्त! छोड़िए, छोड़िए। हम इसे मार डालेंगे।']**

**शकार** : *(चारुदत्त से)* अशहायों के रक्षक! मुझे बचाओ!

**चारुदत्त** : *(दया से)* शरणागत का भय दूर हो!

**शर्विलक** : *(आवेग से)* अरे इसे चारुदत्त के पास से दूर हटाओ। *(चारुदत्त से)* कहिए! इस पापी को क्या दण्ड दें?—इसे बाँधकर खींचा जाए? या इसपर कुत्ते छुड़वा दें? या सूली पर चढ़वा दें? अथवा आरे से चिरवा दें इसे?

**चारुदत्त** : क्या जो मैं कहूँगा वही माना जाएगा?

**शर्विलक** : इसमें क्या सन्देह है।

**शकार** : श्वामी! प्रभु! चारुदत्त! शरणागत हूँ। रक्षा करो। मेरी रक्षा करो! अपने योग्य कार्य करो! मैं फिर ऐशा बुरा काम नहीं करूँगा।

**[नेपथ्य में : 'अरे मार डालो इसे! इस पापी के जीने की जरूरत ही क्या है?']**

**[वसंतसेना चारुदत्त के कण्ठ से बधकालीन माला निकालकर शकार पर फेंकती है।]**

**शकार** : गर्भदाशी-पुत्री! प्रशन्न हो! प्रशन्न हो! फिर कभी नहीं मारूँगा। रक्षा करो! मेरी रक्षा करो!

**शर्विलक** : अरे हटाओ इसे! आर्य चारुदत्त! आज्ञा दीजिए। इस पापी के साथ क्या व्यवहार किया जाए?

**चारुदत्त** : जो कहूँगा, वही होगा?

**शर्विलक** : निस्सन्देह।

**चारुदत्त** : सच?

**शर्विलक** : सच।

**चारुदत्त** : यही बात है तो इसे शीघ्र...

**शर्विलक** : मार डालें?

**चारुदत्त** : नहीं, नहीं, छोड़ दें।

**शर्विलक** : क्यों?

**चारुदत्त** : अपराधी शत्रु भी यदि शरणागत हो जाए तो उसे शस्त्र से मारना अनुचित है।

**शर्विलक** : यह बात है। तो क्या कुत्तों को खिलवा दिया जाए इसे?

**चारुदत्त** : नहीं। इसे उपकार करके निर्बल कर देना चाहिए।

**शर्विलक** : अरे आश्चर्य है। आर्य! कहिए न, क्या करूँ?

**चारुदत्त** : इसे छोड़ दीजिए!

**शर्विलक** : छोड़ दो।

**शकार** : हाय, फिर जी गया। *(अनुचरों के साथ प्रस्थान)*

**[नेपथ्य में कोलाहल]**

**[नेपथ्य में फिर स्वर : 'यह आर्य चारुदत्त की वधू आर्या धूता, कदम-कदम पर आँचल पकड़ते बालक को दूर हटाती, रोते हुए मनुष्यों से रोकी जाती हुई जलती आग में प्रवेश कर रही है।']**

**शर्विलक** : *(सुनकर नेपथ्य की ओर देख)* चंदनक! चंदनक, क्या है! यह!

**चंदनक** : *(आकर)* क्या आप नहीं देखते आर्य! राजप्रसाद के दक्षिण में बड़ी भीड़ उमड़ रही है। आर्या धूता अग्नि में प्रवेश कर रही हैं। मैंने उनसे कहा कि आर्ये! अग्नि-प्रवेश का दुस्साहस न करिए; आर्य चारुदत्त जीवित हैं। किन्तु दुःख से आकुल होने के कारण वे सुनती कब हैं? ऐसे में कौन विश्वास करता है?

**चारुदत्त** : *(घबराकर)* हाय प्रिये! मैं तो जी रहा हूँ। तुम यह क्या कर रही हो? *(ऊपर देखकर लम्बी साँस लेकर)* ओ पवित्रचरिते प्रिये! धूते! हालाँकि तुम्हारा सती का यह व्यवहार इस पृथ्वी पर रहने के योग्य नहीं है, स्वर्ग के ही योग्य है, फिर भी पतिव्रते! पति को यहीं छोड़कर तो स्वर्ग जाना तुम्हारे लिए उचित नहीं। *(मूर्च्छित हो जाता है।)*

**शर्विलक** : यह घोर प्रमाद हुआ। आर्या धूता के पास शीघ्र चलना चाहिए। और यहाँ आर्य मूर्च्छित हो गए हैं! हाय! अब तो सारा प्रयत्न बेकार होता लगता है।

**वसंतसेना** : धैर्य रखिए और वहाँ चलकर धूता को रोकिए। अन्यथा वह अधीर होकर मर जाएगी।

**चारुदत्त** : *(चैतन्य होकर सहसा उठकर)* हाय प्रिये! कहाँ हो! मेरी बात का उत्तर दो!

**चंदनक** : इधर आर्य, इधर आइए।

**[सब चलते हैं।]**

**[निर्दिष्ट स्थान पर धूता, वस्त्र खींचते रोहसेन, विदूषक और रदनिका का प्रवेश]**

**धूता** : *(रोती हुई)* पुत्र! मुझे छोड़ दे! विघ्न मत डाल! मैं आर्यपुत्र के अमङ्गल को सुनने से डरती हूँ।

**[उठकर आँचल छुड़ाकर आग की ओर बढ़ती है।]**

**रोहसेन** : आर्ये! माँ! मुझे कौन रखेगा? तुम्हारे बिना मैं कैसे जिऊँगा? *(फिर दौड़कर आँचल पकड़ लेता है।)*

**विदूषक** : ऋषियों ने आप जैसी ब्राह्मणी के लिए पतिवियुक्त होने पर चितारोहण करना पाप माना है।

**धूता** : पाप ही अच्छा, पति का अमङ्गल तो नहीं सुनूँगी।

**शर्विलक** : *(आगे देखकर)* आर्या शीघ्र अग्नि में प्रवेश कर रही हैं। अतः जल्दी आइए।

**[चारुदत्त जल्दी चलता है।]**

**धूता** : रदिनके! बालक को पकड़, तब मैं अपनी इच्छा सम्पन्न करूँ।

**चेटी** : *(करुणा से)* मैं यही कहनेवाली थी कि आप ही इसे सम्भालें।

**धूता** : *(विदूषक से)* आर्य! तो आप ही इस बालक को पकड़ें।

**विदूषक** : *(उद्वेग से)* इच्छित सिद्धि के लिए ब्राह्मण को आगे करना चाहिए। आपसे पहले इसीलिए मैं अग्नि में प्रवेश करूँगा।

**धूता** : क्या दोनों ने मेरी बात नहीं मानी? *(बालक को गले लगाकर)* पुत्र

हम लोगों को तिलोदक[1] देने के लिए तू अपनी रक्षा कर ले। तेरे भी मर जाने पर तो हमारी इच्छाएँ व्यर्थ रह जाएँगी। *(लम्बी साँस लेकर)* आर्यपुत्र भी तेरी रक्षा नहीं करेंगे।

**चारुदत्त** : *(सुनते हुए सहसा पहुँचकर)* मैं ही बालक की रक्षा करूँगा। **[बालक को उठाकर हृदय से लगाता है।]**

**धूता** : *(देखकर)* अरे, यह तो आर्यपुत्र का स्वर है! *(अच्छी तरह देखकर प्रसन्नता से)* मेरे सौभाग्य! यह तो आर्यपुत्र हैं। मेरे भाग्य! कितना अनन्त!

**बालक** : *(देखकर हर्ष से)* पिता मुझे गले से लगा रहे हैं। *(धूता से)* आर्या! अब तो प्रसन्न हो! देखो, पिता मेरी रक्षा कर रहे हैं। *(फिर लिपट जाता है।)*

**चारुदत्त** : *(धूता से)* प्रेयसि! पति के जीवित रहते यह कैसा कठोर कार्य कर रही थीं? सूर्यास्त हुए बिना ही कमलिनी क्यों आँखें मूँद रही थी?

**धूता** : आर्यपुत्र! वह कमलिनी अचेतन से चुम्बित हो रही थी।

**विदूषक** : *(देखकर सहर्ष)* अहा! मेरी आँखें ही देख रही हैं। प्रिय मित्र! सती धूता का प्रभाव है। उसके अग्नि-प्रवेश के प्रयासमात्र से ही प्रिय से मिलन हो गया! *(चारुदत्त)* प्रिय मित्र! जय हो! तुम्हारी जय हो!

**चारुदत्त** : आओ मैत्रेय! *(आलिंगन करता है)*

**चेटी** : अहा! कैसा शुभावसर है। आर्य! प्रणाम। *(चारुदत्त के चरणों पर गिरती है।)*

**चारुदत्त** : *(पीठ पर हाथ रखकर)* उठ! रदनिके! उठ! *(उठाता है।)*

**धूता** : *(वसंतसेना को देखकर)* भाग्य से बहिन कुशलपूर्वक है!

**वसंतसेना** : अब तो मुझे सुख ही सुख है। *(दोनों आलिंगन करती हैं।)*

**शर्विलक** : भाग्य से आर्य! सारे सुहृदों के साथ बच गए।

**चारुदत्त** : आपकी कृपा से।

**शर्विलक** : आर्ये! वसंतसेने! राजा प्रसन्न होकर आपको अपनी वधू बनाते हैं।[2]

**वसंतसेना** : कृतार्थ हो गई आर्य!

**शर्विलक** : (वसंतसेना का घूँघट खींचता है। फिर चारुदत्त से) आर्य! इस भिक्षु का क्या हो!

**चारुदत्त** : क्या चाहते हैं भिक्षु?

---

1. तर्पण
2. वधू-बहू। गणिका अब कुललक्ष्मीं बन गई, उसकी इज्जत बढ़ गई।

**भिक्षु** : ऐसी नश्वरता देखकर मेरा तो प्रव्रज्या में दुगना विश्वास हो गया है।

**चारुदत्त** : मित्र! इनका संकल्प पक्का है। इन्हें पृथ्वी के सारे विहारों का कुलपति[1] बना दीजिए।

**शर्विलक** : जैसा आर्य चाहें।

**भिक्षु** : अच्छी बात है। ठीक ही है।

**वसंतसेना** : अब मैं जी गई।

**शर्विलक** : स्थावरक का क्या करना चाहिए।

**चारुदत्त** : सुवृत्त! इसे दासत्व से मुक्त कर दो। वे चाण्डाल सारे चाण्डालों के अधिपति हो जाएँ। चंदनक सबसे प्रधान सेनापति बने। और राजा का साला जैसे पहले था, वैसे ही अब भी रहे।

**शर्विलक** : ऐसा ही होगा आर्य! परन्तु शकार को मारूँगा।

**चारुदत्त** : शरणागत को अभयदान दिया जाता है।

**शर्विलक** : अच्छी बात है कहिए और आपका क्या प्रिय करूँ?

**चारुदत्त** : क्या अभी और प्रिय करना बाकी है? मेरे चरित्र पर वसंतसेना को मारने का जो कलंक लगा था वह दूर हो गया। मैंने शरणागत शकार की रक्षा कर दी। शत्रुओं का जड़ से विध्वंस करके मित्र आर्यक पृथ्वी का शासन कर रहे हैं। प्रिया वसंतसेना फिर मिल गई। और आप जैसे मित्र मिले हैं। अब बाकी ही क्या है जो आपसे माँगू? विधाता तो कुएँ के यन्त्र में लगे हुए छोटे-छोटे लोटों की तरह दो विरोधों की उन्नति-अवनति में संसार की गति दिखाते हुए खेल किया करता है। किसी को तुच्छ बना देता है और किसी को सम्पन्न। किसी का पतन कर देता है अथवा आतुर कर देनेवाली स्थिति तक पहुँचा देता है और किसी को उन्नति की ओर ले जाता है। फिर भी यह भरतवाक्य हो—

हों प्रचुर दुग्धशालिनी गाय, हो वसुंधरा यह शस्य-श्यामला धान्यपूर्ण, बरसें घन अपने समयों पर, ओ' बहे निरन्तर सुखद वायु, दुख करे चूर्ण! इस सकल लोक के प्राणी सुख का अनुभव करें प्रसाद भूरि, अपने अभिमत जो अनुष्ठान हैं ब्राह्मण उनको निरत करें, दुख रहें दूर। हों लक्ष्मीवान समस्त साधु सज्जनगण करते पुण्य कर्म! कर शत्रु नाश रक्षा पृथ्वी की करें नृपति ले ध्येय धर्म!

**[सबका प्रस्थान]**

**[संहार नामक दसवाँ अंक समाप्त]**

❑❑

1. अधिपति—चांसलर